LOCUS

LOCUS

LOCUS

LOCUS

RECREATION

R 101
以我們告終
作者：柯琳．胡佛（Colleen Hoover）
譯者：趙盛慈
責任編輯：潘乃慧
校對：聞若婷
封面美編：簡廷昇
出版者：大塊文化出版股份有限公司
105022台北市松山區南京東路四段25號11樓
www.locuspublishing.com
讀者服務專線：0800-006689
TEL：(02)87123898 FAX：(02)87123897
郵撥帳號：18955675　戶名：大塊文化出版股份有限公司
法律顧問：董安丹律師、顧慕堯律師

總經銷：大和書報圖書股份有限公司
地址：新北市新莊區五工五路2號
TEL：(02) 89902588　FAX：(02) 22901658
初版一刷：2023年12月
定價：新台幣380元
Printed in Taiwan

以我們告終

IT ENDS WITH US

COLLEEN HOOVER

柯琳・胡佛　著
趙盛慈　譯

獻給我的父親，他盡了自身最大努力去除壞的一面，
以及我的母親，她確保我們不曾看見父親壞的一面。

第一部

第一章

此時此刻，我跨坐在屋頂矮牆上，從十二層樓的高度，俯瞰波士頓的街道，腦中浮現自殺的意念。

並不是「我」要自殺。我對人生還挺滿意的，還想走完人生這一遭。

我想到的是其他人。我在想，他們最終是怎麼走上生命的絕路。**他們是否曾經後悔？**從放手，到撞擊地面的一瞬間，在這趟短暫的自由墜落，心中總會浮現一絲懊悔吧。眼看地面高速迎面而來，他們是否心想：「**完蛋了，這真是個餿主意**。」

不知為何，我覺得應該不會。

我經常思考死亡，尤其今天，十二小時前，我才上台為人致哀，在緬因州普萊瑟拉鎮民面前，發表眾人不曾聽聞的史詩級悼文。好，也許還稱不上史詩級，但那絕對是場災難。我想答案取決於你問的人是我媽媽，還是我。**我覺得，今天過後，我媽應該一整年都不會跟我說話了**。

別想錯了，我的悼文沒有深刻到足以在史上留名，像布魯克．雪德絲在麥可．傑克森的喪禮發表的悼念詞、史蒂夫・賈伯斯妹妹的悼念文，或美式足球員派特・提爾曼弟弟哀悼哥哥的話，但我的悼文自有堪稱史詩級的理由。

一開始我很緊張，這可是了不起的人物安德魯・布隆的喪禮。安德魯畢竟是我家鄉普萊瑟拉鎮德高望重的鎮長，經營鎮上頂尖的房地產仲介公司，太太珍妮・布隆是普萊瑟拉鎮上備受推崇、名聲響亮的班級教學助理。此外，安德魯也是莉莉・布隆的父親。莉莉是個性格古怪的女生，頂著一頭不按牌理出牌的紅髮，愛上過一個無家可歸的男生，讓家人蒙羞。

她，就是我。我叫莉莉・布隆。安德魯是我爸爸。

今天一致完悼詞，我就連忙搭機返回波士頓，一找到進得去的大樓的屋頂，就衝了進去。**再強調一次，並不是我想自殺**。我沒有從屋頂墜落的打算，只是太需要新鮮空氣和寧靜，而該死的，我住在公寓三樓，沒法上到屋頂露台，室友又愛唱歌給自己聽。

我沒料到這個屋頂竟然這麼冷。不致冷到讓人受不了，只是不太舒適，不過至少可以看星星。我望著明亮的夜空，真切感受到蒼穹之浩瀚，這時死去的父親、惱人的室友、失當的悼念文，都沒那麼糟糕了。

我熱愛仰望天空，感受自身的渺小。

我好喜歡今天這一夜。

那個……讓我用過去式再說一次，更精準傳達我的感受。

我「剛才」好喜歡這一個夜晚。

可惜屋頂大門被人使勁推開，我猜有人會從樓梯口衝出來。

接下來，大門再度被人使勁甩上，露台上傳來快速走動的腳步聲。我懶得去看是誰，不管是誰，都不太可能注意到門口左側後面這裡，有一個人跨坐在矮牆上。是他自己急匆匆踏出門口，要是他以為這裡只有他一個人，不是我的錯。

我輕嘆一口氣，閉上眼，頭往後方的灰泥牆靠，咒罵宇宙，奪走我這一小段平和的內省時光。拜託，希望宇宙今天至少幫我一個忙，不要是個男的，好歹來個女生吧。假如我在露台上不得不多個伴，我寧願是個女伴。我不是弱不禁風的人，多數情況下，我應該保護得了自己，但現在的我好放鬆、好愜意，真的不想在大半夜一個人跟一名陌生男子待在屋頂上。我大概會擔心自身安危，覺得需要離開，可是我又超不想走。我說了，在這裡……好愜意。

一陣子後，我總算將目光慢慢移往倚靠矮牆的剪影。還真幸運呀，百分之百是個男的。即使那個人靠著欄杆，我看得出他個子很高，寬闊的肩膀與雙手抱頭的脆弱形成鮮明對比。我隱約看見他的背部劇烈起伏，他在用力深吸氣，吸夠了又刻意把氣呼出去。

他一副要崩潰的樣子。我思忖著要不要開口告訴他這裡還有人，或是清一清喉嚨。我還在思考，尚未付出行動，就在這時，他轉過身，伸腳踹後方的露台椅。

椅子刮過地板，我瑟縮了一下，但他好像沒注意到有人在看，他不只踹那一腳，還一直踹著椅子，踹了又踹。椅子被他單腳重擊，卻不屈服，只是朝反方向奔馳而去，離他愈來愈遠。

那張椅子一定是用航海級聚合物做的。

我曾經看我父親倒車撞上航海級聚合材質做的戶外露台桌，結果被那張桌子狠狠嘲笑了一番。他車子的保險桿撞凹一個洞，桌子上連一條刮痕都沒有。

這個男的想必意識到自己不是這種高級材質的對手，因為他終於不再踹那張椅子。現在他站在椅子前方，雙手垂在身體兩側，緊緊握拳。老實說，我有一點羨慕他。這個人正得意地對露台家具發洩怒氣。他想必跟我一樣，度過非常糟糕的一天。如果說，我壓抑了攻擊的念頭，直到怒意轉變成消極的抵抗，而他，卻有發洩的出口。

以前，我的發洩出口是花草。壓力找來，我會到後花園，把看見的雜草統統拔除。兩年前搬來波士頓，我沒有了後花園，也沒有露台，連雜草都沒有。

也許我該花錢買張航海級聚合材質的露台椅。

我用了點時間仔細觀察他，好奇他會不會做什麼，但他只是站在原地，往下瞪著那張椅子。他的雙手不再緊緊握拳，改插在腰際，我這才注意到，他的襯衫袖子在二頭肌的位置過度緊繃；其他地方都很合身，但他的手臂太粗壯了。他伸手往口袋掏東西。找到了。我相當確定，他想繼續釋放更多的怒氣，因為他點了一支大麻菸。

我二十三歲了，念過大學，也抽過兩、三次消遣用的大麻。我不會因為他想私下呼麻而批評他。但問題來了，他並不是「私下」呼麻，他只是還不曉得這裡有人。

他深吸一口大麻菸，準備轉身回到矮牆邊，他呼了一口大麻，發現我人在這裡。就在我們四目相交時，他停下腳步看我，臉上沒有驚訝，也沒有感興趣的表情。他離我大約三公尺，星光夠亮，我看見他正慢慢上下打量我，但我完全摸不透他在想什麼。這個男人把自己的牌藏得很好。他有一雙細長的眼睛，嘴唇緊閉，像男版的蒙娜麗莎。

「妳叫什麼名字？」他問。

他的聲音觸動我的胃。這可不妙。聲音應該要在耳朵打住，但有時候，在極少數的情況下，聲音可是會貫穿耳膜，直直往下竄，在體內迴盪。他就有著那樣的嗓音——深沉、有自信，聽起來滑順有如奶油。

我沒有回答，於是他把菸捲放回嘴邊，又抽一口。

「莉莉。」我終於開口。

我討厭自己的聲音，聽起來好弱，彷彿傳過去都有困難，更別提在「他體內」迴盪。

他稍抬起下巴，朝我點了點頭說：「莉莉，可以請妳從那裡下來嗎？」

直到聽見他這樣說，我才留意到他的站姿。他站得直挺挺的，甚至有些僵硬，好像擔心我會掉下去。**才不會呢**。這片矮牆厚度至少有三十公分，我的身體重心都在屋頂的內側，還沒掉下去就能把自己拉回來，更別說風向也對我有利。

我往下瞄一眼雙腿，抬起視線，看回去。「不了，謝謝。我在這裡挺舒適愜意的。」

他的臉偏移了一點，彷彿無法直視我。「請妳下來。」句子中雖然有「請」，語調卻像命令：「這裡有七張空椅子。」

「是六張吧。」我出言糾正，提醒他剛才他試圖破壞其中一張。他沒有聽出我話中的幽默。

我還是沒聽他的話下來，於是他往前走了幾步。

「再七、八公分，妳就會墜樓身亡。我一天見到的死亡已經夠多了。」他再次向我示意，要我下來：「妳這樣讓我很緊張，更壞了我抽大麻的興致。」

我翻了個白眼，把腿盪回露台內側。「老天禁止你浪費大麻菸。」我跳下矮牆，用手拍拍牛仔褲。「這樣好點嗎？」我邊說邊朝他走去。

他大力呼了一口氣，彷彿剛才看我跨坐在矮牆上，讓他大氣都不敢喘。我經過他身邊，朝景色更美的那一端走去。經過他時，我無法不注意到，他長得還真好看。可惡。

不行，好看是侮辱。

他生得好「俊俏」。指甲修得很整齊，噴了昂貴的古龍水，年紀大我幾歲。他的目光隨著我移動，眼角漾起一些皺紋，似乎不滿地撇了一下嘴，但他其實沒有撇嘴。我走到俯瞰街道的那一側，傾身向前，望著下方的車流，努力不要露出被他迷倒的樣子。光從他的髮型就看得出，他三兩下就能把人迷倒，我拒絕餵養他的自尊。他其實沒做什麼表現出「高傲」的事，但他身上穿的是名牌 Burberry 的休閒襯衫，我應該不曾被輕鬆買得起 Burberry 襯衫的人關注過。

後方傳來接近我的腳步聲，接著他倚著我旁邊的欄杆。我用餘光看見他又抽了一口大麻菸。抽畢，他把菸捲遞過來，我揮手拒絕。我可不想在這個人旁邊被藥物影響了判斷力。他的聲音本身就有迷幻藥的效果，我有點想再聽一次，於是我朝他拋了個問題。

「那張椅子做了什麼，讓你那麼生氣？」

他看著我，是那種「認真」的看。他與我眼神交會，盯著我的眼睛，彷彿我的祕密全寫在臉上。我從沒看過這般黝黑的眼睛。或許有，但黑眼睛配上威嚴感如此強烈的人，顯得更加黝黑。他沒回答，我的好奇心可沒那麼容易打發。既然他逼我從寧靜愜意的矮牆上下來，那我就期待他取悅我一下，回答我的八卦問題。

「是女人？」我問：「傷透你的心？」

他對我的提問笑了笑。「要是我的問題只是傷心就好了。」他倚靠牆壁，面對我：「妳住哪一層？」他把手指舔濕，捏了捏菸頭，把菸放回口袋。「我以前沒注意過妳。」

「因為我不住這裡。」我指了指我家的方向。「看見那棟保險大樓嗎？」

他瞇起眼，看我指的方向。「看見了。」

「我住旁邊那棟。那棟公寓太矮了，只有三層樓，從這邊看不到。」

他再一次把臉轉過來，一隻手肘靠著矮牆。「既然妳住那裡，為什麼要過來？男朋友住這棟之類的嗎？」

這句普通的搭訕台詞，他說得真順口，不知怎麼，讓我覺得自己沒什麼身價。從他的外表就知道，他的搭訕技巧不止於此。這句話聽在我耳裡，讓我感覺他會把難度更高的搭訕台詞，講給他認為更值得的女人聽。

我告訴他：「你們這裡的屋頂很棒。」

他挑起一邊的眉毛，等我繼續講我的理由。

「我想呼吸新鮮空氣，需要一個可以思考的地方。我打開『Google 地球』應用程式，發現這棟住宅大樓離我最近，又有不錯的屋頂露台。」

他面露微笑看著我。「至少妳精打細算，是很不錯的人格特質。」

至少？

我點點頭，我是**很**精打細算，這**確實**是不錯的人格特質。

「妳為什麼需要新鮮空氣？」他問。

因為今天我爸爸下葬了，我還發表了超級悲慘的哀悼文，現在我覺得自己難以呼吸。

我再次把臉轉向前方，慢慢呼氣。「我們能不能暫時不說話？」

我要求別說話，似乎讓他稍微鬆口氣。他傾身靠著矮牆，一手懸掛在矮牆外，凝視下方的街道。他維持這樣的姿勢好一會兒，我就這樣一直看著他。他也許知道我在盯他，但他似乎不在意。

他說：「上個月，有個男的從這個屋頂掉下去。」

我應該對他不尊重我的安靜要求生氣，但他引起我的好奇心。

「是意外事故嗎？」

他聳肩。「沒人知道，事情發生時已經很晚了。他太太說自己正在煮晚餐，他告訴她要上來拍夕陽。他是一名攝影師，他們認為他當時靠著矮牆拍天際，結果失足掉下去。」

我從矮牆往下看，心想怎麼會有人讓自己面臨墜樓的危險，接著想起自己幾分鐘前，也在屋頂的另一側跨坐在矮牆上。

「我妹妹告訴我這件事時，我只想著，不知道他是否拍到夕陽的照片。希望他的照相機沒有一起掉下去，那就太可惜了，對吧？你熱愛攝影，讓自己送了命。但冒了生命危險，卻沒拍到生前最後一張照片。這不可惜嗎？」

他的想法令我笑出來，雖然我不確定自己是不是該笑。「你總是把想法直接說出口嗎？」

他聳聳肩：「對大部分的人不會。」

我不禁微笑。他根本不認識我，但不知為何，我對他來說並不等於「大部分的人」，這讓我竊喜。

他把背靠到矮牆上，雙手在胸前交叉。「妳是本地人嗎？」

我搖頭。「不是，我大學畢業就從緬因州搬過來。」

他皺起鼻子，還挺性感的。一個身穿 Burberry 襯衫、髮型要價兩百美元的男子，竟然擺出滑稽的表情。

「那妳應該陷入波士頓煉獄了吧？一定很糟糕。」

「什麼意思？」我問。

他嘴角上揚。「觀光客把妳當成本地人，而本地人把妳當成觀光客。」

我笑出聲。「哇，真是精闢的描述。」

「我才來兩個月，還沒進展到那個煉獄。妳的狀況應該比我好。」

「你怎麼會來波士頓？」

「我來住院實習，我妹妹住這裡。」他用腳輕敲地面，說：「確切來說，她就住在我們下方。她嫁給一個波士頓3C達人，他們把整層頂樓買了下來。」

我往下看。「『整層』頂樓？」

他點頭。「那幸運的臭傢伙在家工作，連睡衣都不用換，一年就能賺進七位數。」

真是幸運的臭傢伙。

「是怎樣的住院實習？你是醫生嗎？」

他點頭。「神經外科。實習剩不到一年，之後轉正式醫生。」

外貌有型、談吐文雅**又**聰明，**還會抽大麻**。如果這是大學入學考試，我會問以上哪一項不是對醫生的描述。「醫生可以抽大麻嗎？」

他露出神祕的笑容。「或許不行。但我向妳保證，若不偶爾放縱一下，應該會有很多醫生從這些矮牆跳下去。」他再度把臉轉向前方，下巴靠在手臂上，眼睛閉起，彷彿在享受拂過臉頰的風。這個樣子的他，不再那麼令人畏懼。

「你想知道一些只有本地人知道的事嗎？」

他說：「當然好。」他的注意力再次回到我身上。

我指向東邊。「看見那棟建築物了嗎？綠色屋頂那棟。」

他點頭。

「在那後面的梅爾徹街上有一棟建築物。建築物上有一間房子，真的是一間房屋，就蓋在那棟樓的屋頂上。站在街上看不見那間房子，那棟大樓又很高，所以沒幾個人知道。」

他露出驚訝的表情。「真的嗎？」

我點點頭。「我搜尋 Google 地球的時候看到的，於是查了一下，顯然是一九八二年核發的建照。住在大樓上面的一間房子裡，多酷啊？」

他說：「整個屋頂都是你的。」

我倒是沒想到。如果我擁有那間房屋，就可以在那裡種花草，有個發洩的出口。

「誰住在那裡？」他問。

「沒人曉得。這是波士頓的大祕密之一。」

他笑出聲，接著好奇地向我探問：「波士頓的另一個大祕密是什麼？」

「你的名字。」話一出口，我就用手掌拍了下額頭。這句話聽起來像庸俗的搭訕台詞，我只能嘲笑我自己。

他微笑說：「我叫萊爾。萊爾．金凱德。」

我嘆口氣，退回自己的內心世界。「真是個好名字。」

「為什麼妳的語氣好像很難過？」

「因為如果能換個好名字，我什麼都願意。」

「妳不喜歡莉莉這個名字？」

我歪著頭，挑起一邊的眉毛。「因為我姓……布隆（編按：bloom 在英文的意思是「花朵盛開」之意）。」

他沉默不語。我能感覺到他忍住不表現出他的同情。

「我知道，這滿糟的。聽起來就像兩歲小女孩的名字，不像二十三歲的女子。」

「兩歲小女孩的名字，不管到幾歲還是一樣，長大以後不會改變的，莉莉．布隆。」

「對我來說很不幸。」我說：「最糟糕的是，我還真的喜歡種花草。我愛花朵、植物、園藝。我對那些事很有熱情。我的夢想一直是開一間花店。但我怕別人會覺得我不是真心想開，只是沾『名』釣譽，彷彿賣花不是我夢寐以求的工作。」

「也許會。」他說：「但又有什麼關係？」

「應該是沒什麼關係。」我發現自己用幾乎聽不見的聲音說：「**莉莉布隆花坊**。」我發現他露出淺淺的微笑。「這確實是個花店的好名字。但我有商業碩士學位，這樣有點大材小用吧？我在波士頓最大的行銷公司工作。」

「經營自己的生意不是大材小用。」他說。

我挑眉說：「除非失敗。」

他點頭表示同意。「除非失敗。」接著說：「莉莉．布隆，妳的中間名是什麼？」

我哀號出聲，他的興趣都來了。

「這樣代表妳的中間名更糟？」

我低下頭，雙手摀著臉，點點頭。

「玫瑰？」

我搖搖頭。「更慘。」

「紫羅蘭？」

「要是那樣就好了。」我尷尬嘀咕：「布蕾森（編按：blossom，在英文的意思就是花朵）。」

我們之間安靜了一陣。「真要命。」他輕柔地說。

「是啊，布蕾森是我母親娘家的姓。我父母認為，他們的姓氏都跟花有關是命中注定。當他們有了我這個孩子，當然要用某種花替我命名，就取了百合花之意的莉莉（Lily）。」

「妳父母一定是渾球。」

其中一個**曾經是**。「我爸爸這週去世了。」

他看了我一眼。「很聰明，但我不會上當。」

「我是說真的，所以我今晚才想上來這裡。我覺得需要好好哭一場。」

他懷疑地盯著我瞧了片刻，確認我不是在捉弄他。他並沒有為自己的魯莽道歉，反而露出更好奇的眼神，一副真的感興趣的樣子。「你們感情好嗎？」

這個問題很難回答。我把下巴靠在手臂上，再度往下俯瞰街道，聳肩說：「我不知道。以女兒來說，我愛他，但身為人，我恨他。」

我感覺他看了我一會兒，接著開口說：「我喜歡妳的誠實。」

他喜歡我的誠實。我的臉可能脹紅了。

我們又靜默了一陣，之後他說：「妳會不會希望人們更坦率一些？」

「怎麼個坦率法？」

他用拇指剝弄牆上的灰泥，脫落的碎屑被他輕輕拂出矮牆。「我覺得大家都把真實的自己偽裝起來，其實內心深處我們都一樣糟糕，有些人只是比較善於隱藏。」

也許是大麻起了效果，也許他只是在自我省思，不管哪一種我都能接受。沒有真正的答案，是我最喜歡的對話內容。

「我覺得稍微武裝自己不是壞事。」我說：「赤裸的真相不見得美好。」

他盯著我看了一會兒。「**赤裸的真相**，」他學我說了一次。「我喜歡這個說法。」他轉身朝屋頂中央走，來到我身後的一張露台躺椅，調整椅背坐下去。那是一張可以平躺的椅子，只見他手枕著頭，仰望天空。我在他旁邊挑了另一張椅子，調整椅背，用相同的姿勢躺下。

「莉莉，告訴我一個赤裸的真相。」

「關於什麼？」

他聳聳肩：「不知道。某件妳感覺不光榮的事，某件能稍微減輕我內心混亂的事。」

他凝視天空，等待我的回答。我的視線掃過他的下巴線條、臉頰曲線、嘴唇輪廓。沉思中的他，眉毛皺了起來。我不明白原因。此時此刻，他似乎很需要跟別人聊一聊。我思考他的問題，尋找誠實的答案。想出來時，我把視線從他臉上移開，再度望向天空。

「我爸爸會虐待人，不是虐待我，是我媽媽。他有時會暴怒。他們吵架時，我爸爸有時會打她。事情發生後，接下來一、兩個星期，他會試著彌補。他會做一些事，像是送花給她，或帶我們出去吃大餐。有時他會送禮物給我，因為他知道我痛恨他們吵架。小的時候，我發現自己竟然會期待他們吵架的那些夜晚。因為我知道，如果他出手打她，接下來兩個星期，我們會很好過。」

我停下來，不確定我是否曾經對自己坦承過這個念頭。「如果可以，我當然不會讓他再動手打她。但是在他們的婚姻關係中，暴力始終無解，那成了我們的日常。長大以後我才意識到，沒有做點什麼，同樣令我愧疚。我用大半輩子憎恨他這麼壞，但我不確定自己有好到哪兒去。也許我們都是壞人。」

萊爾若有所思地看向我，用刻意的語氣對我強調：「莉莉，沒有誰是**壞人**，我們都只是有時會做壞事的人。」

我張嘴想要回應，但他的話讓我開不了口——**我們都只是有時會做壞事的人**。我想，他的話不無道理，沒有壞透了的人，也沒有純粹的好人。有些人只是必須更努力壓抑壞的一面。

我對他說：「換你了。」

我從他的反應猜測，他或許不想玩這個自己提出的遊戲。他重重嘆口氣，一手梳過頭髮，正準備開口又緊閉雙唇。他想了想，終於說：「我今晚看著一個小男孩死去。」他的聲音很沮喪。「他才五歲，和弟弟在父母的臥房發現了一支手槍，結果槍在弟弟手裡意外走火了。」

我的胃一陣翻騰。我想，這個真相對我來說有點過頭了。

「他上手術台時已經來不及搶救。包括護理師和其他醫生，大家都替這家人難過，他們說：

『那對父母太可憐了。』可是，當我必須到等候室通知父母，小孩沒有挺過來時，我一點也不替他們難過。我要他們痛苦，我要他們為自己的粗心大意，讓兩個無辜的孩子拿到上膛的槍而心情沉重。我要他們知道，他們不只失去了一個孩子，也毀了意外扣下扳機的那個孩子的一生。」

老天，我沒料到會聽見如此沉重的事。

我完全無法設想，發生這種事的家庭要如何走出陰霾。我說：「那個可憐小男孩的弟弟，我無法想像目睹那樣的事，會對他造成什麼影響。」

萊爾把牛仔褲膝蓋上的東西彈掉。「影響就是，會毀了他的一輩子。」

我側身面對他，單手撐頭：「每天看見那種事，是不是很不好受？」

他輕輕搖頭。「是應該不好受，但接觸死亡接觸得愈多，就愈覺得死亡稀鬆平常。我不確定自己有何感受。」他再度與我視線交會。「再說一件赤裸的真相。」他說：「我覺得我所說的比妳更離經叛道一些。」

我心裡不贊同，但仍然告訴他，僅僅十二小時前，我做了什麼離經叛道的事。

「兩天前，我媽媽問我，能不能在今天爸爸的喪禮上致哀悼詞。我說，我覺得不太好，我可能會在眾人面前大哭到說不出話來。但我是騙她的，我只是不想致哀悼詞，因為我覺得致詞的人應該對死者抱持敬意。而我對我爸沒有那樣的尊敬。」

「妳照做了嗎？」

我點頭。「對，今天早上。」我坐起來，縮起雙腳面對他。「你想聽嗎？」

他微微笑：「當然。」

我雙手交疊，放在腿上，吸口氣說：「我對於要講什麼毫無頭緒。喪禮開始前大約一小時，我告訴媽媽，我不想致哀悼詞。她說那不是什麼難事，爸爸會希望由我致哀悼詞。她說，我只要走到講台上，說出爸爸的五件好事就好。於是……我就這樣做了。」

萊爾用一隻手肘撐著身體，比先前更感興趣的樣子。他從我臉上的表情看出，事情往更糟的方向發展。「喔喔，莉莉，妳做了什麼事？」

「來，讓我直接演一次給你看。」我站起來，繞到椅子另一邊，站直身體，彷彿面對今天早上滿室的賓客。我清了清喉嚨。

「大家好，我叫莉莉．布隆，我是已故安德魯．布隆先生的女兒。感謝大家前來一起哀悼他的逝去。我想花點時間和大家分享關於爸爸的五件好事，來紀念他的一生。首先……」

我低頭看萊爾，聳了聳肩。「就這樣。」

他坐起身。「這是什麼意思？」

我坐回椅子上，躺下來：「我在那裡站了整整兩分鐘，一個字也說不出口。我說不出關於那個男人的一件好事……只能一聲不吭盯著台下的人。最後媽媽意識到狀況不對，才叫叔叔把我拉下來。」

萊爾歪著頭說：「妳在開玩笑嗎？妳在自己父親的喪禮上，用批評弔唁他？」

我點頭。「這不值得驕傲，我沒**那樣想**。我的意思是，如果可以，我希望他是一個更好的人，讓我可以站在那裡侃侃而談一小時。」

萊爾躺回椅子上。「哇，」他邊說邊搖頭。「妳真猛，人死了還鞭屍。」

「那樣說很不得體。」

「好吧，沒錯。赤裸的真相總是傷人的。」

我笑出來。「輪到你了。」

「我贏不過妳。」他說。

「我相信你可以跟我不相上下。」

「我可不確定。」

我翻了個白眼。「你可以的。別讓我覺得自己是這裡最糟糕的人。說一說你最近有什麼一般人不會大聲說出口的念頭。」

他把手枕到頭下，直視我的眼睛：「我想和妳做愛。」

我驚訝得張開嘴，然後趕緊閉上。

我不知該怎麼回話。

他投來無辜的眼神。「是妳要我講出剛才的念頭，我講了。妳很美，我是男人。如果妳對一夜情有興趣，我會把妳帶到樓下，到我的房間跟妳做愛。」

我甚至不敢回望他。他的宣言讓我一下子五味雜陳。

「那個，我對一夜情不感興趣。」

「我也這麼覺得。」他說：「換妳了。」

他毫不在意，一副方才並未把我嚇得啞口無言的樣子。

我笑著說：「聽完你的話，我需要點時間整理思緒。」我試圖想出帶點驚嚇成分的事，但經過他那樣「大聲宣告」，我一時之間難以消化。也許，因為他是神經外科醫生，而我從來沒想過，教育程度這麼高的人，會把「做愛」隨興地說出口。

我稍微讓自己冷靜下來，說：「好，既然提到這個話題……我的第一次給了一個無家可歸的人。」

他豎起耳朵，看向我。「喔，我想聽這個故事。」

我伸直手臂伸個懶腰，再用手枕著頭：「我在緬因州長大。我們家住在一個相當不錯的社區，不過後面那條街不是很理想。我們的後院緊鄰一間被宣告不宜居住的屋子，那棟屋子兩邊都是荒廢的土地。我跟一個名叫亞特拉斯的男生成為朋友。除了我，誰也不曉得他住在那間破屋子裡。我總是把食物、衣服、物品拿給他，直到被我爸發現。」

「他做了什麼？」

我下顎緊縮。我不懂我明明每天強迫自己不要想起來，為什麼還會提起這件事。「他狠狠揍了他一頓。」這件事，我想就這樣直接說出口。「換你了。」

他安靜看了我一會兒，彷彿知道故事不只是這樣，但隨後便移開視線。「我一想到結婚就厭惡。」他說：「我快要三十了，完全不想娶誰當太太，**尤其**不想生小孩。我只追求成功的人生、非凡的成就。但我要是大聲對誰傾吐這個想法，別人會覺得我很高傲。」

「是追求事業上的成功，還是社會地位？」

他說：「我都要。每個人都可以生小孩，每個人都可以結婚，但不是每個人都能成為神經外科醫生，因此我對自己感到很驕傲。而且我不只想成為一名優秀的神經外科醫生，我要成為這一行的佼佼者。」

「你說得沒錯。聽了會覺得你很高傲。」

他微笑。「我母親很怕我只知道工作，白過這一輩子。」

「你是神經外科醫生，你媽媽還對你『不滿』？」我笑出來。「天啊，真是瘋狂，世界上真有對自己兒女滿意的父母嗎？孩子真的有可能夠好嗎？」

他搖搖頭。「我的兒女一定不夠好。世界上沒有多少人能像我這樣積極進取，從這點來看，他們註定會失敗，所以我才不生小孩。」

「萊爾，我其實覺得你的想法很可敬。好多人可能是出於自私才不想生小孩，卻拒絕承認。」

他搖頭。「喔，我『太』自私了，不適合生小孩，也絕對不適合跟別人交往。」

「你要怎麼避免跟別人交往？你不約會嗎？」

他快速看我一眼，臉上掛著一抹淺笑。「有一些女孩，可以在我有時間的時候，滿足我的需求。如果妳是問這個，那方面我不缺，但是我並不渴望愛情，對我來說，那更像是負擔。」

真希望我也能那樣看待愛情，我的人生會因此輕鬆許多。「我好羨慕你。我覺得，世上有個完美的男人在等著我。我總是很快就厭倦，因為始終沒有人能達到我的標準。我覺得自己踏上尋找聖杯的無盡旅途。」

「妳應該試試我的方法。」他說。

「什麼方法？」

「一夜情。」他挑了挑一邊的眉毛，彷彿對我提出邀請。

幸好夜色很黑，因為我的臉頰好燙。「我無法和一個跟我沒有未來的人上床。」我對著他大聲說出這句話，只是聽起來缺乏說服力。

他慢慢深吸一口氣，然後翻回仰躺的姿勢。「妳不是那種女生，對吧？」聲音似乎透露一絲失望。

我和他一樣失望。我不確定如果他開始行動，我會不會拒絕，但我剛才應該是自己斷了這個可能性。

「如果妳不跟剛認識的人**上床**……」他再度看向我的眼睛。「那妳的底線是什麼？」

這個問題，我想不出答案。我躺回椅子上，因為他看著我的眼神，讓我想要重新考慮一夜情。也許我也不是完全不能接受一夜情，只是沒有我願意考慮的對象，向我提出一夜情的邀請。

直到現在，**我心想**。

他是在向我求歡嗎？我真的很不會調情。

他伸出手，抓住我的躺椅邊緣。一瞬間，只見他快速輕帶，把我的椅子拉了過去。我的椅子，就這樣撞上他的椅子。

我全身僵硬。他離我好近，我可以感受到他溫暖的氣息，劃過冰冷的空氣。若我朝著他看，他的臉大概只離我十公分。我拒絕看他，因為他可能會吻我。關於這個人，除了幾件「赤裸的真相」，我一無所知。可是，當他伸出厚實的手貼著我的腹部，我並不覺得不妥。

「莉莉，妳的底線是什麼？」他的聲音好墮落，但是聽起來很柔順，一路竄向我的腳趾。

我小小聲說：「我不知道。」

他的手指開始往上衣下緣游移。慢慢一點一點往上撩，直到我的小腹露了出來。「**老天**。」我低喃。他的手掌拂上我的小腹，我感覺到他手心散發的熱度。

我的臉違背心智，再度轉向他，我被他的眼神深深迷住。他的樣子充滿熱烈的渴望，對自己滿懷自信。他抿著下唇，手開始挑逗地鑽進我的上衣。我知道他感受得到我的心在胸口撲通狂跳。可惡，他應該**聽得見**。

他問：「會太過頭嗎？」

我不知道自己怎麼有這一面，我搖頭說：「完全不會。」

他露出笑容，手指伸進內衣下緣撫摸，輕柔地滑過我的肌膚，引起一陣震顫。

我才剛閉上眼，就聽見一陣尖銳的鈴聲劃破夜空。他的手突然變得僵硬，我們都發現那是手機在響，是**他的**手機。

他的額頭垂在我肩膀上。「該死的。」

他把手從我的上衣之下抽走時，我皺了皺眉。他往口袋掏手機，然後站起身，走到幾步之外，才接起手機。

「我是金凱德醫師。」他單手抓住後頸，專心聆聽對方的話。「羅伯茲呢？我現在根本不該待班吧。」接著，他沉默一會兒。「好，等我十分鐘，我過去。」

他講完電話，把手機放回口袋，轉過來看我的時候，臉上似乎有些失落。他指著樓梯口說：「我得……」

我點頭。「沒關係。」

關於我，他考慮了一下，接著豎起一隻手指說：「別動。」又伸手去拿手機。他朝我走近，舉起手機，好像要對我拍照。我差點出聲拒絕，但我衣衫完整，我也不清楚自己為何想拒絕。就是有些什麼，讓我覺得不太對。

他快速照了一張我躺在椅子上的照片。我的手輕鬆舉在頭上。我不曉得他打算拿這張照片做什麼，不過我很高興他拍了我的照片。即使他清楚自己不會再見到我，仍渴望記得我的樣子。這讓我很開心。

他盯著螢幕上的照片幾秒鐘，露出微笑。我也有點想拍一張他的照片，但我不確定自己想不想留下一個明明不會再見到的人的照片。這個念頭讓人有些沮喪。

「莉莉．布隆，很高興認識妳。希望妳能排除萬難，完成妳的夢想。」

我微微一笑，這個男人讓我同時感受到悲傷和困惑。我不確定我是否曾經跟這樣的人相處過

——某個生活方式、繳稅的稅率都與我天差地遠的人。或許，我再也遇不到這樣的人了，但我很高興得知我們其實沒有那麼不同。

人們確實有不少誤解。

他低頭看著自己的腳一會兒，站姿透露心中的猶豫，彷彿他想對我說些什麼，又不得不離開，徘徊不定。他快速看了我最後一眼。這一次，臉部表情不再冰冷。我從他的唇形讀出他的失落，接著他轉過身，朝反方向走。他打開了門，我能聽見他快步下樓，腳步聲逐漸遠離。

露台上再度剩下我一個人。

我驚訝地發現，此時的我，心中竟有一絲難過。

第二章

我那「愛唱歌給自己聽的室友」露西，正在客廳四處打轉，忙著拿鑰匙、鞋子、太陽眼鏡。我坐在沙發上，打開幾個鞋盒，裡頭裝有我住爸媽家時使用的舊物品。那是我這星期回家參加爸爸喪禮時，順道取回的東西。

「妳今天要上班嗎？」露西問。

「不用。我喪假請到星期一。」

她停下動作，訕笑說：「星期一？幸運的臭妞。」

我理所當然、語帶嘲諷地回她：「是啊，露西，爸爸死了，我還**真幸運**。」只不過當我意識到，這話說出口其實沒那麼諷刺時，心中升起一股厭惡感。

「妳懂我的意思。」她低聲抱怨，抓起錢包，一腳平衡，一腳套入鞋子。「我今晚留在艾力克斯家，不回來了。」大門在她出去後，砰地關上。

表面上看，我們有許多共通點，但是除了衣服尺碼相同、歲數相同、名字拼音都是四個字母，開頭的字母都是L，最後一個字母都是Y，在室友身分之外，我們就沒什麼共通點了。我反倒覺得那樣挺不錯的。除了唱個不停，露西其他方面都過得去。她很愛乾淨又經常不在，這是好室友最重要的兩個條件。

我打開其中一個鞋盒的蓋子，手機響起了。我往沙發另一端伸手，拿起手機。看見來電顯示是「媽媽」，我把臉埋進沙發，對著抱枕嗚咽兩聲。

我把手機拿到耳朵旁。「喂？」

手機那端沉默了三秒。

接著，媽媽說：「哈囉，莉莉。」

我嘆口氣，在沙發上重新坐好。「嘿，媽。」

我好驚訝她竟然在跟我講話。距離喪禮結束才一天而已，結果我比我預料的早了三百六十四天接到電話。

我問：「妳好嗎？」

她戲劇性地重重嘆口氣。「很好。」她說：「妳姑姑和叔叔今早回內布拉斯加了。在那之後，第一次晚上只有我……」

「媽，妳會沒事的。」我說，試著聽起來充滿自信。

她沉默許久，接著說：「莉莉，我只是想告訴妳，妳不需要為昨天的事過意不去。」

我沒說話。**才沒有，我才沒有過意不去。**

「每個人都有承受不住、僵在原地的時候，我明明知道那天妳已經很不好受，就不該讓妳承受那樣的壓力。我應該讓妳叔叔上去致哀悼詞的。」

我閉上眼，**她又來了**，不想看見的東西蓋住就好，不該由她承擔的過錯也要攬到自身上。**不用想也知道**，她說服自己相信，我昨天是承受不住壓力、僵在原地，才一句話都沒說。**是啊，想也知道**。我好想告訴她，我不是致詞出狀況，也沒有僵在原地，只是對於她選來當我爸爸的這個人，沒什麼讚美之詞可說。

可是我對自己做出的事，還是感到些許愧疚，尤其當著媽媽的面這麼做，更是不應該，所以我接受她的作法，順著她的話附和。

「媽，謝謝。抱歉我哽咽得說不出話。」

「莉莉，沒關係。我得掛電話了，我要趕快去保險公司一趟。我們得見面討論妳爸爸的保單。明天打給我，好嗎？」

「好。」我告訴她：「媽，我愛妳。」

我掛斷電話，把手機丟往沙發另一端，打開腿上的鞋盒，拿出裡面的物品。擺在最上面的是一個木頭做的空心小愛心，我用手指滑過愛心，回想起收到愛心的那個夜晚。隨著回憶逐漸鮮明，我趕緊把愛心放到一旁。懷念是一種奇妙的感覺。

我把幾封從前的信件和幾張舊剪報挪到一旁。壓在那些物品底下的，是我認為應該存放於這些鞋盒內，又多少希望**不在**的東西。

我寫給艾倫的日記。

我摸了摸這些日記，盒內共有三本，但我記得全部應該有八、九本。自從我上一次寫「艾倫日記」，就沒再讀過。

我小時候覺得寫日記很老套，不想承認自己有寫日記的習慣。我說服自己相信寫「艾倫日記」很酷，因為嚴格來說，我並不是在寫日記。二〇〇三年《艾倫秀》首播，還是小女孩的我，從那時開始看她的節目，而我以寫給艾倫．狄珍妮的信來撰寫每一篇日記。我每天放學都會看艾倫的節目，深信假使艾倫真的深入瞭解我，一定會對我很有好感。直到十六歲，我每隔一段時間就會寫信給她，只是這些信寫得很像日記體。我當然清楚，艾倫大概不會想要閱讀隨便一個女孩撰寫的日記，幸好我也沒有真的把信寄出去，不過我還是很喜歡把寫日記當成在寫信給艾倫。我一直寫，直到某一天終於停筆。

我打開另一個鞋盒，看見裡面還有一些日記本。我翻看這些日記，拿出十五歲寫的那一本。我打開這本日記，翻找遇見亞特拉斯的那一天。在他出現以前，我的人生沒有太多值得記錄的事，但不知怎麼，我遇見他之前還寫了整整六本。

我曾發誓再也不讀這些日記了。但爸爸過世，讓我想起許多年少往事。也許讀一讀日記，能帶我用某種方式找出一絲原諒的力量，儘管我擔心這麼做，反而累積更多的恨意。

我躺回沙發上，開始重讀那些日記。

親愛的艾倫：

告訴妳今天發生什麼事情之前，我想先說，我幫妳的節目想了一個很棒的點子——妳可以開一個叫「艾倫的居家生活」的小單元。

我覺得會有很多人想看妳在工作之外的生活。我總是很好奇，只有妳和波夏在家、沒有鏡頭對著妳拍攝時，是什麼樣子。也許製作人可以給波夏一台攝影機，讓她悄悄接近妳，拍下妳是怎麼過日常生活的，像是看電視啦，煮飯啦，整理花圃啦。她可以偷偷拍妳，拍個幾秒，然後大喊：「艾倫的日常生活！」嚇妳一跳。這應該滿合適的，妳那麼喜歡惡作劇。

好，說完了（這件事我一直想說，但老是忘記）。我要來講昨天發生的事，實在非常有趣。除了艾比蓋兒．艾佛瑞因為卡森老師看她的乳溝、打了老師一巴掌的那一次，昨天應該是最值得記錄、最有趣的一天。

妳還記得前一陣子，我跟妳提到住我們家後面的伯利森太太嗎？她在超級暴風雪侵襲的那天晚上過世。我爸說，她欠稅欠太多，她的女兒無法繼承她的房子。我敢說她的女兒並不在意，反正那間屋子本來就搖搖欲墜，接手也只是負擔。

那間屋子，自從伯利森太太去世後就空著，大概空了兩年。我會知道那間屋子空著，是因為我房間的窗戶對著那邊的後院，從我有記憶以來，就沒見過哪個活生生的人在那間屋子進出。

直到昨天晚上。

我在床上洗牌。我知道這聽起來很怪，但我就是會在床鋪上洗撲克牌。我壓根不懂怎麼玩牌，但是每當爸媽吵起來，洗牌有時能幫助我鎮定心情、集中心神。

總之外頭很黑，我一下就注意到亮光。亮度不高，但確實是從那間老房子發出來的，很像燭光。我來到後門廊，找出爸爸的雙筒望遠鏡，想看看那裡發生什麼事。可是屋內太暗，什麼都看不見。沒多久，亮光就熄滅了。

今早準備上學時，我發現屋子後方有東西在移動。我蹲在房間窗户下方，看見有人從後門溜出去，是個背著後背包的男性。他四處張望，似乎在確認沒人發現他。接著，他穿過我們家跟鄰居的房子中間，一直走到公車站前佇立。

我從來沒看過他，這是他第一次跟我搭同一班車。他坐在後排，我坐中間，所以沒跟他說話。但是他在學校那一站下車，我看見他走進學校，他一定是學生。

我想不透他爲什麼要睡在那間屋子裡，裡頭應該沒有電力，也沒有自來水。我本來猜想，他也許是在跟別人玩大冒險，可是今天放學後他跟我在同一站下了車。他沿著街道走，假裝要去別地方。我趕緊跑進房間，從窗户往外看。幾分鐘後，果然看見他偷偷溜回空屋。

我不曉得該不該告訴母親。我不喜歡管東管西，因爲那不關我的事。可是我又想，如果那個人無處可去，我母親在學校工作，應該知道怎麼幫助他。

我不知道，也許先等個幾天再告訴媽媽吧，看看他會不會回家。他也許只是需要暫時離開父母，就像有些時候，我也希望自己能離開父母身邊。

我先寫到這裡。明天再告訴妳發生什麼事。

——莉莉

親愛的艾倫：

我現在看妳的節目，都會快轉跳過舞蹈的部分。我以前會看完妳在觀眾中間穿梭跳舞的開場，但我現在覺得有點無聊，寧可只聽妳講話。希望妳聽了不會不高興。

OK，我知道那個男生是誰了。沒錯，他還是會到那間屋子去。已經持續兩天了，我還沒告訴任何人。

他的名字叫亞特拉斯．柯瑞根，是高年級生，我只知道這些。凱蒂跟我搭公車坐一起時，我問凱蒂他是誰，她翻了個白眼，告訴我這個名字。她說：「除此之外，我不曉得他是誰，我只知道他好臭。」她皺了皺鼻子，彷彿那個味道令她噁心想吐。我想大聲喝斥她，告訴她那又不是他的錯，他根本沒有自來水可用。這時我回過頭看他，可能盯得有點太久，被他發現我在看他。

我回到家後，去整理後院的花圃。蘿蔔已經可以收成了，於是我開始拔蘿蔔。我的花圃只剩蘿蔔了。天氣漸漸變冷，能種的東西已經不多。是也可以過幾天再拔，但我想出去打探一下。

我拔蘿蔔的時候，注意到有些蘿蔔不見了，像是才剛被挖走的樣子。我知道不是我拔的，爸媽也從來不會亂弄我的花圃。

我這才想到亞特拉斯，有很大的可能性是他。我之前沒想到。如果他沒辦法洗澡，也很可能沒東西吃。

我回到屋子裡，做了幾個三明治，從冰箱拿了兩罐汽水，還拿了一包洋芋片。我把這些食物放進便當袋，跑到那棟廢棄的屋子，把東西放在後門廊的門邊。我不確定他有沒有看到我，就大力敲門，再趕緊跑回家，直接走進房間。等我站到窗户旁、查看他有沒有從屋內出來時，便當袋已經不見了。

那時我才意識到，他一直在觀察我。現在，他知道我知道他住在那間屋子裡，這讓我有些緊張。我不知道明天如果他開口跟我說話，要對他說什麼。

——莉莉

親愛的艾倫：

我今天看了妳訪問總統候選人歐巴馬的節目片段。訪問他的時候，妳會緊張嗎？訪問將來可能治理這個國家的人，妳會緊張嗎？我不太瞭解政治，但我覺得我可能無法在那樣的壓力下發揮幽默感。

老天，我們都經歷不得了的大事。妳訪問了可能成爲下屆總統的人，而我把食物拿給一個無家可歸的男孩。

今天早上我來到公車站的時候，亞特拉斯已經到了。剛開始只有我們兩個，我不騙妳，好尷尬。我看到公車在轉角轉彎時，在心裡默默祈禱車子開快一點。車子一停下來，他朝我走近一步，頭始終沒抬，向我說了聲「謝謝」。

車門打開，他讓我先上車。我沒有說「不客氣」，因爲我有點被自己的反應嚇到。艾倫，他的聲音讓我感到一陣輕顫。

有沒有哪個男生的聲音，曾經讓妳感到一陣輕顫？

喔，等一等，抱歉。有沒有哪個「女生」的聲音，曾經讓妳感到一陣輕顫？

早上搭車時，他沒有在我旁邊坐下，也沒有其他互動，但是放學回家時，他是最後一個上車，而車上沒其他空位了。我從他掃視車上的人看出，他不是在找空位，而是在看我坐哪。

他和我視線一交會，我馬上低頭盯著大腿看。我好討厭自己在男生面前沒什麼自信，也許要等我十六歲才會比較有自信吧。

他在我旁邊坐下，把背包放在兩腿之間。我在那時注意到了凱蒂說的事，他身上眞的有一點味道，但我沒有以「臭」取人。

起初他一語不發，只是不安地用手撥弄牛仔褲的一個破洞。那可不是讓牛仔褲有型的那種破洞。我看得出來那是牛仔褲太舊、眞的破掉的洞。褲子對他來說其實有點小，連腳踝都露出來了。不過他很瘦，所以除了長度，其他地方還算合身。

「妳告訴別人了嗎？」他問我。

他開口說話。我看向他，他直直回望我，彷彿在擔心。直到這時，我才有機會好好看看他的長相。他有一頭深棕色的頭髮，我覺得如果讓他洗洗頭，髮色也許不會那麼深。他有一對明亮的雙眼，比身上其他地方都來得明亮。那是一種純正的藍，宛如西伯利亞哈士奇犬的藍眼。我不該用小狗來比擬他的眼睛，但那是我對他的雙眼的第一印象。

我搖搖頭，把頭轉向窗外。我以爲，我告訴他我沒告訴別人之後，他就會起身改坐其他位子，但他沒有。公車過了幾站，他還是坐在我旁邊，這給了我一點勇氣。我壓低聲音問：「你爲什麼沒跟父母住在家裡？」

他盯著我看了幾秒，彷彿在考慮要不要相信我這個人。接著他說：「因爲他們不想讓我跟他們住。」

就在那時，他站起身來。我以爲我惹他生氣了，結果他起身是因爲我們到站了。我抓起自己的東西，跟著他走下公車。今天，他沒有像平常那樣試著隱藏行蹤。平常他會順著街道走，然後從街區另一側繞回來，所以我不會看見他穿過我家後院。而今天，他跟我一起走向我家後院。

走到我平常轉彎進入家門，而他要繼續前進的地方，我們同時停下腳步。他用腳踢了踢地上的灰塵，看了看我身後的房子。

「妳爸媽都幾點回家？」

我說：「大概五點鐘。」現在是三點四十五分。

他點點頭，彷彿還有其他話想說，但他沒開口，只是又點了點頭，開始走向那棟沒有食物、沒有電力，也沒有自來水的屋子。

好，艾倫，妳不必提醒我，我知道我接下來的舉動很蠢。我大喊他的名字。當他停下腳步、轉過身，我說：「如果你動作快，可以在他們回家前洗個澡。」

我的心臟跳得好快，我知道要是爸媽回來，發現淋浴間有個無家可歸的人，我就要倒大楣了，很可能小命不保，但我就是無法什麼忙都不幫，眼睜睜看他走回那間屋子。

他的視線再次看向地面，我彷彿可以感受到他的尷尬。他甚至沒點頭回應，就這樣跟著我進屋，沒再說過一個字。

他在淋浴間洗澡的那段時間，我驚慌得手足無措，不斷看向窗外，看爸爸或媽媽的車子是不是開回來了。但我很清楚還要整整一個小時，他們才會回家。我好緊張，害怕會有鄰居目睹他走進我們家，但他們跟我不熟，不知道有朋友找我才是怪事。

我給了亞特拉斯一套替換的衣服。我很清楚，等我爸媽回家時，他不只應該離開這裡，還得離我們家遠一點。我很確定，某個青少年在這個社區穿著我爸爸的衣服，一定會被他認出來。

我趁著查看窗外和時鐘的空檔，用舊背包裝滿一袋物資，有不需要冷藏的食物、幾件爸爸的T恤、一條可能對他來說大兩個尺碼的牛仔褲，和一雙替換用的襪子。

他出現在走廊上的時候，我正拉上背包拉鍊。

我想得沒錯。儘管頭髮還是濕的，但看得出來，他的頭髮比我先前看到的顏色更淺一些，將他的眼珠顏色襯得更藍了。

他一定是在淋浴間刮了鬍子，因爲他現在的樣貌比進淋浴間前年輕。我嚥了嚥口水，再次低頭看著背包。我好驚訝，他的外貌竟有如此大的轉變。我怕他發現我臉上的表情變化。

我又看了窗外一次，就把背包交給他。「你也許會想從後門出去，這樣就不會被人看見。」

他從我手中接過背包，盯著我的臉看了一會兒。「妳叫什麼名字？」他問，把包包掛上肩膀。

「莉莉。」

他露出微笑。這是他第一次對我微笑。那一刻，我腦中浮現一個既糟糕又膚淺的念頭，我不懂，笑起來這麼好看的人，怎麼會有那麼糟糕的父母。我馬上就因爲這樣想而討厭自己，因爲不管孩子有多可愛、有多醜，還是多胖、多瘦、多聰明、多笨，父母都應該愛自己的小孩。可是有時候，我們無法控制自己的念頭，只能練習別再那樣想。

他伸出一隻手說：「我叫亞特拉斯。」

我說：「我知道。」我沒有握他的手。我不知道自己爲什麼不跟他握手。不是我不敢碰他。我是說，我眞的不敢碰他，但不是因爲我覺得自己高高在上，而是他讓我好緊張。

他放下手，又點了一次頭，然後說：「我想我最好離開了。」

我往旁邊退開一步，讓他繞過去。他指向廚房遠處那端，默默問那是不是後門的方向。我點點頭，跟在他後面，一起穿過走廊。他走到後門時，我發現他看見我的房間時，停頓了一秒。

被他看到房間內部，我突然感到一陣難爲情。沒有外人看過我的房間，所以我從沒想過要把房間布置得成熟一些。我到現在還留著十二歲就在用的粉紅色床罩和窗簾。這是我生平頭一遭想撕掉亞當·布洛迪的海報。

亞特拉斯似乎並不在意我的房間布置。他直接望向我的窗户，從那裡可以看到後院。接著，他回頭看我一眼。就在踏出後門時，他說：「莉莉，謝謝妳沒有對我不屑一顧。」

接著，他就離開了。

我當然不是第一次聽見別人說「不屑一顧」，但從一個青少年口中聽到，感覺很奇怪。更怪的是，亞特拉斯的一切看起來是如此矛盾。一個顯然態度謙虛、彬彬有禮，還會使用「不屑一顧」這樣字彙的人，怎麼會落得無家可歸？怎麼會有青少年落得無家可歸呢？

艾倫，我得找出原因。

我要查出他身上到底發生了什麼事，等我的答案吧。

——莉莉

• • •

我正要再讀一篇日記時，手機響了起來。我爬過沙發去拿手機，看見又是我媽來電，一點也不驚訝。爸爸如今已過世，她孤身一人，來電頻率很可能比以前高一倍。

「喂？」

「妳覺得我搬去波士頓住，怎麼樣？」她沒頭沒腦地問。

我抓起旁邊的抱枕，把臉埋進去，悶著頭大喊一聲。「喔，**哇！**」我說：「妳是認真的嗎？」

她沒回答，接著說：「我只是想想。我們明天可以討論一下。我快到跟朋友碰面的地方了。」

「好，再見。」

就這樣，我興起搬離麻薩諸塞州的念頭。**她不能搬過來**。她在這裡一個人也不認識，她會希望我每天逗她開心。別誤會，我愛我媽，但我搬到波士頓是想要自己生活。如果她跟我住在同一個城市，會讓我覺得沒那麼獨立自主。

三年前，我還在念大學的時候，我爸爸被診斷罹癌。如果此時此刻萊爾・金凱德在我面前，我會告訴他一個赤裸的真相：那時爸爸病得太重，不能在肢體上傷害我媽媽，讓我鬆了口氣。他生病之後，和媽媽的互動方式有了一百八十度的大轉變，我不再覺得自己有義務留在普萊瑟拉，確保媽媽的安全。

如今爸爸過世，我再也不必擔心媽媽了，可說是滿心期待要展翅高飛。

可是，現在她想搬來波士頓？

我彷彿翅膀被人剪斷一截。

當我需要一張航海級聚合材質的座椅時，它在哪?!

我壓力大到爆表，要是母親真的搬來波士頓，我不曉得要如何應對。我沒有花圃，沒有庭院，沒有露台，也沒有雜草。

我得另尋出口。

我決定去打掃。我把裝滿日記和筆記的鞋盒放進房間的衣櫥，接著把衣櫥上上下下整理了一番。首飾、鞋子、衣服……

她不能搬來波士頓。

第三章

六個月後

「喔。」

她只說了這句話。

我母親轉過身來打量建築物，用手指觸摸身旁的窗台。她拂起一層灰，用兩隻手指搓著灰塵，一邊說：「這裡……」

「我知道這裡需要大改造。」我打斷她，指著她身後的窗戶。「但妳看這個店面，很有發展的潛力。」

她環視窗戶，點點頭，緊閉嘴唇，從喉頭後方發出一聲輕哼。有時候，她會用這聲輕哼來表示自己**並非真的**贊同，而她發出了**兩次**輕哼。

我無力地垂下手臂。「妳覺得這樣很蠢嗎？」

她輕輕搖頭，說：「莉莉，那得看之後結果怎麼樣了。」這間屋子本來是一間餐廳，擺著許多老舊的餐桌椅。媽媽走到附近一張餐桌，拉出椅子坐下。「如果妳經營得宜，成功把花店做起來，大家會說這是大膽、勇敢、**聰明的**商業決策；要是失敗了，妳繼承的遺產就會花光……」

「然後，大家就會說這是個**愚蠢的**商業決策。」

她聳聳肩。「經營事業就是這樣。妳自己主修商科，應該曉得。」她慢慢把整個空間環視一遍，彷彿看著一個月後的發展。「莉莉，妳一定要讓它成為大膽、勇敢的計畫。」

我露出微笑。**我可以接受這個意見**。「真不敢相信，我沒問過妳就買下了這裡。」我說，在桌邊拉了張椅子坐下。

她說：「妳長大了，那是妳的權利。」我聽出話中帶著一絲失落。我想，現在我愈來愈不需要她了，那會讓她更寂寞。爸爸過世已經六個月，儘管有他陪伴不見得好，但少了爸爸、剩她一個人，她也會感覺哪裡不太對。她在一間小學找到工作，真的搬來波士頓住了。她在波士頓外圍小型郊區的一條死巷，買了一間可愛的兩房屋子，定居下來。這間屋子有個寬廣的後院。我幻想在那裡打造花圃，但那表示我得每天過去照料；我想我最多一星期可去一次，偶爾兩次。

「妳要拿這一堆垃圾怎麼辦？」她問。

她說得對。這裡的廢棄物超多，要清理得花上很長一段時間。「我不知道。也許我要先忙上一陣子清理，才有辦法規畫如何布置。」

「妳在行銷公司的工作什麼時候結束？」

我微笑。「昨天。」

她嘆了口氣，搖搖頭。「喔，莉莉，我真心希望妳會成功。」

這時，大門打開，我們一起站起來。門口堆了一些層架，我得歪著頭，繞過層架去看是誰。我看見一名女子走進來，快速打量屋內，發現我在這裡。

「嗨。」她一邊揮手，一邊說。她長得很可愛，衣著講究。但她穿著一條白色的貼身七分褲，在這個被沙塵暴掃過的空間，她的褲子準備面臨一場災難。

「請問有事嗎？」

她把包包夾到腋下，朝我走近，伸出手說：「我叫亞麗莎。」

我握了握她的手。

「我叫莉莉。」

她豎起拇指，朝身後比了比。「外面不是貼了一張徵人啟事嗎？」

我看向她的肩膀後方，揚起眉毛。「有嗎？」**我沒有張貼徵人啟事啊**。

她點點頭，然後聳聳肩。「那張徵人啟事看起來很舊，」她說：「應該已經張貼好一陣子。我只是出來散步，見到那張徵人啟事，覺得很好奇。」

我可以說，我馬上對這個人產生好感。她的聲音很好聽，微笑感覺很真誠。

媽媽把手放在我的肩上，靠過來親吻我的臉說：「我得走了。我們的屋子今晚要辦出售開放參觀。」我向她道別，目送她走出店外，注意力再度回到亞麗莎身上。

我說：「我還沒有要徵人。」我用手比畫著這個空間。「我打算開間花店，但至少還要一、兩個月吧。」我知道自己應該保持開放的心態，不該先入為主，但她的樣子不像是會接受最低薪資。她的包包可能比這整間屋子都貴。

她雙眼發亮。「真的嗎？我好愛花啊！」她轉了個圈，說：「這間屋子潛力十足。妳打算漆成什麼顏色？」

我雙手交疊在胸前，抓著手肘，以腳跟為重心向後擺動身體。我說：「我不確定。我一個小時前才拿到鑰匙，還沒認真思考屋內的設計。」

「妳叫莉莉，對吧？」

我點頭。

「我不會假裝自己有設計學位，但我超愛設計。如果妳需要幫忙，我可以免費幫妳。」

我把頭歪向一邊：「妳不拿薪水？」

她點頭。「我其實不需要工作。我剛才看到徵人啟事時，心想：『**這什麼鬼？**』可是有時候，我真的好無聊。打掃、布置、挑油漆顏色，妳想做什麼，我都樂意幫忙。我是 Pinterest 點子網的狂粉。」我身後某樣東西吸引她的目光。她指著說：「我可以把那扇壞掉的門改造得超棒。這些**我都能辦到**，真的。每樣東西總有它的用途，是吧？」

我環視四周，確信自己無法一手包辦大小事。這裡有一半的東西，我一個人連抬都抬不起來，最後還是得花錢找人幫忙。「我不會讓妳做白工的。如果妳真的想工作，我可以支付一小時十美元的薪資。」

她開始拍手鼓掌。如果她腳上穿的不是高跟鞋，可能會興奮地跳上跳下。「我什麼時候開始上班？」

我低頭看她穿的白色貼身七分褲。「明天可以嗎？妳應該會想換一套穿完就丟的衣服過來。」

她揮揮手，示意不要緊，接著把愛馬仕包包放到旁邊一張積滿灰塵的桌子上。「沒那回事。」她說：「我老公正在街上的酒吧看波士頓棕熊隊比賽。如果可以，我就待在這裡，跟妳一起動手整理吧。」

經過兩個小時的觀察，我確信自己結交了一個非常投緣的朋友，而且她真的是 Pinterest 點子網的狂粉。

我們用便利貼寫好「留著」或「丟掉」，看見任何東西就給它貼一張。她跟我一樣喜歡改造舊物再利用，我們至少為屋內七成五的遺留物品想出了重生方法，剩下的，她說她老公空閒時可以幫忙丟棄。現在我們知道如何處理這堆東西了，於是我拿起記事本和筆，跟她坐在桌邊，準備寫下設計規畫的點子。

「ＯＫ。」她說著，往椅子一靠。我很想笑，她的白色貼身七分褲現在沾滿了灰塵，但她似乎不在意。「妳對經營這裡有什麼目標嗎？」她問我，掃視屋內一圈。

「我有一**個目標**。」我說：「就是成功。」

她笑出聲來。「我毫不懷疑妳會成功，但妳要有未來的願景。」

我想起媽媽的話：「**莉莉，妳一定要讓它是個大膽、勇敢的計畫**。」我微微笑著，在椅子上坐直。我說：「大膽、勇敢。我希望這裡與眾不同，我想冒險。」

她咬著筆頭，瞇起眼睛。「但妳只賣花，賣花要怎麼大膽、勇敢？」

我環顧室內，試著讓腦中的想法躍至眼前，我甚至不太確定自己的想法是什麼，但我彷彿即將想出好點子而興奮、躁動起來。「當妳想到花朵，妳會聯想到哪些詞彙？」我問。

她聳聳肩。「我不知道耶。花朵很『甜美』？它們是活的，所以讓人聯想到『生命』，或許也會讓人聯想到『粉紅色』？還有『春天』。」

「甜美、生命、粉紅色、春天。」我複述一遍，接著說：「亞麗莎，妳真聰明！」我站起身，來回踱步。「我們要想出大家喜歡花的各種原因，然後逆向操作！」

她臉上的表情告訴我，她沒聽懂。

「OK。」我說：「如果我們不呈現花朵『甜美』的一面，而呈現花朵『邪惡』的一面呢？如果我們不用粉色調，反而使用類似深紫色，甚至黑色這樣的暗色調如何？而且我們不只頌揚春天和生命，也紀念冬天和死亡。」

亞麗莎睜大眼睛。「可是……如果有人想買粉紅色的花呢？」

「當然，我們還是會滿足他們的願望。但我們也要給他們，**他們所不曉得**，但自己心裡也想擁有的東西。」

她搔了搔臉頰。「所以妳想賣**黑色的花**？」她看起來侷促不安，我並不怪她。她會有這樣的反應，只是因為她看見的是我未來願景的黑暗面。我在桌邊拉張椅子，再度坐下，試著向她說明我的想法。

「曾經有一個人告訴我，沒有誰是壞人，我們都只是有時會做壞事的人。我一直把這句話記在心裡，因為我覺得很有道理。我們心中都有一些好的地方和一些邪惡的地方。我想主打這一點。我們不要在牆上漆甜膩的顏色，而是改漆深紫色，搭配黑色調。然後，不要只用無趣的水晶花瓶，陳列一般讓人聯想到生命的柔色花朵，這太稀鬆平常了。我們要走大膽、勇敢的前衛風格。我們可以用皮革或銀鍊之類的東西當包材，展示深色的花朵；不用水晶花瓶，而是把花插在黑色縞瑪瑙的容器……我不知道，或是用銀色鉚釘點綴的紫色絲絨花瓶。我們可以發揮無限的創意。」我再次站起身。「每個街角都有賣花給愛花人的花店，但有沒有一間花店，是為了所有『討厭花的人』而開的呢？」

亞麗莎搖搖頭，小聲說：「沒有。」

「就是這樣，一間也沒有。」

我們互看一會兒。我內心澎湃激動，再也無法多忍一秒，像個孩子歡快大笑。亞麗莎也笑了，接著她跳起來抱住我。「莉莉，這真是怪到不行，太聰明了！」

「我知道！」我全身充滿嶄新的動力。「我需要一張辦公桌，坐下來寫出營運計畫！但我未來的辦公室還堆滿舊菜籃！」

她走向店面後方。「那我們先去清理辦公室，之後再去買妳的辦公桌！」我們擠進辦公室，開始把籃子一個個拿出來，搬進儲藏室。我站上椅子，把收進儲藏室的籃子堆高，騰出移動的空間。

「這些籃子非常適合拿來呈現我心中的櫥窗展示。」她又拿給我兩個籃子，然後走出去。我踮起腳尖伸手，想把那兩個籃子堆到最上面。這時堆高的菜籃開始搖晃。我試著抓住某個東西穩住自己，但被籃子從椅子撞倒。我跌到地上的時候，感覺到一隻腳往不對的方向拗折。一陣痛楚襲上腿部，並往腳趾頭竄。

亞麗莎趕緊跑回儲藏室，第一件事是把兩個籃子從我身上移開。她說：「莉莉！天啊，妳還好嗎？」

我用手把自己撐起來，完全不敢把重量放在腳踝上。

我搖搖頭：「我的腳踝。」

她馬上替我脫鞋，然後從口袋拿出手機開始撥號，並抬頭看我。「我知道這麼問很蠢，但妳這裡碰巧有冰箱，裡面剛好有冰塊嗎？」

我搖頭。

「想來也是。」她說完就把手機按擴音，放到地上，開始替我捲褲管。我皺了一下臉，主要不是因為疼痛，而是不敢相信自己做了這麼愚蠢的事，我的腳要是骨折就完蛋了。我才剛把遺產全花在這棟屋子上，現在有可能一連幾個月都不能動手翻修。

「**嘿**，小莎莎。」她的手機傳來柔情的低吟。「妳在哪裡？比賽結束了。」

亞麗莎拿起電話，靠近嘴巴。「我在工作。聽著，我需要……」

對方打斷她的話，說：「**妳在工作？**寶貝，妳根本沒工作啊。」

亞麗莎搖頭說：「馬歇爾，聽我說，發生了緊急狀況。我覺得我的老闆腳踝骨折了，我需要你幫忙帶冰塊來……」

他發出笑聲，打斷她的話。「妳的『老闆』？寶貝，妳根本沒有工作啊。」他又重複一遍。

亞麗莎翻了個白眼。「馬歇爾，你喝醉了嗎？」

他對著電話含糊地說：「今天是『連身衣日』。小莎莎，妳送我們來的時候就知道啦，啤酒免費暢飲，直到……」

她低吟：「把手機拿給我哥。」

「好啦。」馬歇爾咕噥。手機傳來一陣窸窣聲，接著有人說：「喂？」

亞麗莎對著電話快速說出我們的位置。「趕快過來，拜託，帶一袋冰塊。」

「**遵命**。」他說。亞麗莎哥哥的聲音聽來也有點醉。一陣笑聲傳來，其中一個人說：「**她心情不怎麼美麗**。」接著，電話就掛斷了。

亞麗莎把手機放回口袋。「我去外面等他們。他們人就在這條街上，妳自己待在這裡可以嗎？」

我點頭，伸手撈椅子。「也許，我該試著扶著椅子走。」

亞麗莎往後推我的肩膀，讓我重新靠著牆。「不行，別動。等他們過來，好嗎？」

我不曉得兩個醉漢能怎麼幫我，但我點點頭。現在我的新員工感覺更像我的老闆，這個當下我有點怕她。

我在後面等了大約十分鐘，終於聽見前門打開。「這是**怎麼一回事？**」有個男人的聲音說：「妳怎麼會自己在這間詭異的屋子裡？」

我聽見亞麗莎說：「她在後面這裡。」她走進來，後面跟著一名穿連身衣的男子。他個子很高，有點偏瘦，有著一雙真誠大眼和一窩早該修剪的深色凌亂頭髮，讓他看來像個俊俏少年。這個人手上拿著一袋冰塊。

我有說他穿連身衣嗎？

我是說一個真正的大人，穿著海綿寶寶的連身睡衣。

「他是妳老公？」我問，抬起一邊的眉毛。

亞麗莎翻了個白眼。「很不幸，是的。」她說，回頭看他一眼。另一名「也穿著連身衣」的男子跟著走進來。我專心聽著亞麗莎跟我解釋，在這樣一個稀鬆平常的星期三下午，他們為何穿著連身睡衣。「街上有一間酒吧，只要波士頓棕熊隊有比賽，穿連身衣進場就可以免費喝啤酒。」她穿過雜物走向我，並向那兩名男子示意，要他們跟著。她對另一名男子說：「她從椅子上跌下來，弄傷腳踝了。」男子繞過馬歇爾，我首先注意到他的手臂。

要命，我認得那兩條手臂。

那是一名神經外科醫生的手臂。

亞麗莎是他妹妹？擁有一整層頂樓，老公穿著睡衣工作、就能賺進七位數字年薪的妹妹？

我和萊爾對上眼的時候，他整張臉融化成一個笑。**天啊，那是多久以前？**應該是六個月前吧？我不敢說，這六個月我完全沒有想過他，而且還想了好幾次，但我真沒想到會再見到他。

「萊爾，這位是莉莉。莉莉，這是我哥，萊爾。」她說，朝著他比了一下。「那位是我老公，馬歇爾。」

萊爾朝我走過來，兩腳跪在地上。「莉莉，」他說，帶著微笑注視我。「很高興認識妳。」

我從他心照不宣的微笑，看出他顯然還記得我，但他跟我一樣，假裝這是我們初次見面。我不確定自己有心情解釋我們是怎麼認識的。

萊爾用觸診的方式替我檢查腳踝。「妳的腳能動嗎？」

我試著移動，但一陣劇痛隨即往小腿竄上來。我痛得不禁吸口氣，搖搖頭。「還不行，很痛。」

萊爾向馬歇爾示意。「找東西包冰塊。」

亞麗莎跟馬歇爾一起走出去。等他們都離開了，萊爾看著我咧嘴而笑。「我不會收妳看診費，因為我有點醉了。」邊說邊眨了個眼。

我歪著頭看他。「第一次遇見你的時候，你呼大麻，現在又醉了。我有點擔心你無法成為一名出色的神經外科醫生。」

他笑出聲來。「看來似乎如此。」他說：「但我向妳保證，我很少呼大麻，而今天是我一個多月來休假的第一天，真的很需要來杯啤酒，或者五杯。」

馬歇爾回來，手裡拿著用舊布巾包裹的冰塊。他把冰塊交給萊爾，萊爾再把冰塊貼到我的腳踝上。「我需要用妳放在後車廂的急救箱。」萊爾對亞麗莎說。她點頭，抓起馬歇爾的手，拉著他再次步出房間。

萊爾把手心放到我的腳底說：「朝我的手出力。」

我的腳踝出力向下踢，還是很痛，但可以踢動他的手。「有骨折嗎？」

他把我的腳掌左右轉了一下，然後說：「我認為沒有。再觀察幾分鐘，看妳能不能把重量放在這隻腳。」

我點頭，看著他在我面前調整姿勢。他盤腿坐下，把我的腳放到他腿上。他環顧這個房間，注意力再次回到我身上。「所以，這是什麼地方？」

我的微笑有些過頭了。「這裡是莉莉布隆花坊，大概再過兩個月就可以開幕了。」

我發誓，驕傲點亮他整張臉。他說：「不會吧。妳辦到了？妳真的開了一間自己的店？」

我點點頭。「是啊，我想不妨趁著年輕、失敗了還能站起來，嘗試看看。」

他一隻手拿冰塊貼著我腳踝，一隻手握著我赤裸的腳掌，用大拇指來回撫著我的腳，彷彿這樣的碰觸再自然不過。而他放在我腳上的手，觸感比腳踝上的疼痛來得更加明顯。

「我這樣子很荒謬吧？」他問我，低頭看著自己身上的鮮紅色連身衣。

我聳聳肩。「至少你沒選卡通人物造型的睡衣。這件比海綿寶寶那件成熟一點。」

他笑出聲來。他把頭靠向身旁的門，收起笑容，用欣賞的眼神看著我。「白天的妳更好看。」

這種時刻，就是我超討厭自己的紅頭髮、白皮膚的原因。難為情不只在臉頰上展露無遺，我的整張臉、手臂、脖子都泛起潮紅。

我把頭靠向後方的牆壁，像他凝視我那樣，凝視著他。「你想聽赤裸的真相嗎？」

他點頭。

「那天晚上之後，我不只一次想要回去你們的屋頂，但我怕你在，所以不敢去，你讓我有點緊張。」

他撫摸我腳掌的手指停下動作。「換我說了？」

我點頭。

他把手移到我的腳心，瞇起眼睛，手指慢慢從腳趾尖往下滑到腳跟。「我還是很想跟妳做愛。」

有人倒抽一口氣，但不是我。

萊爾和我同時看向門口，亞麗莎站在那裡，眼睛睜得老大，張著嘴，手朝下指著萊爾。「你剛才……」她看向我說：「莉莉，我**超級**抱歉他這個樣子。」她又看向萊爾，眼神殺氣騰騰。「你剛才是在對我的老闆說，你想跟她**做愛**？」

老天。

萊爾收起下唇，咬了一下。馬歇爾跟在亞麗莎後面走進來說：「發生什麼事？」

亞麗莎看了馬歇爾一眼，再次用手指著萊爾：「他剛才對莉莉說，他想跟她**做愛！**」馬歇爾的視線從萊爾移到我這邊。我不知道該笑，還是該鑽到桌子底下躲起來。「你剛才那樣說？」他問，視線回到萊爾身上。

萊爾聳聳肩說：「看樣子是。」

亞麗莎雙手抱頭。「我的老天啊。」她看著我說：「他喝醉了，他們兩個都醉了，請不要因為我哥是個渾球而對我有意見。」

我對她露出微笑，揮手表示沒事：「沒關係，亞麗莎。很多人想跟我做愛。」我轉頭看向萊爾，他還在用手指隨意摸著我的腳。「至少妳哥哥說出心裡的話，沒有幾個人有勇氣說出心中真實的想法。」

萊爾對我眨眨眼，小心地把我的腳踝從他腿上放下來。「來看看妳能不能把重量放到這隻腳上。」他說。

他和馬歇爾扶我站起來。萊爾指著一公尺外一張靠牆的桌子，說：「試著走到桌子那邊，好讓我幫妳包紮。」

他一手摟住我的腰，一手牢牢抓住我的手臂，確保我不會跌倒。馬歇爾只是站在旁邊，表示支持。我放了一點力在腳踝上，會痛，但不至於痛得要命。我靠著萊爾的攙扶，一路跳到那張桌子邊。他則扶我撐起身體坐上桌子，靠著牆把腿打直。

「看來，好消息是妳沒有骨折。」

「壞消息是？」我問他。

他打開急救箱說：「接下來幾天，妳要避免用那隻腳走路，甚至要休息一星期或更久，視恢復情況而定。」

我閉上眼，頭往後靠著牆壁，哀吟道：「可是我還有好多事要做。」

他小心替我包紮腳踝。亞麗莎站在他身後，看著他包紮。

馬歇爾說：「我口渴了。有人想喝點東西嗎？對街有一間ＣＶＳ藥妝店。」

「我不用。」萊爾說。

「我要一瓶水。」我說。

「我要雪碧。」亞麗莎說。

馬歇爾握住她的手。「妳跟我一起去。」

亞麗莎把手抽回來，雙手在胸前交叉。「我哪兒也不去。」她說：「我信不過我哥。」

「亞麗莎，不會怎樣的。」我對她說：「他只是在開玩笑。」

她一語不發，盯著我看了一會兒，說：「好，但要是他搞出更多蠢事，妳不能開除我喔。」

「我答應，我不會開除妳。」

聽到這句話，她才再次握住馬歇爾的手，離開儲藏室。萊爾繼續替我包紮，問道：「我妹替妳工作？」

「對。我幾小時前才聘請她。」

他伸手到急救箱拿膠帶。「妳知道她一輩子都沒工作過吧？」

我說：「她警告過我了。」他下顎繃緊，樣子不像先前那麼放鬆。這時我才意識到，他也許以為我僱用她是為了接近他。「在你走進來之前，我都不知道她是你妹妹，我發誓。」

他看了我一眼，視線回到我腳上。「我沒那個意思。」他開始用膠帶固定繃帶。

「我知道你沒有。我只是不希望你以為我設了什麼圈套。我們想要的人生根本不同，還記得吧？」

他點頭，然後小心把我的腳放回桌子上。「沒錯。」他說：「我擅長一夜情，妳則是踏上尋找聖杯的無盡旅途。」

我笑了。「你記性很好。」

「沒錯。」他說，緩緩露出微笑：「但妳也很難忘。」

老天。他**必須**停止那樣說話。我用手掌撐著桌子，把腿挪下去。「赤裸的真相來了。」

他在我旁邊，靠著桌子說：「我洗耳恭聽。」

我毫不保留地說：「我深深被你吸引，你身上沒什麼我不喜歡的地方。既然你跟我想要的不同，假如我們再次相遇，希望你不要再說些讓我暈頭轉向的話。那對我並不公平。」

他再次點頭說：「換我了。」

他一手放在我身旁的桌面，微微向前傾：「我也深深被妳吸引，『妳』身上沒什麼我不喜歡的地方，但我有點希望我們再也不會相遇，因為我不喜歡自己那麼想妳。不是非常想，但是已經超過我希望的程度。所以，如果妳仍然不願接受一夜情，那麼我認為我們最好想盡辦法避免見面，因為那樣對我們都不好。」

我不知道他怎麼變得離我這麼近，現在大概只離我三十公分。靠這麼近，讓我很難專心聽他口中說出的話。他的目光短暫飄向我的嘴唇，我們一聽見大門打開，他馬上移到儲藏室中央。亞麗莎和馬歇爾進來時，萊爾正忙著把掉落的菜籃疊好。亞麗莎低頭看向我的腳踝。

「診斷結果如何？」她問。

我抿起下唇。「妳的醫生哥哥說，我有好幾天都不能用這隻腳走路。」

她把水遞給我。「幸好妳有我，我可以工作。妳休息時，我會盡我所能幫忙清理。」

我喝了口水，擦擦嘴。「亞麗莎，我在此宣布，妳榮獲了本月最佳員工。」

她露齒而笑，轉向馬歇爾：「你聽見了嗎？我是她的最佳員工！」

他伸手摟住亞麗莎，親吻她的頭頂。「小莎莎，我以妳為傲。」

我好喜歡他稱呼她「小莎莎」，我猜那是亞麗莎的暱稱。我想到自己的名字，想到以後不知會不會有個男人，把我的名字濃縮成甜死人不償命的「**小莉莉**」。

不對，那不一樣。

「需要我們送妳回家嗎？」她問。

我跳下桌子，試著動了動受傷的那隻腳。「送我到車上就行了。左腳受傷，開車應該沒什麼問題。」

她走過來摟著我。「如果妳願意把鑰匙交給我，我可以幫妳鎖門，明天回來開始清理。」

他們三個一同陪我走向車子，不過萊爾讓亞麗莎攙扶我。為了某種原因，他現在好像不太敢碰我。我坐上駕駛座後，亞麗莎把我的包包和其他物品放到踏腳區，然後坐進副駕駛座。她拿出我的手機，輸入自己的電話號碼。

萊爾靠向車窗。「接下來幾天，妳要多冰敷，泡熱水也有幫助。」

我點頭。「謝謝你的幫忙。」

亞麗莎靠過來說：「萊爾，也許你可以開車送她回家，再搭計程車回我們的公寓，以策安全。」

萊爾低頭看我，搖搖頭說：「我覺得那樣不妥。」他說：「她會安全到家的。我剛才喝了幾杯啤酒，開車不太好。」

「至少你可以送她進家門。」亞麗莎提議。

萊爾搖頭，手拍拍車頂，轉身走開。

亞麗莎把手機還給我的時候，我還望著他的身影。亞麗莎說：「他的行徑，我真的很抱歉。他先是跟妳搭訕，又表現得像個自私的混蛋。」她爬出車子，關上車門，從窗戶探頭進來。「我看他這輩子都要孤家寡人了。」她指著我的手機說：「到家傳個簡訊給我，需要什麼就打給我。純粹幫忙，不用算工時。」

「亞麗莎，謝謝妳。」

她微笑。「不，我才要謝謝**妳**。從我去年聽完保羅．努提尼的演唱會，就沒再像現在這樣對人生充滿期待了。」她揮手道別，朝馬歇爾和萊爾走去。

他們沿街步行，我從後照鏡看向他們。他們走到街角要轉彎的時候，我發現萊爾轉過頭，朝我的方向看了一眼。

我閉上眼，呼了一口氣。

我遇見萊爾兩次，兩次都發生在我寧願忘記的日子。一天是我爸爸的喪禮，一天我扭傷了腳踝。但不知怎麼，有他在，這樣的日子感覺沒那麼糟糕。

真希望他不是亞麗莎的哥哥。我有預感，這不會是我最後一次見到他。

第四章

從下車到走到家，我花了半小時。我打給露西兩次，想請她幫忙，她都沒接電話。當我走進家門，發現她竟然躺在沙發上，手機就在耳朵邊，心裡有點火大。

我甩上大門。她抬頭看了一眼。「妳怎麼啦？」

我扶著牆壁，跳著走向走廊。「扭到腳。」

我努力走到臥室門口。她大喊：「對不起，我剛才沒接電話！我在跟艾力克斯講電話！我本來要回撥給妳的！」

「沒關係！」我大喊回去，用力甩上房門。我走進浴室，拿了點之前存放在櫥櫃裡的止痛藥。我吞了兩片，倒在床上，瞪著天花板看。

真不敢相信，我要被困在這間公寓一整個星期。

我拿起手機，傳訊息給媽媽。

我扭傷腳踝了。沒什麼大礙，我可以請妳幫我到商店買點東西嗎？我傳清單給妳。

我把手機丟到床上。這是她搬來波士頓後，我頭一次因為她住得近而心生感激。其實也沒那麼糟。爸爸過世後，我跟她比較親近了。我知道，由於她從未打算要離開爸爸，讓我心裡對她累積不少怨懟。儘管這股怨懟已經消逝許多，只要一想起爸爸，我心裡又會冒出相同的感覺。

我還這麼怨恨爸爸並不是好事，但他該死的真的很可惡，對我媽媽、對我、對亞特拉斯，都一樣壞。

亞特拉斯。

最近這段日子，我除了忙著幫媽媽搬家，還要利用工作空檔偷偷找店面，都沒時間把好幾個月前開始翻閱的日記讀完。

我悲慘地一跳一跳走向衣櫥，途中只絆倒一次，幸好我及時扶住梳妝台。好不容易拿到日記本，我又一跳一跳回到床上，為自己調整一個舒服的姿勢。

既然接下來一星期都無法工作，不如繼續讀日記吧。看我如今這副值得同情的模樣，或許可以趁機同情一下過去的自己。

親愛的艾倫：

我應該沒跟妳說過，由妳主持奧斯卡頒獎典禮，是去年電視圈最棒的一件事。吸地板的搞笑橋段差一點讓我笑到尿褲子。

喔，而且我今天幫妳拉到一個新粉絲——亞特拉斯。別急著罵我又讓他進我們家，讓我好好解釋一下。

昨天我讓他進來洗澡之後，晚上我沒有再見到他的身影，但是今天早上，他上公車後又坐到我旁邊。他似乎比前一天開心一點。他滑進座位，對我露出笑容。

說實在話，看到他穿我爸爸的衣服是有那麼點怪，但那條褲子比我原先想的合身許多。

「妳猜怎麼樣？」他說，傾身往前，拉開背包上的拉鍊。

「怎樣？」

他拿出一個袋子交給我。「我在車庫裡找到這些東西，積了好多陳年的灰塵。我試著幫妳弄乾淨了一點，但我沒有水，所以清得不是很乾淨。」

我拿著袋子，用懷疑的眼神看他。我第一次聽他說這麼多話。過了一會兒，我才低頭看袋子並打開來。裡面看來是一堆老舊的園藝工具。

「我有一天看到妳在用鏟子挖土。我不確定妳有沒有眞正用來種植花草的工具。這些工具沒人使用，我就……」

「謝謝。」我有一點驚訝。我有過一把小鏟子，但把手上的塑膠層剝落，我用了手掌會起水泡。去年，我跟媽媽要園藝工具組當生日禮物，她送給我一把大鏟子和一把鋤頭。我不忍心告訴她，那不大符合我的需要。

亞特拉斯清了清喉嚨，然後把音量放低許多，說：「我知道這不像眞正的禮物，不是我用錢買來的，可是……我想送東西給妳。妳知道，因爲……」

他沒有把話說完，於是我點點頭，把袋子綁回去。「你可以先幫我保管，放學再拿給我嗎？我的背包裝不下。」

他接過袋子，先把背包放在腿上，再把袋子裝入背包，用兩手環抱著。「妳幾歲？」他問。

「十五歲。」

他聽到我的年紀後，眼神顯得有些感傷，但我不明白原因爲何。

「妳念十年級嗎？」

我點頭。老實說，我不知道該對他說什麼，我沒有太多跟男生相處的經驗，尤其是年紀比我大的男生，我一緊張就會有點沉默寡言。

他再次低聲說：「我不知道會在那個地方待多久，但如果妳放學後，需要有人幫妳種花草，或者需要其他幫忙，我可以幫妳。反正那裡沒有電力，我也沒什麼事可做。」

我笑了，心想聽到他這番自嘲的話，我該笑嗎？

艾倫，接下來的路程，我們都在聊妳。他提到有時候感到很無聊，我便問他有沒有看過妳的節目。他說他想看，因爲他覺得妳很有趣，但是電視機要插電才能看。他說這句話時，我還是不知道該不該笑。

我告訴他，他放學後可以跟我一起看妳的節目。我總是用數位錄放影機把節目錄下來，一面做家事，一面看。我想出一個辦法。我可以把大門鎖上，假如爸媽提早回家，只要趕快讓亞特拉斯從後門出去就行了。

我今天後來都沒再見到他，直到搭車回家才看見他人。這一次他沒有坐到我旁邊，因爲凱蒂比他先上車，先坐在我旁邊的位子。我想開口請她換位子，但我怕她誤會我暗戀亞特拉斯，拿這件事取笑我，只好讓她繼續坐在旁邊。

亞特拉斯坐在公車前排，比我早下車。他站在公車站等我，有點手足無措。我下車後，他打開背包，把那袋工具交給我。關於早上我邀他來家裡看電視的事，他沒有明確的表示，我就當他答應了。

我說：「來吧。」他跟著我走進家裡，我把門鎖好。「要是我爸媽提早回家，你就趕快從後門出去，別讓他們發現你。」

他點頭，帶著笑意說：「妳別擔心，我會趕快跑出去。」

我問他要不要喝點什麼，他說好。我弄了點心，把點心和飲料一起拿到客廳。我坐長沙發，他則坐我爸爸的椅子。我播放妳的節目，過程大概就是這樣。我們沒講太多話，因爲一出現廣告我就快轉。但我有注意到，笑點他都有笑。我認爲抓得到笑點，是非常重要的人格特質。每一次他被妳開的玩笑逗得哈哈笑，我就覺得，偷偷把他帶到家裡邊還挺不錯的。我不曉得爲什麼。也許是因爲，若他眞的是值得結交的朋友，我的罪惡感會減少一點。

看完節目，他就離開了。我想問他需不需要在我家再洗一次澡，但那樣的話，時間會很緊迫，因爲已經很接近我爸媽回家的時間了。我總不能讓他洗澡洗到一半衝出來，赤身裸體地穿過我家後院。

但話說回來，那樣還滿好笑的。酷斃了。

——莉莉

親愛的艾倫：

小姐，拜託，節目要用重播的？一整個星期都在重播？我能理解妳需要休息，但讓我提個建議好嗎？不要一天只錄一集，應該一天錄兩集，這樣妳就可以事半功倍，我們也不必一直看重播的節目。

我說的「我們」是指我和亞特拉斯。他現在是陪我看《艾倫秀》的好夥伴。我覺得他會跟我一樣愛妳，但我不會告訴他我每天都寫信給妳，因爲那樣有點太像迷妹的行徑。

他在那間屋子已經住了兩個星期。他又到我家洗了幾次澡。每次他來，我都會給他一些食物。如果他放學後有來我家，我還會順便幫他洗一下衣服。他老是向我道歉，彷彿他是個沉重的負擔。但老實說，我很喜歡這樣。他的存在讓我不去胡思亂想；我其實很期待每天放學後和他相處的時光。

爸爸今天晚上比較晚回家，這代表他下班後去過酒吧。也就是說，他很可能會找媽媽吵架。也就是說，他很可能又要做蠢事了。

我發誓，有時候我眞的很氣她留在他身邊。我知道我才十五歲，不太可能完全理解她選擇留下的原因，但我不要她拿我當藉口。我才不在乎她是不是沒錢離開他，也不在乎我們會不會被迫住破公寓，吃泡麵度日直到我畢業。就算那樣也比現在好。

現在，我聽見他在對她大吼大叫。有時候，當他又發作，我會走進客廳，希望能讓他冷靜下來。他不喜歡在我面前打她。也許我該去試一試。

——莉莉

親愛的艾倫：

如果我手上現在有槍或有刀，我會殺了他。

我一走進客廳，就看見他把她推倒在地。他們本來站在廚房裡，她抓著他的手臂，試圖讓他冷靜下來。他反手打她一巴掌，直接把她甩到地上。我確信他本來要踹下去，只是發現我走進客廳就收了腳。他低聲對她咕噥幾句，便走回房間，用力甩上門。

我衝到廚房想幫忙，但她總是不想讓我看見她這個樣子。她揮揮手，要我別過去。她對我說：「我沒事，莉莉。我沒事，我們只是爲了無聊的事吵架。」

她在哭，我在她臉頰被打的地方看見了紅印。我走近，想要確認她沒事，她轉過身背對我，手緊抓著流理台。「我說我沒事了。莉莉，回妳房間去。」

我轉身沿著走廊快步奔跑，但我沒有回房間，而是一路衝到後門，穿過後院。我好氣她這麼冷淡。我才不想跟他們待在同一間屋子裡。雖然天已經黑了，我仍然跑到亞特拉斯的屋子。我敲了敲門。

我可以聽見他在屋內移動的聲音，好像不小心把什麼東西撞倒。我壓低聲音說：「我是莉莉。」過了幾秒鐘，後門打開，他看了看我身後，又查看左右兩邊。直到他看向我的臉，才發現我在哭。

「妳還好嗎？」他問我，然後走出屋外。我用上衣擦眼淚，這才注意到他走出屋外，沒有邀我入內。我坐在門廊的台階上，他也在一旁坐下。

「我沒事。」我說：「我只是很生氣。有時候我生氣會哭。」

他伸出手，把我的頭髮塞到耳後。我喜歡他這個舉動，我突然沒那麼生氣了。接著他伸出手臂環過我，把我帶向他，讓我的頭靠在他的肩膀上。我不懂他怎麼一句話也沒說，就能安撫我的情緒，但他成功了。有些人身上散發著平靜的氛圍，他就是那樣的人，跟我爸爸完全相反。

我們維持那樣的姿勢坐了一會兒，直到我發現我房間的燈亮了起來。

他小聲說：「妳該回去了。」我們都看到我媽媽站在房間裡，尋找我的蹤影。那一刻我才意會過來，原來他可以清楚看見我的房間。

我走回家時試著回想，亞特拉斯待在老屋的這段期間，我有沒有在天黑後、燈沒關就在房內走動，因爲晚上我進房間後，通常只穿一件T恤。

艾倫，瘋狂的來了——我有點希望自己曾經那麼做。

——莉莉

止痛藥開始發揮作用。我把日記本闔上，等明天再繼續讀。**也許吧**。讀到描述爸爸從前如何對待媽媽的文字，讓我心情有點低落。

讀到描述亞特拉斯的文字，則讓我有點**傷心**。

•••

我試著入睡，想到了萊爾。關於他，眼下的狀況則是讓我有點生氣，**又**有點難過。

也許，我只需要想亞麗莎。只要想她今天的出現讓我有多開心就好。接下來幾個月，我會需要朋友在身旁，更別說幫忙了。我有預感，開店會比我預期的更有壓力。

第五章

萊爾說得對，幾天過後，我的腳踝恢復得差不多，可以行走了。但我等了整整一個星期才嘗試出門，我絕不能讓腳踝二次受傷。

我第一個去的地方當然是花店。今天我到花店時，亞麗莎也在。光是驚訝，已不足以形容我走進大門的心情。屋子簡直脫胎換骨，跟我買下的樣子全然不同。雖然還有一大堆工作等著我們，但亞麗莎跟馬歇爾已經把標示為垃圾的物品丟光了。其他東西整齊地堆成一疊一疊。窗戶清洗過，地板拖過。她甚至幫我清理出我打算用來當辦公室的空間。

我今天幫了幾個小時的忙，但她起先不准我做太多需要走動的事，所以我有大半時間在為花坊構思營運計畫。我們選好了油漆顏色，也定出開幕日期，距離現在大約五十四天。她離開後，我又花了幾小時，做她剛才在花店裡不讓我做的事。回來這裡心情真好，可是**天啊**，真累人。

所以此時此刻，當我家大門響起敲門聲，我才會天人交戰，猶豫要不要從沙發上起身去應門。露西今晚又去艾力克斯家了。五分鐘前，我才剛跟媽媽通過電話，我知道不會是露西或我媽。

我走到門口，從貓眼窺看，想確認是誰再開門。這個人低著頭，所以我一開始沒認出來，但後來他抬起頭往右看，我嚇得心臟差點停止跳動！

他怎麼會在這裡？

萊爾又敲了敲門。我試著撥開臉上的頭髮，用手把頭髮理順，但於事無補。我今天工作累得半死，樣子糟透了，除非有半小時的時間沖個澡、化妝、換件衣服再開門，否則基本上他只會看到我目前這副模樣。

我打開門，他的第一個反應令我不解。

「我的老天。」他把頭靠向我家門框，氣喘吁吁，彷彿剛健身完。這時我才注意到，他的樣子不比我有精神，也沒比我乾淨到哪去。他臉上的鬍碴應該有一、兩天沒理了，我從沒見過他有鬍碴，而且他的頭髮不像平常那樣精心打理，而是有些凌亂，一如眼神的飄忽不定。「妳知道我敲了多少扇門，才找到妳嗎？」

我搖搖頭。我是不曉得，不過既然他提起……**他怎麼會知道我住哪？**

他說：「二十九扇門。」他舉起手，比著手指，壓低音量又說一遍：「二……九。」

我的目光落到他的衣著。他穿著醫生的手術服。**真討厭**，他竟然穿著手術服。**要命**，比連身衣**好看多了**，連 Burberry 襯衫**都比不上**。

「你為什麼要敲二十九扇門？」我歪著頭問。

「妳沒有告訴我妳住哪一戶。」他說，一副就事論事的語氣。「妳說妳住在這棟建築，但我印象中，妳沒說是哪一層。先聲明，我本來很想從三樓開始敲，要是我聽從直覺，一個小時前就找到妳了。」

「你**怎麼會**來這裡？」

他用手抹了一下臉，接著指向我後方。「我可以進去嗎？」

我轉頭看了一眼，把門再打開一些。「好吧，但你要告訴我，你想幹嘛。」

他走進來，我關上門。他掃視四周，身上穿著性感得要命的手術服，雙手扠腰面對我，樣子有些失望，但我不確定他是對我，還是對他自己失望。

「我要告訴妳一個非常驚人的赤裸真相。」他說：「準備好，我要說囉？」

我雙手抱胸看著他。他吸口氣，準備開口。

「接下來幾個月，是我職業生涯中最關鍵的時期，我得專心投入。我的住院實習快結束了。在那之後，我得參加考試。」他在我家客廳來回踱步，比手畫腳，發狂似地說著：「可是這一星期來，我無法把妳從腦海中消除。我不懂為什麼，不論是在醫院還是在家裡，我腦中想的都是妳在我身旁時，帶給我的瘋狂感受。莉莉，我需要妳來停止這一切。」他停下腳步，面對我。「**拜託**，請讓它停止。只要一次，一次就好，我發誓。」

我看著他，同時緊抓著手臂，手指都掐進皮膚了。他還有一點喘，雙眼依然狂亂，但他看著我的眼神中滿是乞求。

「你上一次睡覺是什麼時候？」我問。

他翻了個白眼，彷彿我沒聽懂他的話，令他沮喪。他不以為然地說：「我剛值完四十八小時的班。莉莉，**專心聽我說**。」

我點頭，在腦中重複他的話。要是我不瞭解狀況……我還以為他要……

我吸口氣，讓自己冷靜下來。「萊爾，」我字斟句酌地說：「你不會是敲了二十九扇門之後，跑來告訴我，你因為想到我而導致自己生活大亂，所以我應該跟你上床，好讓你不用再想到我？你在**搞笑**嗎？」

他抿著唇想了五秒，慢慢點了個頭。「嗯……是這個意思沒錯。只不過……聽妳這樣描述，真是糟糕的行徑。」

我爆出一陣氣惱的笑。「萊爾，因為這很荒謬。」

他咬住下唇，四處張望，突然一副很想逃跑的樣子。我打開門示意，要他出去。他沒有出去，眼神落到我的腳上。「妳的腳踝恢復得不錯。」他說：「感覺還好嗎？」

我不禁翻白眼。「好多了。我今天頭一次可以去店裡幫忙亞麗莎。」

他點點頭，接下來的舉動像是要往門口離開。但他一走近我就轉過來，雙手朝我的頭兩側一伸，啪的一聲按在門板上。我同時因為他的接近和頑強，倒抽一口氣。「拜託？」他說。

雖然我的身體開始倒戈，央求自己的心智向他投降，我還是搖了搖頭。

「我很厲害，莉莉。」他咧嘴笑說：「妳根本不必費力。」

我憋住笑。他的不屈不撓很煩人，但也很可愛。「晚安，萊爾。」

他的頭低垂到雙肩之間，來回搖頭。他把門推開，站直身體，半轉身，朝走廊移動，只是突然又在我前面跪下來。他伸手環抱我的腰。「拜託，莉莉。」他自嘲笑著說：「**拜託**跟我上床。」他抬頭用小狗般的眼神看著我，露出滿懷希望的可憐笑容。「我好想好想要妳。我發誓，妳跟我上一次床，就不會再被我打擾了。我保證。」

看著一名神經外科醫生**這樣**跪在地上，央求和我上床，讓我有些無法招架。**他的樣子好可憐**。

「**你起來**。」我推開他的手臂。「你在讓自己難堪。」

他慢慢起身，雙手扶著門，在我身體兩側緩緩上移，將我圈在他的懷抱裡。「意思是妳答應了？」他的胸口幾乎跟我碰在一起，能被人這樣渴求，感覺真好，但我討厭這種感覺。我應該心生反感的，可是看著他，我快不能呼吸了，而且他臉上還掛著一抹挑逗的笑容。

「萊爾，我現在沒那種心情。我工作一整天，累壞了，身上都是臭汗，親起來可能都是灰塵的味道。如果你給我一點時間沖個澡，也許我會有心情跟你上床。」

我話還沒說完，他就狂點頭。「沖個澡。妳需要多久時間都可以，我等妳。」

我把他推開，關上大門。他跟我走進房間，我要他在床上等。

幸好我昨晚整理過床鋪。我通常會把衣服亂丟，書本堆在床頭几上，鞋子、內衣也常常沒收進衣櫥。但今天晚上房間很乾淨，我甚至把床鋪得很整齊，還擺了外婆傳給家族每個人、醜醜的拼布抱枕。

我快速環視房間，想確定他不會看見什麼尷尬物品。他往床上一坐，我看著他掃視房內。我站在浴室門口，想給他最後一次撤退的機會。

「你說這樣就會讓一切停止，但現在我要警告你，萊爾，我就像毒藥一樣。如果你今晚跟我上床，對你來說只會更糟，你只有這一次機會。我拒絕變成你用來……那天晚上你是怎麼說的？你用來**滿足需求**的眾多女孩之一。」

他向後靠，用手肘支撐。「莉莉，妳不是那種女孩。我也不是那種需要一個女人超過一次的男人。我們沒什麼好擔心的。」

我走進去，關上門，心想這傢伙究竟是怎麼說服我的。

都是手術服的關係。手術服是我的罩門，與他無關。

我在想，可不可以請他做愛時也穿著手術服？

我從來沒花超過半小時準備，可是今天我在浴室待了快一個小時。我甚至多剃了幾處不太需要剃毛的部位，並花了整整二十分鐘焦躁崩潰，還得說服自己不要開門叫他離開。但現在我頭髮乾了，身上從沒這麼乾淨過，我想也許我辦得到。我二十三歲了，我是可以嘗試一夜情的。

我打開門，他還在我床上。我發現他的手術服上衣丟在地上時，有點失望，但我沒看見他的褲子，他一定還穿在身上。不過他蓋著棉被，我無法確定。

我把門關上，等他翻身看我，但他沒翻過身。我又走近幾步，這才注意到他在打呼。

不只是「喔，我不小心睡著了」那種細微的打呼聲，而是深入快速動眼期的那種。

「萊爾？」我輕聲說，搖晃他的身體，但他動也不動。

你在開我玩笑吧。

我才不管會不會吵醒他，用力坐到床上。在工作一天耗盡力氣後，我剛才花了整整一小時，為了和他上床做準備，他卻這樣對待這個夜晚？

只是我不能生他的氣。看他睡得如此安詳，我更氣不起來。我無法想像連續值班四十八小時是什麼情況。況且我的床是真的很舒服，舒服到可以讓人即使睡了一整夜，還是可以一躺回去就入睡。**我應該事先警告他的**。

我拿起手機看了看時間，快十點半了。我把手機關靜音，在他身旁躺下。他的手機擺在枕頭上，靠近他的頭。我抓起手機，打開照相模式，舉起來對著我們，我確認過乳溝看起來很美，沒有外擴，然後拍了張照。至少要讓他知道自己錯過了什麼。

我關上電燈，暗自發笑。我竟然睡在一個半裸的男人旁邊，而我跟這個男人甚至沒接吻過。

我連眼睛都沒睜開，就感覺到他的手指沿著我手臂往上游移。我忍住不露出疲累的笑，假裝還在睡。他的手指滑過我的肩膀，繼續往脖子移之前，在我的鎖骨上稍做停留。那裡有我大學時期刺的小刺青，是一個用簡單線條勾勒的愛心，頂端有個小小的開口。我可以感覺到他的手指繞著那個刺青畫圓，接著他傾身親吻刺青圖案。我的眼睛閉得更緊了。

「莉莉。」他小聲說，一隻手臂環過我的腰際。我輕聲低吟，試著甦醒過來，接著我翻身平躺，抬頭看他。我張開眼睛時，他正低頭看我。我從窗戶透進來的陽光，以及陽光照在他臉上的角度，可以得知現在連早上七點都不到。

「我是妳遇過最卑劣的男人，對吧？」

我笑了，點點頭。「是很接近。」

他微微一笑，撥開我臉上的頭髮，俯身親吻我的額頭。他竟然這麼做，真討厭，現在要**換我**飽受失眠之苦了，因為我會想在腦中反覆重演這段回憶。

「我得走了。」他說：「我遲到很久了。第一，我很抱歉。第二，我不會再這個樣子。我向妳保證，妳不會再被我打擾了。第三，我**真的**很抱歉。妳不知道我有多過意不去。」

我勉強擠出微笑，但我其實很想皺眉，因為我完全不想聽到他說第二點。我一點也不介意他再試一次，但我接著提醒自己，我們想要的人生天差地別。還好他昨天睡著了，我們連接吻都沒有。要是我跟穿著手術服的他上床了，事情就會演變成換我找去他家，跪在地上央求更多。

很好，快刀斬亂麻，讓他就這樣離開。

「萊爾，祝你有個愉快的一天。希望你做什麼都成功。」

他沒有回應我的道別，只是低著頭微微皺眉，安靜注視著我，然後對我說：「好，莉莉，我也祝福妳。」

接著，他翻身離開我，從另一側起身。此刻的我，沒有勇氣正眼看他，所以我翻回我這一側，背對他。我聽見他穿起鞋子，拿起手機。過了很久，都沒有動靜。我知道他在看我。我緊閉雙眼，直到聽見大門關上。

我的臉馬上脹紅發燙，但我不想要鬱鬱寡歡，我強迫自己下床。我還有工作要做，不能因為自己不足以讓一個男人改變人生目標，就傷心難過。

除此之外，我還有**自己的**人生目標要擔心。我可是準備好要大展身手。反正眼下這種情況，我根本沒時間讓男人進入我的生活。

我沒時間。

沒有。

我可是個忙碌的女生。

我是大膽、勇敢的商界女性，才不在乎什麼穿手術服的男人。

第六章

從萊爾離開我的公寓那天算起，到現在已經五十三天了，也就是說，我有五十三天沒聽見他的消息了。

不過沒關係，反正這五十三天期間，我都在為現在這一刻準備，實在無暇多花心思想他的事。

「準備好了嗎？」亞麗莎說。

我點頭。她把吊牌翻到「營業中」那一面，然後我們像小孩一樣抱在一起尖叫。

我們在櫃台忙東忙西，等待第一個上門的客人。其實花坊仍在試營運階段，還沒大力宣傳，我們只是想先確定正式開幕之前不會出差錯。

「這裡真漂亮。」亞麗莎說，對我們辛苦付出的成果很是滿意。我環顧四周，胸中燃起一股驕傲。我當然追求成功，不過此時此刻，我已不確定成功是否那麼重要。我懷抱夢想並全力築夢，今天過後的一切都是錦上添花。

「花坊裡好香。」我說：「我**好愛**這個味道。」

我不曉得今天會不會有客人上門，但我們都一副遇上人生最美好事物的樣子，有沒有客人已經不重要了。況且馬歇爾今天會抽空過來，我媽下班後也會來看看。至少會有兩位客人，很多了。

此時，有人推開了店門。亞麗莎捏了捏我的手臂。我突然有點恐慌，要是出了什麼差錯，該怎麼辦？

接著，我是真的慌了手腳，因為真的出了差錯，而且是**大錯特錯**。我的天字第一號顧客不是別人，竟然是萊爾·金凱德。

門關上，他停下腳步，看著四周，露出驚嘆的表情。

「什麼？」他說著轉了一圈。「怎麼可能……？」他看向我跟亞麗莎。「太不可思議了。這裡簡直成了另一棟屋子！」

好吧。第一個客人是他，也許不打緊。

他忍不住東摸摸、西看看，花了幾分鐘才走到櫃台。當他終於走到我們這邊時，亞麗莎小跑步繞過櫃台擁抱他。「很美吧？」她說，朝著我揮揮手。「這些都是她想出來的點子。全部都是。我只是幫忙打打雜。」

萊爾笑了。「我不太相信妳逛 Pinterest 點子網的功夫，沒發揮半點作用。」

我直點頭。「她太謙虛了。沒有她的才能，這裡有一半的結果都不會成真。」

萊爾對我微笑，彷彿在我胸口插了把刀，**好痛**。

他雙手用力拍了一下櫃台說：「我是第一個正式光顧的客人嗎？」

亞麗莎遞了一張花坊廣告單給他。「你要真的購物，才算客人。」

萊爾瞄一眼廣告單，然後把單子放回櫃台，走向展示區，拿起一只插滿紫色百合花的花瓶。

「我要這些。」他說，將花朵放上櫃台。

我微笑，心裡猜想他知不知道自己挑了「英文發音就是莉莉」的百合花，實在**有點諷刺**。

「你需要宅配嗎？」亞麗莎問。

「妳們可以宅配？」

「不是亞麗莎和我親自宅配。」我回答：「我們有配合的外送員。我們不確定今天需不需要請他幫忙。」

「你買這些花是要送給女生？」亞麗莎問，就像妹妹一般都愛打探哥哥的感情生活。我發現自己悄悄靠近亞麗莎，想聽清楚他怎麼回答。

他說：「是啊。」看向我的眼睛，補充說：「但是我沒有很常想她，幾乎不太想。」

亞麗莎拿了一張卡片遞給他。「可憐的女孩。」她說：「你真是個渾球。」她用手指點了點卡片。「正面寫你要告訴她的話，背面寫你要送去的地址。」

我看著他彎身，在卡片的正反面寫字。我知道我無權過問，但我內心充滿了嫉妒。

「你要帶這個女孩來參加我星期五的生日派對嗎？」亞麗莎問。

我仔細觀察他的反應。他只是搖搖頭，頭也不抬地說：「不會。莉莉，妳會去嗎？」

單從他的聲音，我無法判斷他是否希望我參加。想到我似乎會帶給他莫大的壓力，我想他應該不希望吧。

「我還沒決定。」

「她會去。」亞麗莎替我回答。她看著我，瞇起眼。「不管妳想不想都要來。如果妳不來，我就辭職。」

萊爾寫完後，將卡片放進花束上的信封套。亞麗莎替他結帳，他付現。他在數鈔票時，對我說：「莉莉，妳知道有一個習俗是，店鋪開張時，要把收到的第一張鈔票裱框嗎？」

我點頭。我**當然**知道，他**也知道**我知道，他是故意說給我聽的，告訴我他的鈔票會永遠掛在店裡。我好想說服亞麗莎把錢退給他，但我是開門做生意的，可不能因為自尊影響花店的生意。

他拿到收據後，用拳頭敲了敲櫃台，吸引我注意。他微微低頭，帶著真誠的微笑說：「莉莉，恭喜妳。」

他轉身走出花店。大門關上後，亞麗莎一把拿起信封套。「他究竟要把花送給誰？」邊說邊把卡片抽出。「萊爾不是會**送花**的那種人。」

她大聲念出卡片正面的字。「讓它停止。」

真要命。

她盯著卡片看了一會兒，反覆念著這句話：「**讓它停止？**這句話到底是**什麼意思**？」她問。

我實在忍不住，從她手中抽過卡片，**翻**到背面。她靠過來，跟我一起讀背面的字。

「他真是個白癡，」她笑著說：「竟然在背面寫我們花店的地址。」她從我手中抽走卡片。

哇！

萊爾剛才買了花送我。不是**隨便**什麼花，而是一束百合花。

亞麗莎拿起手機說：「我要傳簡訊跟他說寫錯了。」她發出簡訊，然後看著那束花大笑。「神經外科醫生怎麼可以這麼**蠢**？」

我笑得合不攏嘴。真慶幸她盯著那束花看，而不是我，不然她就會把兩件事兜在一起。「在我們弄清楚他要送到哪之前，先放在我的辦公室。」我捧起花瓶，匆匆把我的花拿走。

第七章

「別再焦躁了。」戴文說。

「我沒有焦躁。」

他勾住我的手，陪我走向電梯。「妳有。而且妳再把衣領往上拉、遮住乳溝，就失去穿這件黑色小洋裝的意義了。」他抓住我的衣服上半部，用力往下拉回去，準備伸手進去替我調整內衣。

「戴文！」我把他的手拍走。他笑出聲。

「莉莉，沒事。我摸過比妳更美的胸，同志身分從來沒變。」

「是啊。但我敢打賭，那些胸部的主人，你可不會六個月才見一次面吧。」

戴文笑出來。「沒錯，但那有一半是妳的錯，還不都是因為妳每天在『拈花惹草』，獨留我們孤軍奮戰。」

戴文是我在行銷公司最喜歡的同事，但我們交情沒有好到在工作之外也成為好朋友。今天下午，戴文來花坊看看，馬上擄獲亞麗莎的心。亞麗莎央求戴文跟我一同參加派對。反正我也不想獨自參加，索性跟著她一起央求戴文。

我用手順了順頭髮，從電梯鏡子匆匆看一眼自己的倒影。

「妳為什麼這麼緊張？」他問。

「我沒有緊張。我只是討厭去一個誰都不認識的場合。」

戴文促狹地露出會意的笑，接著說：「他叫什麼名字？」

我釋放胸口的鬱氣，**有那麼明顯嗎？**「他叫萊爾，是一名神經外科醫生，非常、非常想跟我做愛。」

「妳怎麼知道他想跟妳做愛？」

「因為他真的跪下來乞求我：『**拜託，莉莉，請跟我做愛。**』」

戴文揚起一邊的眉毛。「他求妳跟他做愛？」

我點頭。「聽起來很可憐吧，但他平常沉著多了。」

電梯發出叮的一聲，門要打開了，我聽見走廊那端傳來音樂聲。戴文牽起我的雙手說：「所以妳想怎麼做？我需要讓這傢伙吃醋嗎？」

「不用。」我邊說，邊搖頭。「那可不是好主意。」但是……每次萊爾見到我都不忘強調，希望再也不要見到我。「也許可以讓他吃點醋？」我說著，皺起鼻子。「一點點？」

戴文下巴一挺說：「就這麼辦。」他一手放到我的下背，陪我走出電梯。走廊上只看得到一扇門，我們走過去按下門鈴。

「為什麼只有一扇門？」他說。

「整層頂樓都是她的。」

他輕聲笑了。「而她受雇於『妳』？要死了，妳的人生真是愈來愈有趣。」

大門打開，我看見是亞麗莎站在面前，大大鬆一口氣。她身後的公寓傳出音樂和陣陣笑聲。她一手拿著香檳杯，一手拿著短馬鞭。她看我瞪著馬鞭、露出困惑表情，就把馬鞭往肩膀後方一扔，牽起我的手，笑著說：「說來話長，請進！」

她把我拉進門。我握緊戴文的手，把他一起拖進來。她帶著我們一路穿過人群，來到客廳另一邊。「嘿！」她說，拉了一下馬歇爾的手臂。他轉過身對我微笑，接著拉我抱一下。我瞄了瞄他身後和我們四周，沒見到萊爾的蹤影。**也許我運氣好，他今晚被叫去值班了**。

馬歇爾伸出手跟戴文握手。「老兄，很高興認識你！」

戴文一隻手環在我的腰間。為了蓋過音樂，他放大音量說：「我叫戴文！我是莉莉的炮友！」

我笑出聲，用手肘頂他，然後靠到他的耳朵上說：「那是馬歇爾。你認錯人了，不過你做得很好。」

亞麗莎抓住我的手臂，拉著我離開戴文。馬歇爾跟他聊了起來，但我被拉往反方向，不禁伸手找他。

「妳不會有事的！」戴文大喊。

我跟亞麗莎走進廚房，她塞給我一杯香檳。「喝吧。」她說：「妳值得喝一杯！」

我喝了一小口香檳，但根本無心品嚐，因為我看見她有一間大小堪比工業等級的廚房，配有兩個功能完整的爐台，以及一個比我住的公寓還大的冰箱。「要死。」我小聲說：「妳真的『住』在這裡？」

她咯咯笑。「我知道。」她說：「想想看，我根本不必為了錢嫁給他。我愛上馬歇爾那個時候，他身上只有七塊錢，開一輛福特平托車。」

「他現在不是還開福特平托車嗎？」

她嘆口氣。「是呀。那輛車滿載我們的回憶。」

「真肉麻。」

她挑動眉毛。「那個……戴文滿不錯的。」

「比起我，他應該更喜歡馬歇爾。」

「老天。」她說：「太可惜了吧。我邀他來參加今晚的派對，還以為能把你們湊成一對。」

廚房門打開，戴文走進來對亞麗莎說：「妳老公在找妳。」她轉個圈，腳步輕快地走出廚房，一路上咯咯笑。「我好喜歡她。」戴文說。

「她很棒，對吧？」

他倚身靠向中島說：「那個，我好像遇到『乞丐』本人了。」

我的心臟在胸口撲通狂跳。我想「神經外科醫生」好聽多了。我又喝了口香檳。「你怎麼知道是他？他向你自我介紹嗎？」

他搖搖頭。「沒，但他偷聽到馬歇爾跟別人介紹我是『莉莉的約會對象』。我覺得他看我的眼神快把我燒死了，我就躲了進來。我是喜歡妳，但我可不想因妳而死。」

我笑了出來。「別擔心，我很肯定他對你祭出死亡威脅的眼神，其實是微笑。他總是用那種眼神微笑。」

門再次打開，我立刻整個人僵住，但進來的只是餐飲業者，我鬆了口氣。戴文說：「**莉莉**。」彷彿我的名字很令他失望。

「怎樣？」

「妳一副快吐的樣子。」他語帶責備地說：「妳真的很喜歡他耶。」

我翻了翻白眼，不過我接著垂下肩膀，假裝用哭音說：「戴文，對，我喜歡他，但我『不想』喜歡他。」

他拿走我的香檳，一口喝光剩下的酒，再一次勾住我的手臂說：「我們出去交際吧。」拉著不情不願的我走出廚房。

室內比剛才更擁擠，這裡頭一定擠了超過百人。我連自己認識的人有沒有這麼多，都不確定。我們四處走動與人交流。我站在後面，讓戴文主導對話。目前他和遇到的每個人都有共同認識的人。跟他晃了半小時左右，我發現他玩開了，想找出在場每個人跟他的共同朋友。我陪他找人交際的整個過程，注意力有一半在他身上，一半在屋內尋找萊爾的蹤跡。四處不見他的人影，我不禁懷疑戴文一開始見到的真是他。

「還真怪。」一名女子說：「妳覺得那是什麼？」

我抬頭發現她在看牆上的一幅藝術作品，似乎是將一張照片放大印在畫布上。我歪著頭端詳。女子嗤之以鼻地說：「我不懂為什麼有人想把那張照片當成牆面藝術。拍得好爛，糊到根本看不出是什麼東西。」她氣呼呼走掉，我鬆一口氣。是說確實有點怪，但我有什麼資格批評亞麗莎的品味？

「妳覺得如何？」

他的聲音很低沉，**就在**我身後。我短暫閉上眼睛，緩緩吸口氣，再悄悄吐氣，希望他不會注意到他的聲音會對我產生任何影響。「我很喜歡。我不確定那是什麼，但是很有趣，你妹妹的品味很好。」

他走過來在我身旁停下，面對我，又往前一步，離我好近好近。他輕觸我的手臂。「妳帶了約會對象？」

他就像隨口問問那般自然，但我知道他不是。我答不出來，他靠過來，好在我耳邊低聲說話。他又說了一次，但這次不是問句：「妳帶了**約會對象**。」

我鼓起勇氣抬頭看他，但馬上後悔。他穿著一套黑色西裝。這身黑色西裝，把先前的手術服完全給比下去。我的喉嚨突然哽住，我嚥了一下口水，接著說：「我帶約會對象來，有什麼問題嗎？」我把視線從他身上移開，再度看著牆上的照片。「我在試著讓你好過點，也就是，試著**讓一切停止**。」

他詭異地笑了笑，一口喝光杯中的酒。「莉莉，妳真是**貼心**。」他把空酒杯往屋角的垃圾桶一扔，結果玻璃杯撞到空桶底，整只碎掉。我看了看四周，沒人目睹這個情況。我回過頭看萊爾，他已經走到走廊上，消失在某個房間裡，而我站在原地，視線回到那張照片。

我這時才看出來。

照片很模糊，所以一開始認不出來，但我到哪裡都認得出那頭髮，那是**我的**頭髮。我不可能認錯，還有我身下那張航海級聚合材質的躺椅。**這是我們初遇當晚，他在屋頂拍的照片**。他一定是把照片放大做了失真處理，不讓別人看出到底是什麼。我用手摸向脖子，我的血液彷彿要沸騰了。**這裡好熱**。

亞麗莎出現在我身旁。「很怪吧？」她看著照片說。

我搔了搔胸口說：「這裡好熱。妳不覺得嗎？」

她看看周圍說：「會嗎？我沒注意耶。我是有點醉了。我去叫馬歇爾開空調。」

她再次消失。那張照片，我愈看愈氣。這個男人把我的照片掛在他家牆上。他送我花。他為了我帶約會對象出席他妹妹的派對而擺臉色，表現出一副我們之間真有什麼的樣子，但我們連接吻都沒接吻過！

我又氣又惱。我在廚房喝的那半杯香檳，一股腦地向我襲來。我氣到無法好好思考。如果這個男人這麼想跟我上床，那他就不該睡著！如果他不想把我迷倒，就不該買花送我！他不該把我的神祕照片掛在家裡！

我只想呼吸新鮮空氣。我需要新鮮空氣。幸好，我正好知道哪裡有新鮮空氣。

幾分鐘後，我衝到屋頂的露台。屋頂有一些從派對溜出來的人，有三個人坐在露台椅上。我不管他們，直接走到有絕佳視野的那面矮牆往外探。我深吸好幾口氣，試著冷靜下來。我想下樓叫他用該死的腦子想清楚，但我知道我要先擁有清晰的思路。

空氣很冷。我把空氣冷也怪到萊爾頭上。今晚的一切都是他的錯。戰爭、飢荒、槍枝暴力，**統統**是他害的。

「能讓我們單獨聊幾分鐘嗎？」

我轉過身，萊爾站在其他客人旁邊。那三人不約而同地立刻點頭並站起身，要把空間讓給我們。我抬起雙手說：「等一下。」但沒有一個人看我。「沒這個必要。真的，你們不必離開。」

萊爾手插口袋，不為所動地站著。一個賓客嘀咕：「沒關係，我們不介意。」他們一個個從樓梯口下去。只剩下他和我的時候，我翻了翻白眼，轉身再次面對矮牆。

「大家總是照你的話做嗎？」我惱怒地問。

他沒有回答。他放慢腳步，從容地朝我走近。我的心臟就像參加快速約會般撲通直跳。我又開始搔胸口。

「莉莉。」他在我身後說。

我轉過身，雙手扶著後方的矮牆。他的視線往下移到我的乳溝。他一看向我，我立刻把洋裝往上拉，一點不讓他看，然後再度抓著矮牆。他笑了出來，往前走近一步。我們現在幾乎要碰在一起，我的腦袋糊成一團。真可悲，我太可悲了。

他說：「我感覺得出來，妳有很多話要說，所以我要給妳說出赤裸真相的機會。」

「哈！」我笑著說：「你真的要聽？」

他點頭，我打算讓他如願以償。我推他的胸口，從他身邊繞過，換他靠在矮牆上。

「我分辨不出你想要**什麼**，萊爾！每次我告訴自己不要放感情，你又突然出現在我面前！你到我工作的地方，到我公寓門口，到派對上，你……」

「我住在這裡。」他說，否認最後一項指控。

那讓我更火大，雙手緊緊握拳。

「哼！我要被你逼瘋了！你想要我嗎？還是**不想**？」

他挺直身體，朝我走近一步。「喔，我想要妳，莉莉。別誤解了，我只是『不想』想要妳。」

聽到那句話，我用全身的力氣嘆了口氣。一部分是出於挫折，一部分是因為他說的每句話都令我顫抖。我真不想因為他而有這種感覺。

我搖頭。「你不懂吧？」我的聲音柔和了些。我覺得嚴重受挫，無法繼續對他大聲說話。「萊爾，我喜歡你。我知道你只想跟我一夜情，這讓我**非常**傷心。也許幾個月前，我們真的可以只做愛，然後你可以拍拍屁股走人，我也可以輕鬆繼續過生活，但現在不是幾個月前。你等太久了，我的心已經放太多在你身上。所以拜託你，不要再跟我調情了。不要再把我的照片掛在你住的公寓裡，也不要再送花給我。因為萊爾，你做那些事情，我並不**好受**，其實我很痛苦。」

我洩了氣，累壞了，準備離開。他默默看著我，我出於尊重，給他反駁的時間，但他沒有反駁。他只是轉過去，靠著矮牆，俯瞰下方的街道，彷彿我說的話他一個字也沒聽見。

我走過屋頂，打開門，心裡有點期待他喊我的名字，或者叫我不要走。我一路往公寓走，直到完全放棄那樣的期待。我擠過人群，穿過三個不同的房間，才找到戴文。他看見我臉上的表情，只是點點頭，穿過房間朝我走來。

「要走了嗎？」他勾住我的手臂問。

我點頭。「對，**迫不及待**。」

我們在大客廳找到亞麗莎。我向她和馬歇爾道晚安，解釋我開幕週累壞了，明天還要上班，想好好睡一覺，作為離開的藉口。亞麗莎擁抱我，送我們到門口。

她對我說：「我星期一就回去上班。」並親了親我的臉頰。

我說：「生日快樂。」戴文打開門。我們正要踏進走廊時，我聽見有人大喊我的名字。

我轉過身，萊爾從屋內另一端努力穿越人群擠過來。「莉莉，等一下！」他大喊，還在想辦法穿過人群走向我。我的心臟撲通亂跳。他快步行走，想繞過其他人，而每個擋在他面前的人，都加深他的挫折感。最後，他終於在人群中找到縫隙，與我視線再次交會。他朝我走來，牢牢盯著我。他沒放慢腳步，筆直朝我走近，連亞麗莎都必須讓路。起初我以為他可能要吻我，或者至少反駁我在樓上說的話，但他的舉動完全超出我的意料，他將我一把抱起。

「萊爾！」我大喊，緊摟他的脖子，怕掉下去。「放我下來！」他一隻手抱著我的腿，一隻手環住我的背。

他對戴文說：「我今天晚上需要借走莉莉，可以嗎？」

我看著戴文，瞪大眼搖頭。戴文只是露出詭異的笑容說：「請便。」

叛徒！

萊爾轉過身，朝客廳後方走去。我經過亞麗莎的時候，看了看她。她困惑地睜大眼睛。我對她大喊：「我要殺了妳哥！」

屋內每個人都在看。他抱著我，從走廊往他的房間走去。一路上我尷尬死了，只好把臉埋在萊爾胸口。房門一關，他就慢慢把我放下來，站在地上。我立刻對他大吼，想把他從門口推開，但他把我轉過來，推離門口，並抓住我的兩隻手腕，然後把我雙手舉高，按到牆上說：「莉莉？」

他熱烈地看著我。我不再試著推開他，屏住了呼吸。他的胸膛抵著我的胸口，我的背緊貼著房門。他吻上我的唇，我的嘴唇上一股溫熱。

他的嘴唇雖然用力，觸感卻如絲綢一般柔軟。我很驚訝自己竟不由自主地發出呻吟，然後我更驚訝自己竟張開雙唇，想要更多。他伸出舌頭與我交纏，然後鬆開我的手腕，轉而捧住我的臉。他愈吻愈深，我忍不住抓他的頭髮，將他拉近，感受他的吻傳出的電流在我全身流竄。

我們同時發出呻吟和喘息。這個吻，讓我們快要把持不住；唇上的吻已然不夠，身體向我們索求更多。我感受到他伸手往下，他抓住我的雙腿，將我一把抬起，勾住他的腰。

天啊，這個男人太會接吻了。他深情接吻的認真程度，完全不輸他對待醫生的工作。他將我拉離門邊。那一刻我突然意識到，他的嘴上功夫是很厲害，但我在樓上對他說的事，每一件，都沒有從他的口中聽見回應。

我只知道我投降了，我正在給他想要的一夜情，而現在的他還不配得到。

我從他的嘴唇移開，用手推他的肩膀：「放我下來。」

他繼續朝床邊走，我只好再說一次：「萊爾，立刻放我下來。」

他停下腳步，讓我站到地上。我得退開一些，把臉轉向另一側，整理一下思緒。我的嘴唇還留有他親吻的觸感，這個時候看向他，實在不明智。

我感覺到他伸手環住我的腰，把頭靠在我的肩上。他小聲說：「對不起。」他把我轉過來，舉起一隻手，用拇指輕撫我的臉。「可以換我說嗎？」

我沒有回應他的觸碰。我繼續雙手抱胸，打算先聽他說什麼，再決定是否回應他的撫觸。

「我拍下那張照片的當天，就把它做成了掛畫。」他說：「掛在我的公寓已經好幾個月了，因為妳是我見過最美麗的人，我每一天都想看到。」

喔。

「至於我到妳家去的那天晚上，我是想去找妳。因為在我的人生中，從來沒有一個人像妳那樣撩撥我的心，拒絕離開，我不知如何是好。而我這個禮拜送妳花，是因為我看到妳努力實踐夢想，感到非常、非常驕傲。要是我每次想送花給妳就送，妳的公寓根本擺不下，可能連妳自己都進不去。我就是這樣一直想著妳。對，莉莉，妳說得沒錯，我這樣做是在傷害妳，但**我也**受傷了。

直到今晚之前……我一直不明白為什麼。」

聽到那些話，我不知道自己怎麼還有力氣開口說話。「你為什麼受傷？」

他把額頭靠在我的額頭上。「因為，我不懂自己在做什麼。妳讓我想要成為不一樣的人，但假使我不知道要怎麼成為妳需要的人呢？這對我來說是全新的體驗。我想向妳證明，我想要的絕對不只是一夜情。」

這一刻的他看起來是如此脆弱，我想相信他眼底的真摯，但從我遇見他以來，他就堅持他想要的與我不同。我很害怕一旦我向他投降，他便會離開我。

「莉莉，我要怎麼向妳證明？告訴我，我會照妳的話去做。」

我不曉得。我幾乎不認識這個男人，我只知道自己想要的不只是跟他上床。可是我要怎麼弄清楚，他想要的不只是做愛？

我立刻看著他的眼睛說：「不要跟我做愛。」

他盯著我看了一會兒。我完全猜不透他在想什麼，但接下來他點頭，彷彿終於聽懂我的話。

「好。」他繼續點著頭說：「好，莉莉．布隆，我不跟妳做愛。」

他繞過我走向房門，把門鎖上。他熄掉燈，只留一盞檯燈，然後一邊脫上衣，一邊朝我走來。

「你在做什麼？」

他把衣服丟到椅子上，然後脫掉鞋子。「我們要睡覺了。」

我瞄一眼他的床鋪，再看向他：「現在？」

他點點頭並走向我，猛然拉起我的洋裝，從頭上脫掉。我穿著內衣和內褲，站在他的房間中間。我用手遮住身體，但他沒多看一眼，只拉著我往床鋪走。然後掀開被子，讓我鑽進去。他往他要躺的那一側走，說著：「我們又不是沒有不做愛、一起睡覺過。容易得很。」

我笑了。他走向五斗櫃，把手機接上充電器。我花了點時間快速環視房間。這絕對不是常見的那種客房，三間我的房間都塞得進去。另一面牆放了一張沙發，面對電視擺了一張椅子。與臥室相接的空間是一個完整的書房，搭配從地面延伸至天花板的整落書櫃，非常完善。儘管檯燈熄了，我還在四處張望。

「你妹妹**真是有錢**。」我說，發現他在替我們蓋被子。「她到底拿我給的十美元時薪做什麼？擦屁股嗎？」

他笑著牽起我的手，與我十指交扣說：「她很可能根本沒兌現支票。妳確認過嗎？」

我沒有，而現在，我很好奇。

「晚安，莉莉。」

我收不住臉上的微笑，因為現在這個樣子有點荒謬，但又太美好了。

「晚安，萊爾。」

我覺得自己好像迷路了。

每樣東西都好白又好乾淨，讓人看不清四周。我拖著腳，穿過其中一間客廳，試圖弄清廚房的位置。我不知道昨晚我的洋裝最後去哪了，所以我套上萊爾的上衣，衣長剛好蓋過膝蓋。我很好奇，他是不是為了讓粗壯的手臂塞進去，故意買比較大件。

窗戶實在好多，陽光好強，我不得不用手遮著眼睛，一邊尋找哪裡有咖啡可以喝。

我推開廚房的門，終於找到咖啡機了，**謝天謝地**。

我調好沖泡模式，正要去找馬克杯時，身後的廚房門打開了。我轉過身，發現亞麗莎並非總是處於化妝、戴首飾的完美狀態，鬆了一口氣。她頭髮亂亂地盤在頭上，睫毛膏暈染開，沾到臉頰上。她指著咖啡機說：「我也要一杯。」她爬上中島，彎腰駝背，無精打采地坐著。

「我可以問個問題嗎？」我說。

她無力地點頭。

我揮手朝廚房四周比畫。「這是怎麼辦到的？這裡昨晚才開過派對，怎麼可能我一覺醒來，就變得一塵不染？妳整個晚上都在打掃嗎？」

她笑了。她說：「我們有請人。」

「人？」

她點頭。「對。**我們家的事全部**有人打理。」她說：「別驚訝，妳隨便想一件事，什麼事都可以，應該都有專人負責。」

「採買雜貨？」

「專人負責。」她說。

「聖誕裝飾？」

她點頭。「也有專人負責。」

「生日禮物呢？譬如送給家人的生日禮物？」

她露出笑。「有**專人**負責。我們家的人，年節生日都會收到禮物和卡片，我連一根手指都不必抬。」

我搖頭。「哇！妳這麼有錢多久了？」

「三年。」她說：「馬歇爾把他開發的幾個軟體賣給蘋果公司，賺了很多錢。他每六個月更新一次軟體，再賣出去。」

咖啡開始慢慢滴下來，我拿了一只馬克杯裝咖啡。「妳要加什麼嗎？」我問：「還是妳連這個都有專人負責？」

她笑了。「對，妳就是我的專人。請幫我加糖。」

我在她的杯子裡加糖攪拌，拿過去給她，接著替我自己倒一杯。我在咖啡裡加奶精時，一陣沉默，我等她開口問我跟萊爾的事。我們不可能不聊這件事。

她說：「我們可以不要尷尬嗎？」

我嘆氣，心情緩和下來。「當然，我也不想這樣。」我面對她，啜一口咖啡。她把咖啡放在身旁，手抓住流理台面。

「是怎麼**發生**的？」

我搖搖頭，努力不笑得像被愛情沖昏頭。我不想讓她覺得我很軟弱，或是像個傻瓜不得不屈服。「認識妳之前，我們就見過面了。」

她歪著頭。「等等，」她說：「是在我們**熟起來**之前，還是在我們**第一次**見面之前？」

「第一次見面之前。」我說：「有一晚，我們相處得很開心。大概是在我認識妳的六個月之前？」

「一晚相處得很開心？」她說：「是指……一夜情嗎？」

「不是。」我說：「昨晚之前，我們連吻都沒接過。我不知道，我不會解釋。我們就只是一直調情，好久了，直到昨晚才一發不可收拾。事情經過就是這樣。」

她再次拿起咖啡，慢慢喝了一口。她往下盯著地板看了一會兒，我無法不注意到她的樣子有點傷心。

「亞麗莎，妳沒生我的氣吧？」

她馬上搖搖頭。「沒有，莉莉，我只是……」她再次放下咖啡杯。「我只是很瞭解我哥。我很愛他，真的，可是……」

「可是什麼？」

亞麗莎和我同時看向聲音傳來的方向。萊爾站在門口，雙手抱胸。他穿著一條灰色慢跑褲，褲頭鬆垮垮地掛在腰間，快要掉下來的樣子。他沒穿上衣。**我要把這個造型加入我記在腦中的其他造型。**

萊爾推開門走進來。他走向我，拿走我手中的咖啡，彎身親吻我的額頭，然後倚靠流理台，喝一口咖啡。

「我無意打斷妳們的對話。」他對亞麗莎說：「請務必繼續。」

亞麗莎翻了個白眼說：「別鬧了。」

他把咖啡還給我，轉身去拿他的馬克杯，從咖啡壺倒咖啡。「我聽到妳好像在警告莉莉，我很好奇妳要說什麼。」

亞麗莎跳下中島，把馬克杯拿到水槽。「她是我朋友。萊爾，你的男女關係紀錄沒多好。」她洗好馬克杯，屁股靠著水槽，面對我們。「身為她的**朋友**，我有權針對她的約會對象提供意見，那是朋友**會做的事**。」

我突然因為他們之間氣氛緊張，感到不太自在。萊爾手中的咖啡一口都沒喝。他走向亞麗莎，把咖啡倒進水槽。他就站在她面前，但她連一眼都不瞧他。「那麼，身為妳**哥哥**，我希望妳能對我更有信心一點，那是**手足**會做的事。」

他用力推門，步出廚房。他出去後，亞麗莎深深吸口氣。她搖了搖頭，雙手掩面說：「剛才那樣，對不起。」她勉強擠出笑容。「我得去沖個澡。」

「妳沒有專人幫忙洗澡？」

她笑著離開廚房。我在水槽洗好馬克杯，走回萊爾的房間。我打開房門時，他坐在沙發上滑手機。我走進去，他沒有抬頭看我；有那麼一秒，我以為他可能也在生我的氣，但他丟開手機，往後靠著沙發說：「來我這。」

他抓起我的手，把我往下拉，讓我跨坐在他身上。他拉著我，讓我的嘴唇貼上他的唇，狠狠吻著我。我不禁好奇，他是不是想證明妹妹錯看了他。

萊爾從我的嘴唇移開，慢慢往下掃視我的身體。「我喜歡妳穿我的衣服。」我微笑。「這個嘛，我得去上班了，可惜不能一直穿著。」

他幫我把頭髮從臉上撥開，說：「我接下來有一台非常重要的手術，要好好準備，可能有幾天沒辦法見妳。」

我試著掩飾失望，但如果他真的願意嘗試讓我們之間成為可能，我得習慣失望。他警告過我，他花很多時間工作。「我也很忙。週五花店正式開幕。」

他說：「喔，我週五之前會去找妳。我保證。」

這一次我毫不掩飾，開心地笑了。「好啊。」

他又吻了吻我，這一次吻了整整一分鐘。他開始把我放到沙發上，但接著奮力抽身說：「不行，我太喜歡妳了，不能只跟妳親熱。」

我在沙發上躺下來，看著他為上班著裝。

他換上了手術服。我好開心。

第八章

「我有事要跟妳聊一聊。」露西說。

她坐在沙發上，睫毛膏糊得都流到臉頰上了。

糟糕。

我丟下包包衝過去。我在她身旁一坐下，她就哭了。

「怎麼了？是艾力克斯要跟妳分手嗎？」

她開始搖頭，然後我真的開始害怕。**拜託不要說得了癌症**。我牽起她的手，這才看見。「露西！妳訂婚了？」

她點頭。「對不起，我知道我們的租約還有六個月，但他希望我搬去一起住。」

我盯著她看了一會兒。**那是她哭的原因？因為她想提前解約？**她伸手抽了張衛生紙，輕輕擦拭眼淚。「莉莉，我很難過，只剩下妳一個人，而我要搬出去，**沒人**陪妳了。」

搞什麼……

「露西，嗯……我會很好的，我答應妳。」

她露出滿懷希望的表情，抬頭看我。「真的嗎？」

她到底為何覺得我是那種人？我又點點頭。「對，我沒有生氣。我很替妳高興。」

她伸手撲向我，把我抱住。「喔，謝謝妳，莉莉！」她又笑又哭。她放開我，跳起來說：「我得去告訴艾力克斯！他好擔心妳不會答應我提前解約！」她抓起包包和鞋子，消失在大門口。

我往沙發躺，盯著天花板。**她剛才是在耍我嗎？**

我笑了起來。直到這一刻我才明白，我有多期待這件事發生。**整間公寓都是我的了！**更棒的是，等我真的決定要和萊爾上床了，不管什麼時候，我們都可以來這裡，不必擔心會吵到人。

我上一次跟萊爾講話，是上星期六離開他家的時候。我們說好要嘗試交往，不必對彼此承諾，藉此瞭解這是不是我們都想要的關係。現在是星期一晚上，他還沒聯絡我，我有點失望。星期六道別之前，我把電話號碼給他了，但我不太懂傳簡訊的禮節，尤其是「嘗試交往」的階段。

總之，我不要主動傳簡訊給他。

我決定用我少女時期的煩惱和艾倫．狄珍妮來填滿時間，才不要苦苦等一個我沒打算上床的人召喚呢。只是我不懂，我怎麼會認為，重讀關於自己**第一次發生性關係**的對象的文字，可以避免掛念我**不打算**發生關係的那個男人。

親愛的艾倫：

我外曾祖父名叫艾利斯。我從小到大一直認爲，外曾祖父年紀這麼大，竟然能有這麼新潮的名字，眞酷。妳相信嗎？他過世後，我去讀他的訃聞，才發現艾利斯根本不是他的本名。他的本名是李維．桑普森，我之前完全不曉得。

我問奶奶艾利斯這個名字是怎麼來的。她說，他的名字英文縮寫是L.S.，大家都只念第一個英文字母，念久了就念成了一個字。

因此，他們都叫他艾利斯。

我看著妳的名字，想起我外曾祖父的名字。艾倫，那是妳的眞名嗎？也許妳和我的外曾祖父一樣，是用名字開頭的英文字母縮寫，來編出化名。

L.N.——「艾倫」，被我識破了吧。

講到名字，妳覺得亞特拉斯這個名字怪不怪？很怪吧？

昨天我跟他一起看妳的節目。我問他他的名字由來，他說不知道。我想都沒想就對他說，應該問他媽媽爲什麼幫他取這個名字。他只看了我一秒說：「有點太遲了。」

我不知道那句話是什麼意思。不知道是他媽媽過世了呢，還是她把他送給別人領養。我們成爲朋友已經幾星期了，我對他仍然一無所知，也不知道他爲什麼沒有住的地方。我會開口問他的，但我不確定他信任我了沒。他似乎不太能信任別人，我想那也不能怪他。

我很擔心他。這星期天氣開始變得好冷，下星期還會更冷。如果他住的地方沒有電，就代表沒有暖氣。我希望他至少有一些毯子可以蓋。要是他凍死了，妳知道我會有多難過嗎？艾倫，我會難過死的。

這個星期我要找幾條毯子給他。

——莉莉

親愛的艾倫：

快下雪了，所以我決定今天完成花圃的收成。我已經把蘿蔔拔起來了，只是想再鋪點覆蓋層跟堆肥，不會花多少時間，但亞特拉斯堅持要幫忙。

他問我好多園藝方面的問題，似乎很關心我的興趣，我很高興。我向他示範怎麼把堆肥跟覆蓋層鋪到地上，不讓雪造成太大的破壞。我的花圃比大部分花圃來得小，大概三乘三．六公尺。爸爸只准我使用後院這塊地。

我盤腿坐在草地上，看亞特拉斯做所有的工作，不是我懶惰，而是他接過去說都讓他來，我就讓他接手。我看得出他很勤勞。我在想，不知忙碌是不是可以轉移注意力，所以他才總要幫我這麼多忙。

他鋪好之後走過來，在我旁邊的草地一屁股坐下。

「妳爲什麼想要種東西？」他問。

我看向他，他盤腿坐著，用好奇的表情看我。我在那一刻意識到，他也許是我結交過最要好的朋友，而我們對彼此幾乎一無所知。我在學校裡是有一些朋友，但我不能邀請他們來我們家。原因很明顯，我媽總是擔心爸爸會做出什麼舉動，可能把他的壞脾氣傳出去。我也一直沒什麼機會去別人家；我不曉得原因，也許爸爸不希望我在朋友家過夜，怕我看見好老公應該怎麼對待太太吧。說不定他希望我相信他對待媽媽的方式很正常。

亞特拉斯是第一個來我家的朋友，也是第一個得知我愛種植物的朋友，而現在，他是第一個問起我爲什麼種東西的朋友。

我伸手拔起一根雜草，開始思考他的問題，一面把雜草撕成細小的碎片。

「我十歲時，媽媽幫我跟『匿名種子』網站訂種子。」我說：「每個月都會收到一包沒有標示名稱的種子，內含種植及照顧指南。要等植物冒出地面，才會知道是什麼植物。每天放學回家，我都直奔後院看植物長多大了。那給了我期待，種東西給我一種獲得獎勵的感覺。」

亞特拉斯問：「獎勵什麼？」我可以感覺到他的眼神。

我聳聳肩。「獎勵我用正確的方式愛我的植物。你有多愛植物，植物就會回報多少。如果你殘忍對它或忽略它，植物什麼都不會給你。但如果你用正確的方式關心它、愛它，它會長出蔬果或花朵來回報你。」我低頭看向剛才撕碎的那根草，剩不到幾公分，我用手指捏成一團彈出去。

我不想去看亞特拉斯，因爲我仍感覺到他盯著我看。於是，我望向鋪好覆蓋層的花圃。

「我們是一樣的。」他說。

我的目光飄向他。「我跟你？」

他搖搖頭。「不是，是植物跟人是一樣的。植物需要正確的愛，才能生存，人也一樣。我們依賴從小到大父母對我們的愛，才能活著。如果父母對我們展現正確的愛，我們會成爲更好的人，但如果不受重視……」

他的聲音愈來愈小，幾乎有點悲傷。他在膝蓋上拍了拍，想撢掉污泥。「如果不受重視，最後會無家可歸，無法完成任何有意義的事。」

他的話，讓我感覺心裡就像剛才的花圃那樣，被覆蓋一層東西，不知該如何回應。他眞的那樣看待自己嗎？

他好像要站起身來，我叫住他的名字。

他坐回草地上。我指向庭院左側圍籬的那排樹。「你看見那排樹了嗎？」

中間有一棵橡樹，比其他樹都要高。

亞特拉斯望過去，視線一路移到樹頂。

「那棵樹靠自己的力量長大。」我說：「大部分的植物都需要用心照顧才能生存，但有些事物夠強大，例如樹木，可以不依靠別人，憑自己的力量生存下去。」

我不知道我沒有完全明白卻說出口的話，他有沒有聽懂。我只是想讓他知道，在我看來，不管境遇如何，他都有生存下去的強大力量。我不是很瞭解他，但我看得出他適應力很強。要是我是他，一定不會有那麼強的適應力。

他始終盯著那棵樹，久久沒眨眼。終於眨眼時，他只是輕輕點點頭，低頭看向草地。我看著他嘴角抽動，以爲他要皺起眉頭，但他反而露出微笑。

看見那樣的笑容，讓我的心臟像是從熟睡中驚醒般跳動。

「我們是一樣的。」他複述剛才的話。

「植物和人？」我問。

他搖搖頭：「不是，是我跟妳。」

艾倫，我倒抽一口氣。我希望他沒注意到，但我確實猛然吸了一大口氣。妳想我要怎麼回那句話？

我超級尷尬，坐在那裡，直到亞特拉斯起身，我都沒說半個字。他轉過身，似乎要走回住處。

「亞特拉斯，等一下。」

他回頭往坐在地上的我看一眼。我指著他的手說：「你或許想趕快沖個澡再回家。那些堆肥的原料是牛的排泄物。」

他舉起雙手，低頭看，又往下看沾到堆肥的衣服。

「牛的排泄物？眞的假的？」

我咧嘴笑，點點頭。他輕聲笑了笑，我還沒會意過來，他已經坐在我旁邊的地上，把他的手往我身上抹。然後把手伸進我們旁邊的袋子，把髒兮兮的堆肥抹到我的手臂上。我們一直笑。

艾倫，接下來這句話，我敢保證別人都沒寫過或說過。

他把牛屎抹到我身上時，我感受到前所未有的興奮感。

幾分鐘後，我們都躺在草地上用力喘氣，繼續笑著。最後他站起身，順便把我拉起來。他知道，要洗澡得趁我爸媽回家之前。

他進淋浴間沖澡時，我去水槽洗手，邊站著邊想，他剛才說我們是一樣的，是什麼意思。那是一種稱讚嗎？感覺確實是。他是在說我也很堅強嗎？因爲多數時候，我並不覺得自己堅強。那一瞬間我想到了他，而光是想到他，就讓我覺得自己很脆弱。待在他身邊，開始帶給我某些感受，我不知道該如何是好。

我也不知道究竟能對父母隱瞞他的事多久。而且緬因州的冬天冷極了，沒有暖爐他會活不下去，不知他還能在那間屋子待多久。

再怎樣也要有毯子可蓋。

我重新整理思緒，找出所有我能找到的毯子。我本來打算他一洗好澡就拿給他，但那時已經五點了，他只得匆忙離開。

明天再拿給他吧。

——莉莉

親愛的艾倫：

小哈利．康尼克好好笑。我不確定妳有沒有找他上過節目。我很不想承認，但從妳的節目開播到現在，我可能有一、兩集沒看吧。要是妳沒邀請過他，妳應該邀請一下。是這樣的，妳看過

《康納歐布萊恩深夜秀》嗎？他找了一個叫安迪的人，每一集都讓安迪坐在沙發上。我想看小哈利每一集都坐在你們的沙發上。他實在太幽默了，你們兩個聯手表演一定很強。

我很想謝謝妳。我知道妳做電視節目不是爲了逗我開心，但有時我眞的覺得是。有些時候，我覺得生活眞的逼我失去笑或微笑的能力，但只要打開妳的節目，不管當下的心情如何，總是能在看完之後好起來。

所以，謝謝妳囉。

我知道，妳可能想知道我跟亞特拉斯後來怎麼了。可是我要先說一下昨天的事，再告訴妳。

我媽媽是布萊默小學的班級教學助理。從這裡開車到布萊默有一小段距離，所以她不太會在五點前回到家，而我爸爸的工作地點離家大約三公里，總是五點出頭到家。

我們家有一間車庫，堆滿爸爸的東西，只能停一輛車。爸爸的車停車庫，媽媽的車停車道。

事情就是，昨天媽媽回家早了點。那時亞特拉斯還在我們家。我聽見車庫門打開的聲音，我們本來已經快看完妳的節目了，他趕快從後門溜走，我連忙把客廳裡的汽水罐和零食收拾乾淨。

昨天中午左右開始下大雪，媽媽需要把很多東西拿進家，所以才把車停進車庫。她打算從廚房的門，把東西搬進屋。那是一些工作物品和幾樣雜貨。爸爸把車開進車道時，我正在幫媽媽搬東西。爸爸卻因爲媽媽把車停進車庫，生氣地按喇叭。我猜他不想冒著雪下車。那是我唯一能想到，他不等媽媽搬完東西，就立刻要她把車開走的原因。話說，爲什麼總是爸爸的車停在車庫裡？如果愛著對方，男人才不會讓心愛的女人把車停在較差的位子吧。

總之，爸爸開始按喇叭，媽媽露出極度驚恐的眼神。她告訴我她去移車，要我把東西都先放到桌上。

她回到外面，我不確定發生了什麼事。我聽見碰撞聲，然後傳來她的尖叫聲，於是我跑到車庫，心想也許她在冰上滑了一跤。

艾倫……我眞的很不想描述後來的情況。我到現在還有點震驚。

我打開車庫門，沒看到媽媽，只看見爸爸站在車子後面，不知在做什麼。我往前走一步，發現我爲何沒看見媽媽，因爲他把她推倒在地，雙手掐住她的喉嚨。

艾倫，他掐住她的喉嚨！

我光用想的就想哭了。他對她咆哮，用憤恨的眼神盯著她，講一些不尊重他努力工作付出之類的話。我不懂他爲什麼生氣，眞的，因爲我只聽見她掙扎的喘息聲，根本一句話也沒說。接下來幾分鐘的事，我記不太清楚了，但我知道，我開始對他尖叫。我跳上他的背，捶打他的頭側。

接著，我停下來。

我不清楚究竟怎麼一回事，我猜是他把我甩開。我只記得前一秒我在他背上，後一秒我就在地上，我的額頭痛到妳無法相信的地步。媽媽坐在我身旁，扶著我的頭，對我說抱歉。我到處張望，都沒看見爸爸。他在我撞到頭以後，就開車走掉了。

媽媽給我一塊布，要我按住，因爲我的頭在流血。她帶我上車，開車載我去醫院，途中她只對我說了一件事。

「他們問妳發生什麼事情，妳就說在冰上滑倒。」

她說那句話的時候，我一個勁地看著車窗外，開始哭泣。我還以爲那會是最後一根稻草，他都傷到我了，媽媽一定會離開他。那一刻，我意識到她永遠不會離開他。我覺得心灰意冷，但我怕得不敢說出内心話。

我的額頭要縫九針。我到現在還是不確定額頭撞到了什麼，反正也不重要。事實是，害我受傷的人是我爸爸，他卻連留下來查看我的傷勢都沒有，就把我們留在車庫地上，自己走掉。

昨天晚上，我好晚才回到家。他們開給我某種止痛藥，我吃了馬上就睡。

今天早上，我走去搭公車時，不太敢直接看亞特拉斯，想說這樣他就不會發現我的額頭。我用頭髮遮了一下，別人不會看見傷口，他也沒有立刻發現。我們在公車上比鄰而坐。把東西放到地上時，我們的手碰在一起。

他的手冰得像冰塊。艾倫，像冰塊。

我這才發現，昨天媽媽提早回家，我忘記把我張羅的毯子拿給他了。我的心緒被車庫的事占滿，把他給忘得一乾二淨。昨晚下了一整晚的雪，水都結冰了。他孤伶伶一個人待在漆黑的屋子裡。現在他整個人好冰冷，我不曉得他怎麼能維持生理機能。

我伸手握住他的雙手說：「亞特拉斯，你凍壞了。」

他沒說話。我用手幫他把手搓熱。我把頭靠在他的肩膀上，然後做了超級難爲情的事。我開始哭，沒有哭很久，但昨天的事還是讓我很生氣，而且我忘記把毯子拿給他，心裡好内疚。在搭公車上學的途中，我想到了這兩件事。他沒有開口說話，只是把手從我的手中抽出，我就無法繼續替他搓手。接著，他把手按在我的手上。我們靠著頭，他的手放在我手上，就這樣一路坐到學校。

如果心裡沒那麼難過，我應該會覺得那趟路程很甜蜜吧。

我們從學校搭車回家時，他才注意到我的頭。

老實說，我已經忘記額頭上有傷。學校裡沒人問起這件事。他要坐到我旁邊的時候，我壓根忘記要用頭髮遮住傷口。他直視我的額頭說：「妳的頭怎麼了？」

我不知該說什麼。只是用手指摸了一下，然後看向窗外。我在試著讓他信任我，希望他能告訴我，他爲什麼沒有地方住，所以我不想騙他，但我也不想對他說實話。

公車開動時，他說：「昨天我從妳家離開後，聽見你們家有些動靜。我聽見大聲吼叫的聲音，還有妳在尖叫，接著看到妳爸爸離開。我本來打算回去看看妳有沒有事，但走到一半就發現妳和妳媽坐車離開了。」

他八成聽見車庫的爭執聲，也看見她帶我去醫院縫合傷口。我眞不敢相信他又跑到我們家來。要是我爸發現他穿他的衣服，妳知道他會對他做什麼嗎？我好擔心他，因爲他一定不曉得我爸爸會做出怎樣的事。

我看著他說：「亞特拉斯，你不能像那樣跑回來！你不能在我爸媽在家的時候過來！」

亞特拉斯完全靜默下來，開口說：「莉莉，我聽見妳在尖叫。」他的語氣讓我覺得彷彿沒有什麼事比我陷入危險更要緊。

我很不好意思，我知道他只是想幫忙，可是那樣只會讓事情雪上加霜。

「我跌倒了。」我一說出這個謊言，心情立刻變得很差。老實說，他看起來對我有些失望，因爲那一刻我們心裡都很清楚，不只是我跌倒這麼簡單。

他拉起衣袖，伸出手臂。

艾倫，我的胃一陣翻攪，太慘了，他的手臂上有好多小小的疤。有些疤痕像是有人曾經把香菸按在他的手臂上。

他翻過手臂讓我看，另一側也有。「莉莉，我以前也經常跌倒。」他把衣袖放下，沒再說一句話。

有那麼一秒鐘，我好想告訴他不是那樣，說我爸爸沒有傷害過我，說他只是想把我從他身上推開。可是我意識到，那樣我就是在說著跟媽媽一樣的藉口。

讓他知曉家裡發生的事，我有一點難爲情。接下來的路程，我一直望著窗外，因爲我不知道該對他說什麼。

到家時，媽媽的車子停在外頭。自然是停在車道上，不是車庫裡。那就表示，亞特拉斯不能來我家，跟我一起看妳的節目。我本來要告訴他晚一點我再拿毯子過去，但他下車時，連再見也沒說，一個勁沿著街道走。他好像生氣了。

天黑了，我在等爸媽去睡覺。再等一下，我就要把毯子拿去給他。

——莉莉

親愛的艾倫：

我眞的不知道該怎麼處理這個狀況。

妳是否曾經明明知道某件事不對，卻仍然去做，但那件事其實又算是對的？除此之外，我不知道還能怎麼簡單描述清楚。

我的意思是，我才十五歲，當然不該讓男生在我的房間過夜。但如果妳知道某個人需要過夜的地方，不該出於道義幫助對方嗎？

昨天晚上我趁爸媽睡著後，偷偷從後門溜出去，想把毯子拿給亞特拉斯。天色很暗，我帶了一支手電筒。雪還是下得很大，所以我走到那間屋子時，人已經凍僵了。我敲敲後門，他一打開門，我就衝進去想要取暖。

沒想到進去後……我身上的冷並沒有消除。不知怎麼，那間老屋子裡頭竟然比外面更冷。我手上的手電筒還沒關。我用手電筒照客廳和廚房。艾倫，裡面什麼都沒有！

沒有沙發，沒有椅子，沒有床墊。我把毯子遞給他，繼續查看屋內的環境。廚房天花板破了個大洞，風雪不斷灌進來。我用手電筒照客廳，發現他把自己的物品放在角落。有他的背包、我給他的背包，還有一小堆我送給他的東西，像是幾件爸爸的衣服。然後我看見地上鋪了兩條毛巾。我猜，一條用來墊地板，一條用來蓋身體。

我一手摀住嘴，因爲我嚇壞了。他在那裡住了好幾個星期！

亞特拉斯把手放到我背上，試圖帶我走回門外。「妳不該來這裡的，莉莉。」他說：「妳會惹上麻煩。」

就在那個時候，我牽起他的手說：「你也不該在這裡。」我拉著他往大門走出去，但他使勁把手一抽，我立刻說：「你今晚可以睡我房間的地板上，我會把房門鎖起來。亞特拉斯，你不能睡在這裡。太冷了，你會染上肺炎死掉。」

他一副不知該如何是好的樣子。我很確定，被我爸媽逮到或染上肺炎死掉，不管哪一種，想到都很可怕。他回頭看他在客廳打的地鋪，點了點頭說：「好吧。」

所以艾倫，妳說，我昨晚不該讓他在我房間過夜嗎？我覺得自己沒做錯。我覺得這是對的事情。可是我很確定，要是我們被逮到，我一定會倒大楣。他睡在地板上，我只是給了他一個溫暖的地方睡覺而已。

昨晚我對他的認識多了一些。我帶他從後門偷偷溜進來，進到我房間之後，我便鎖上門，在床邊幫他弄了個地鋪。我把鬧鐘設在六點，告訴他，他必須在我爸媽醒來之前起床離開。有時候，我媽會來房間叫我起床。

我爬上自己的床，挪到床邊，往下看著他，跟他小聊一下。我問他，打算在那裡待多久，他說他不知道。同時，我問起他怎麼會淪落到那裡。我還點著檯燈，我們一直小聲說話，但我問這個問題時，他完全靜默下來，不發一語。他雙手枕在頭下，往上看著我，看了好一會兒才說：「我不知道我的親生父親是誰。我跟他毫無瓜葛，一直都是跟媽媽一起生活。大概五年前，她再婚了。她的再婚對象不太喜歡我，我們經常吵架。幾個月前、我滿十八歲時，跟他大吵了一架，他就把我趕出家門。」

他深呼吸，似乎不想說更多，但接著他又開始聊：「後來，我跟朋友和他的家人住在一起，可是朋友的爸爸要調到科羅拉多州工作，他們得搬家。想當然，他們不能帶我一起去。我知道，他的父母願意讓我住他們家已經很好了，所以我告訴他們，我跟媽媽講了，我會搬回家住。他們離開那天，我沒有地方可去，就回去家裡。我要媽媽讓我搬回去住到畢業，但她不願意，說繼父會不高興。」

他轉頭看向牆壁：「於是我就四處遊蕩，幾天後發現了這間屋子，心想我可以在這邊暫住，直到有更好的選擇，或者待到畢業。我已經報名了海軍陸戰隊，五月入伍，只要撐到那時就好了。」

艾倫，離五月還有六個月。六個月。

我聽完以後，眼眶裡都是眼淚。我問他，爲什麼不找人幫忙。他說他試過，但大家比較願意幫助小孩，不太願意幫助成年人，他已經十八歲了。他說，有人給了他一支收容所的聯絡電話，那裡可能可以提供協助。這個城鎮方圓三十公里內，共有三間收容所，但其中兩間只收受虐婦女。另一間收容無家可歸的人，可是床位不多，而且如果他想每天上學，從收容所走到學校路途遙遠。除此之外，排隊申請空床位的人很多。他說他有一次試著住進那間收容所，但他覺得待在舊屋還比較安全。

我生活太單純了，不懂那是怎樣的狀況。我說：「沒有其他方法了嗎？你不能告訴學校輔導老師，你媽媽把你趕出來？」

他搖搖頭說，他已經長大成人，沒有寄養家庭會收他。他已經年滿十八歲，就算媽媽不讓他回家，也沒問題。他說他上星期曾經打電話申請食物券，但沒有人載他去，他也沒錢搭車去領。當然，他也沒車子可以開，所以很難找工作。他說他有在找。那天下午從我家離開後，他去了幾個地方求職，但他無法在應徵表上留通訊地址或聯絡電話，這讓他更難找到工作。

艾倫，我發誓，我問的每個問題，他都答得出來。感覺他試過各種方法，想幫助自己擺脫困境，可是對他這樣的人來說，外援並不足夠。我對他的遭遇義憤填膺。我告訴他，他要從軍簡直是瘋了。我沒刻意壓音量，衝口而出：「你怎麼會想效忠一個讓你陷入這種處境的國家？」

艾倫，妳知道他怎麼說嗎？他露出悲傷的眼神說：「我媽媽不在乎我，不是這個國家的錯。」然後伸手關掉我的檯燈說：「晚安，莉莉。」

聊完後，我睡不太著，我太氣了，甚至不確定生氣的對象是誰。我一直在想，我們的國家和這個世界，還有人們不伸出援手，實在好糟糕。不知從什麼時候開始，大家只會自掃門前雪，也許一直以來都是這樣吧。我忍不住想，世界上有多少像亞特拉斯這樣的人。我忍不住想，我們學校還有沒有其他無家可歸的學生。

我經常抱怨每天要上學，卻從沒想過，也許學校是某些人僅有的家。那是亞特拉斯唯一可去的地方，也是他唯一能吃到東西的地方。

我還想到，有錢人寧願花錢滿足物質生活，也不願意用那些錢去幫助別人。我再也無法尊敬他們了。

艾倫，我不是要冒犯妳。我知道妳很有錢，但我猜妳不是我說的那種人。我知道妳在節目上幫助了好多人，也贊助許多慈善團體。但我知道，世界上有很多自私的有錢人。好吧，也有自私的窮人和自私的中產階級。看看我父母。我們不是很有錢，但我們絕對不是窮到沒錢幫助別人。儘管如此，我想爸爸從沒爲慈善事業做過什麼。

記得有一次，我們走進一間雜貨店，有個上年紀的男性在搖鈴，替基督教救世軍募款。我問爸爸，能不能給他一點錢，他說不行，那是他努力工作賺來的錢，他不會給我錢，讓我把錢送給別人。他說別人不想工作，不是他的錯。我們在雜貨店採買的過程中，他不斷告訴我，有些人在利用政府，除非政府停止救濟那些人，否則問題不會解決。

艾倫，我聽信了他的話。那是三年前的事了。從那時起，我一直以爲無家可歸的人之所以流離失所，是因爲他們懶惰、有毒癮，或單純不想跟其他人一樣好好工作。但現在我知道那不是眞的。的確，爸爸有些話在某種程度上是對的，但他只看見最糟的情況。不是每個無家可歸的人都是自己選擇的。他們無家可歸，是因爲資源不夠，無法獲得足夠的幫助。

像我爸爸這樣的人就是問題之一。他們用最極端的負面案例，替自己的自私和貪婪找藉口，不去幫助別人。

我永遠不要變成那樣的人。我向妳發誓，我長大後，要盡可能幫助別人。艾倫，我要像妳一樣。只不過，我可能不會像妳一樣有錢。

——莉莉

第九章

我把日記本放在胸口，竟然發現眼淚滑落臉龐。每次拿起這本日記，我都以為應該不會受到影響，畢竟都是好久以前的事了，應該不會再有當時的感覺。

我真是個笨蛋。讀完日記，讓我渴望好好擁抱曾經在我生命出現的許多人。尤其是媽媽，因為這一年來，我都沒有真正去思考爸爸過世之前她所經歷的一切。我知道，她到現在可能還會感到痛苦。

我拿起手機，想打個電話給她，這才看了手機螢幕。我不知道萊爾傳來四則簡訊。我的心臟馬上漏跳一拍。**真不敢相信我竟然把手機關靜音！**接著，我翻了個白眼，覺得自己好煩，我**不該**這麼興奮。

萊爾：妳睡了嗎？

萊爾：應該睡了。

萊爾：莉莉……

萊爾：:(

哭臉是十分鐘前傳來的。我點「回覆」，然後輸入：「沒有，我還沒睡。」大概十秒鐘後，我收到另一則簡訊。

萊爾：很好。**我正在爬妳家的樓梯，二十秒後到**。

我嘴角揚起，跳下床走去浴室，照一下鏡子，**還可以見人**。我跑到大門口，一打開門，就看見萊爾走上樓梯口。他簡直是用拖的，把自己拖到最上層。他終於走到我家門口時，停下腳步休息了一下。他看起來好累，眼睛很紅，底下是明顯的黑眼圈。他伸手攬住我的腰，拉我朝他靠近，把頭埋進我的脖子。

他說：「妳聞起來好香。」

我把他拉進公寓。「你肚子餓嗎？我可以幫你弄點吃的。」

他搖搖頭，費力脫下外套，於是我沒去廚房，直接走向臥室。他跟著我，順手把外套丟到椅背上。他把鞋子踢掉，推到牆邊。

他還穿著手術服。

我說：「你看起來累壞了。」

他微笑，雙手放到我的腰間。「我是累壞了。我剛才幫忙開了十八小時的刀。」他彎下身，親吻我鎖骨上的愛心刺青。

難怪他累壞了。

我說：「這怎麼可能辦到？十八個**小時**？」

他點點頭，帶我走到床邊，和我一起躺下。我們調整姿勢，面對彼此，共用一顆枕頭。「是啊，但很了不起。那是一項突破，他們會投稿到醫學期刊，而我有機會在場，沒什麼好抱怨的。我只是累壞了。」

我向前輕啄一下他的嘴唇。他把手伸到我的頭旁邊，又把手收回去。「我知道妳可能準備好來場大汗淋漓的火辣性愛，但我今晚沒力了。對不起，我很想妳，而且不知是什麼原因，在妳旁邊我睡得比較好。我可以待在這裡嗎？」

我微笑：「當然可以。」

他靠過來吻了吻我的額頭，牽起我的手，放在我們之間的枕頭上。他閉上眼，我睜著眼看他。他有那種讓人不好意思盯著看的臉龐，你會迷失在他的五官裡。想想，我竟然能夠一直看著。我不需要收斂，也不需要移開視線，因為他是我的。

應該是吧。

現在是試用期，可別忘了。

一分鐘後，他鬆開我的手，舒展手指。我往下看他的手，心想……連續十八個小時，長時間站立並發揮肌肉的精細運動能力，是怎樣的情況。我無法想出比那更累人的事。

我溜下床，到浴室拿乳液，然後回到床上，在他旁邊盤腿坐著。我在手上擠了點乳液，把他的手臂放到我的腿上。他睜開眼，往上看我。

他含糊地說：「妳在做什麼？」

「噓，你繼續睡。」我說，拇指按住他的掌心，向上畫圓，再往外推。他閉上眼睛，對著枕頭低吟。我大概幫這隻手按摩了五分鐘，然後換另一隻手，他一直閉著眼。我按完雙手，讓他翻身趴著。我跨坐在他背上。他幫我一起脫掉他的上衣，他的手臂跟麵條一樣鬆軟。

我幫他按摩了肩膀、脖子、背部、手臂。按完以後，我把他翻過來，在他身旁躺下。我的手指穿過他的頭髮，替他按摩頭皮。這時他睜開眼輕聲說：「莉莉？」並用真摯的眼神看著我：「妳可能是我遇過最美好的事。」

這些話像溫暖的毯子包裹著我，我不知道該怎麼回應。他伸出一隻手溫柔地捧著我的臉，連我的胃都能感受他的注視。他緩緩靠近，吻上我的唇。我原本以為會是輕輕一吻，但他沒有停下，他的舌尖滑向我的雙唇，輕柔地將它們分開。他的嘴唇好溫熱，我隨著他愈來愈深入的吻，發出了呻吟。

他讓我翻身躺在床上，手沿著我的身軀撫摸，一路來到臀部。他朝我更貼近一些，手往下滑到了大腿。他頂著我的身體，我體內湧起一股熱流。我抓著他的頭髮，輕聲在他唇邊低語：「我想我們已經等得夠久，我非常想現在就跟你做愛。」

他幾乎發出低吼，彷彿體內乍現一股全新的活力，開始脫去我的衣服。接著是一段由撫摸、呻吟、舌舔、汗水交織而成的前戲。我覺得自己彷彿第一次被男人撫摸。在遇見他之前，跟我上過床的幾個人都是男孩而已——只會用緊張的手撫摸我，用膽怯的唇吻我。萊爾則是自信滿滿，深知該撫摸哪裡、該如何親吻。

他的注意力始終放在我身上，唯一例外的時刻是伸手到地上，從皮夾拿出保險套。他戴好保險套就回到被子裡，毫無遲疑，蠻橫地猛然進入我。我在他唇齒間喘息，每寸肌膚都繃緊著。

他狂熱渴求的唇，吻遍我全身上下每一處，**飄飄然的我只能任由他擺布**。他對於這樣與我做愛，毫無歉意。他把手撐在床頭板和我的頭頂間，每一回衝刺都愈加使力。每一次衝撞，床就撞擊牆壁一次。

我指甲深陷他的後背皮膚，他把臉埋入我的後頸。

我低聲喊：「萊爾。」

我說：「**天啊**。」

我大聲喊出：「萊爾！」輕輕咬住他的肩膀，刻意悶住每個呻吟聲。快感從頭蔓延到腳趾，又從腳趾往頭，竄遍我的全身。

我擔心自己可能真的會短暫昏厥，雙腿更用力勾緊他，他也緊繃起來。「**天啊**，莉莉。」他的身體一陣震顫，最後一次對著我衝刺。他低吟著，在我身上停住。伴隨著抽搐射出，我的頭靠回枕頭上。

我們有整整一分鐘動不了，即使可以動也不想動。他把頭埋進枕頭，嘆了一口長氣。「不行……」他撐起身體俯視我，眼中充滿著某種我看不懂的情緒。他再次吻上我的嘴唇說：「妳說得一點也沒錯。」

「什麼？」

他緩緩抽身，用前臂支撐上半身。「妳警告過我。妳說，跟妳只做一次不夠。妳說妳就像毒藥，但妳沒告訴我，妳是癮頭最強的那一種。」

第十章

「我可以問妳一個私人問題嗎？」

亞麗莎一邊點頭，一邊替外送給客人的花束精心收尾。再三天，花坊就要正式開幕了，我們每一天都更加忙碌。

「什麼問題？」亞麗莎問，把臉轉向我。她倚靠櫃台，開始挑弄指甲。

我聲明：「如果妳不想回答，可以不用回答。」

「這個嘛，如果妳不問，我也無法回答。」

這倒是真的。「妳和馬歇爾會捐錢幫助慈善團體嗎？」

她露出困惑的表情說：「會啊。怎麼了？」

我聳聳肩。「我只是好奇，不是要批評你們什麼的。我最近在想，要不要發展慈善事業。」

「什麼樣的慈善事業？」她問：「我們有錢之後，有捐款幫助幾間慈善機構。我最喜歡我們去年開始資助的那一間，他們會在國外蓋學校。光是去年，我們就捐錢幫他們蓋了三間新學校。」

我就知道我喜歡她是有原因的。

「我顯然沒那麼多錢，但我想**做點什麼**，只是不知該如何起頭。」

「妳可以等我們把花店開幕活動搞定，再想怎麼做公益。莉莉，一次完成一個夢想。」她繞過櫃台，拿起垃圾桶。我看著她，她一把拉出垃圾袋綁起來。我開始好奇，既然她家裡事事都有專人打理，她怎麼還想做一份要收垃圾、弄髒手的工作。

我問她：「妳為什麼要在這裡工作？」

她抬頭看我一眼，微笑說道：「因為我喜歡妳。」但我注意到，就在她轉過身走到後面丟垃圾之前，她眼裡的笑意完全消失了。她回來之後，我繼續好奇盯著她，又問了一次。

「亞麗莎？妳為什麼要在這裡工作？」

她停下手邊的工作，慢慢吸一口氣，彷彿在考慮要不要對我說實話。她走回櫃台靠著，腳踝交叉站立。

「因為，」她低頭看著腳：「我沒辦法懷孕。我們試了兩年都沒成功。我不想再整天坐在家裡哭，所以決定找件事情來忙，避免胡思亂想。」她站直身體，雙手往牛仔褲抹了幾下。「而妳，莉莉．布隆，妳讓我**非常**忙碌。」她轉過身，又開始擺弄剛才的花束。她已經收尾收了半小時。

她拿起一張卡片塞進花束裡，轉身把花瓶交給我。「對了，這是給妳的。」

亞麗莎顯然想換個話題，我從她手中接過花。「什麼意思？」

她翻了個白眼，揮揮手，要我進辦公室。「寫在卡片上了。進去看吧。」

我從她惱人的反應意會到花是萊爾送的。我嘴角上揚，快步走進辦公室。我在辦公桌前坐下，拿出卡片。

給莉莉：
我有嚴重的戒斷症狀。
——萊爾

我露出微笑，把卡片放回信封套。拿起手機，拍一張我手拿著花、吐舌頭的照片，同時傳簡訊給萊爾。

我：我試著警告過你。

他立刻打字回我。我焦急看著手機螢幕上的游標來回移動。

萊爾：我需要下一劑。我大概再三十分鐘可以下班。我帶妳去吃晚餐，好嗎？

我：我不行。我媽要我今晚陪她去試一家新餐廳。她是個討人厭的美食愛好者。:(

萊爾：我喜歡吃，也很會吃。妳要帶她去哪一間餐廳？

我：馬克森街的「波比餐廳」。

萊爾：可以加一個人嗎？

我盯著他傳來的訊息好一會兒。**他想要見我媽？**我們甚至還沒進入正式交往的階段。我的意思是……我不「介意」讓他見我母親，她會很喜歡他，可是才短短五天，他就從不想經營正式關係，進展到願意嘗試交往，再進展到認識父母的程度？**我的老天**，我**真是**一劑毒藥。

我：當然可以。半小時後到那裡跟我們會合吧。

我走出辦公室，直接朝亞麗莎走去。我把手機拿到她面前。

「他想見我媽。」

「誰？」

「萊爾。」

「我哥？」她說，表情跟我內心一樣震驚。

我點頭。「妳哥，跟**我媽**。」

她拿走我的手機，讀那幾則簡訊。「嗯哼，真是怪了。」

我從她手中拿回手機。「真謝謝妳的支持喔。」

她笑著說：「妳懂我的意思。我們在講的這個人可是萊爾耶。萊爾．金凱德這輩子從來沒見過任何女生的父母。」

聽見她的話，我自然露出微笑，但接著我心想，他會不會只是想討我開心而已，他會不會只是因為我想要穩定的交往關係，所以在做一些不是他真心想做的事。

我笑得更開心了，那不正是交往的重點嗎？為了看見你喜歡的人開心，而為他們犧牲付出？

我故意說：「妳哥哥一定**喜歡死我了**。」我抬頭看向亞麗莎，心想她應該會笑出來，但她一臉嚴肅的表情。

她點點頭說：「對啊，恐怕是。」她從櫃台底下拿出包包說：「我得走了，再告訴我進展如何喔。」她繞過我。我看著她走出大門，然後盯著門口看了好久。

我覺得好奇怪，她似乎不大看好我跟萊爾的戀情，不知是出自她對我的看法，還是她對萊爾的看法。

二十分鐘後，我把店門口的吊牌翻到「已打烊」。**再過幾天，就要正式開張了**。我鎖上門，往車子走，但我發現有人靠著我的車，馬上停下腳步。我花了點時間才認出是他。他面對另一邊，在講手機。

我還以為他要到餐廳跟我會合，不過沒關係。

我按下解鎖鍵，汽車喇叭響了一聲。萊爾轉過身來，看見我時露出了笑容。「對，我同意。」他對著電話說，伸出一隻手摟我的肩膀，拉我靠近，往我頭頂親了一下。「明天再說。」他說：「我現在有件很重要的事。」

他掛掉電話，把手機插進口袋，親吻我。不是那種打招呼的吻，而是「我想妳想個不停」的吻。他雙手抱住我，把我轉一圈，讓我背靠著車子，他繼續吻，讓我又一次飄飄然。當他終於後退，低頭用欣賞的眼光看我。

「妳知道妳什麼地方最讓我瘋狂嗎？」他把手指伸向我的嘴唇，勾勒我的微笑。「就是這個。」他說：「妳的雙唇。我好喜歡妳的嘴唇，跟妳的頭髮一樣紅，連口紅都不必擦。」

我咧嘴笑，親吻他的手指。「那你在我媽身邊時，我最好把你看好，因為大家都說我們的嘴唇長得一模一樣。」

他的手指停在我的嘴唇上，收起微笑。「喔，莉莉……**別鬧了**。」

我笑著打開車門。「我們要各開一輛車過去嗎？」

他替我把車門完全打開說：「我從上班地點搭 Uber 過來的，我們一起過去。」

我們抵達餐廳時，我母親已經入座，背對著門口。我帶萊爾走進去。

我一進門，就對這間餐廳印象深刻。我的目光被牆壁溫暖中性的顏色，和餐廳中央幾乎跟成樹一樣高的樹木給吸引。這棵樹就像直接從地上長出來，彷彿整間餐廳都以它為設計重心。萊爾將手放在我的下背，亦步亦趨跟著。我們走到餐桌邊，我開始脫外套。「嗨，媽。」

媽媽原本在看手機，這時抬起頭說：「喔，親愛的。」她把手機丟進包包，朝餐廳比畫。「我已經愛上這裡了，妳看這些燈光。」她邊說邊往上面指。「這些裝潢看起來好像妳會種在花圃的植物。」這時她才注意到萊爾。萊爾很有耐心地站在我旁邊，等著我坐進餐廳的雅座。媽媽對他微笑說：「請先給我們兩杯水。」

我的視線快速掃向萊爾，再掃回我媽媽。「**媽**，他是跟我一起來的，不是服務生。」

她再次抬起頭，以困惑的眼神看向萊爾。他只是微笑並伸出手。「伯母是無心之過，沒關係。

我叫萊爾・金凱德。」

她回握他的手，來回看著我們倆。萊爾鬆開手入座。媽媽有些慌張地開口：「我叫珍妮・布隆，很高興認識你。」她把注意力放回我身上，挑起一邊的眉毛。「莉莉，這位是妳朋友嗎？」

真不敢相信，我竟然沒料到這部分。該怎麼介紹他才好？說是嘗試交往的對象？我不能把他介紹成**男朋友**，但不能只說是**朋友**，說是**可能的對象**好像又有點老派。

萊爾注意到我一時語塞，一手放在我的膝蓋上輕捏，安撫我。「我妹妹在莉莉的花店工作。」他說：「您見過她嗎？她叫亞麗莎。」

媽媽從她的座位傾身說：「喔！是！當然見過。你一說我就覺得你們長得真像。」她說：「我覺得眼睛很像，嘴唇也像。」

他點頭。「我們都像媽媽。」

媽媽對我微笑。「大家都說莉莉長得像我。」

「對，」他說：「妳們的嘴唇簡直一模一樣，真不可思議。」萊爾放在桌下的手又捏了捏我的膝蓋。我強忍著笑意。

「兩位女士，不好意思，我得去一趟洗手間。」他靠過來親了親我頭側才站起身。「如果服務生來了，我只要水就好。」

媽媽看著萊爾離開，慢慢轉向我，指指我，又指指他的空位。「我怎麼沒聽妳提起過他？」

我輕輕笑了笑。「事情有點……不完全是……」我不知道該怎麼跟媽媽解釋我們的事。「他工作很忙，我們沒有相處很久，認識不深。這其實是我們第一次一起吃晚餐。」

我媽媽揚起眉毛。「真的嗎？」她說，靠回椅子。「他表現得完全不像剛認識妳。我是指，他的親密舉動似乎很自然，不像你們剛認識。」

「我們不是剛認識。」我說：「從我第一次見到他，到現在快一年了。我們花了點時間相處，但沒有約會，他工作很忙。」

「他在哪工作？」

「麻州綜合醫院。」

我媽媽傾身向前，眼珠子簡直要掉出來。「莉莉！」她用氣音急切地說：「他是**醫生**？」

我點頭，忍住笑。「神經外科醫生。」

「請問兩位要點飲料嗎？」一名服務生問。

「好。」我說：「我們要三……」

我閉上嘴。

我盯著服務生看，服務生回盯著我。我的心臟跳到了喉嚨邊，我簡直忘了要怎麼說話。

「莉莉？」媽媽說，朝服務生輕彈一下手指。「他還在等妳點飲料。」

我搖搖頭，結結巴巴地說：「我……嗯……」

媽媽打斷我的支吾，對服務生說：「三杯水。」服務生恍神好久，終於回過神來，用鉛筆在便條紙上輕畫。

「三杯水，」他說：「好的。」接著轉身離開，但我一直看著他，發現他在推開廚房門之前，回頭瞄了我一眼。

媽媽靠過來問我：「妳是怎麼一回事？」

我指了指肩膀後方。「那個服務生，」我說著，搖搖頭。「他好像……」

我差點脫口而出：「**亞特拉斯．柯瑞根**。」這時萊爾走回來，鑽進座位。

他來回瞄我們。「我錯過什麼了嗎？」

我困難地嚥口水，搖搖頭。**那個人不可能真的是亞特拉斯**，但那對眼睛和嘴唇……我知道我好幾年沒見到他，但我永遠不會忘記他的樣子，那一**定**是他。我知道那是他，他也認出我了。因為我們相望的那一秒……他的表情就像活見鬼。

「莉莉？」萊爾說，捏捏我的手。「妳沒事吧？」

我點頭，勉強擠出笑容，清了清喉嚨。「沒事。我們剛才正在講你。」我說，回看媽媽一眼。

「萊爾這星期協助開了一台十八小時的刀。」

媽媽傾身向前，露出感興趣的樣子，萊爾開始告訴她手術經過。水送來了，但這次是另一位服務生，他問我們是否看過菜單，並告知今日的主廚特餐。我們三人點好餐，我想盡辦法保持專注，但不時關注餐廳內的動靜，想看亞特拉斯在哪裡。**我需要整理一下思緒**。幾分鐘後，我靠近萊爾說：「我內急。」

他起身讓路，我穿過餐廳，用眼睛掃視每個服務生的臉。我推門進入廁所走道，只有我一人了，我背靠著走道牆壁，彎身向前，大大喘口氣。我決定花一分鐘恢復鎮定，再走回去。我雙手揉著額頭，閉上眼。

九年來，我不停地想，他是怎麼度過**這些年**。

「莉莉？」

我抬頭看了一眼，倒抽一口氣。他就像來自過去的鬼魂，站在走道另一端。我把視線移往他的腳邊，想確認他是否浮在半空中。

他沒有飄浮著。他是真人，就站在我面前。

我靠著牆不動，不確定要對他說什麼。「亞特拉斯？」

我一喊出他的名字，他大大鬆了口氣，朝我跨出三大步，我發現自己也在做一樣的動作。我們在中間相會，伸手擁抱對方。

「真要命。」他說，緊緊擁抱我。

我點頭。「對，真要命。」

他把手放在我的肩膀上，後退一步看我。「妳完全沒變。」

我一手摀著嘴，仍在震驚中。我匆匆打量他，他的臉看起來跟從前一樣，但他已經不是我記憶中骨瘦如柴的男孩。「我不能說你完全沒變。」

他低頭看看自己，笑出來。「是啊，」他說：「從軍八年是會讓人改變的。」

我們還是很驚訝，兩人都說不出話，不可置信地搖頭。他笑了出來，我也笑了。最後他放開我的肩膀，雙手交疊在胸前。「妳怎麼會來波士頓？」他問。

幸好他一派輕鬆，也許他不記得多年前我們認真聊過波士頓，省去許多尷尬。

我說：「我住在這裡。」努力答得跟他一樣輕鬆。「我在公園廣場開了一間花店。」

他會心一笑，彷彿一點也不驚訝。我朝門口瞄一眼，知道我該回去了。他注意到我的眼神，就往後站一步。他凝視著我，看了好一會兒，四周變得好安靜，太安靜了。我們有好多話想說，卻不知要從何說起。他暫時收起眼裡的笑意，朝門口指了指。「也許妳該回去找他們了。」他說：「我再去找妳。妳說是公園廣場，對嗎？」

我點點頭。

他也點點頭。

門被推開，一個女人牽著小小孩走進來。她從我們中間穿過，我們的距離又拉開一些。我朝門口走一步，他仍站在原地。我走出去前，轉過去對他微笑。「亞特拉斯，見到你真好。」

他露出淺淺的笑，眼裡卻不見笑意。「是啊，我也很高興見到妳，莉莉。」

接下來這頓晚餐，我幾乎沒說什麼話，但我不確定萊爾或媽媽是否注意到，因為她毫無困難地對他提出一個又一個問題，而他逐一從容地回答。萊爾跟我媽媽相處得宜，表現得非常迷人。

今晚意外撞見亞特拉斯，在我心裡激起一陣漣漪，還好用餐完畢時，萊爾替我把波動的思緒撫平了。

媽媽拿起餐巾擦嘴，用手指著我說：「又發現一間愛店，棒極了。」

萊爾點頭。「我贊同。我得帶亞麗莎來這兒，她很愛試新餐廳。」

這裡的餐點真的很美味，但我不希望他們倆再回來用餐。我說：「我覺得還好。」

萊爾主動替我們把帳結了，還堅持一起陪媽媽去開車。我光從她滿意的神情，就能預料今晚她會打來問他的事。

她離開後，萊爾陪我走到我的車子。

「我叫了 Uber，妳不必繞路送我回家。我們大概還有……」他低頭看手機：「一分半鐘可以親熱。」

我笑了出來。他摟著我，先親了親我的脖子，然後吻我的臉頰。「我很想邀我自己到妳家，但我明天一早有手術，我很確定病人不希望我前一晚大部分時間都在妳身體裡。」

我回吻他，對於他沒有要來我家，同時感到失望和鬆口氣。「再過幾天，花店就要正式開幕，我也該睡點覺。」

「妳接下來什麼時候放假？」他說。

「我沒有假，你呢？」

「沒假。」

我搖搖頭。「我們受詛咒了。我們都太想拚事業，太想成功了。」

「那就表示蜜月期會一直延續到我們八十歲。」他說：「週五開幕我會過去，我們四個一起慶祝一下。」一輛車在我們旁邊停住，他伸出一隻手，穿過我的髮絲，向我吻別。「對了，妳媽媽是個很棒的人，謝謝妳讓我與妳們共進晚餐。」

他向後退，鑽進那輛車。我看著車子駛離停車場。

我對那個男人好感大增。

我帶著微笑，轉身走向我的車子，然後看見了他。我伸出一隻手撫著胸口，倒抽一口氣。亞特拉斯就站在車尾。

「抱歉，我不是故意要嚇妳。」

我呼口氣。「嗯，你是嚇到我了。」我靠著車子，亞特拉斯站在原地，離我大約一公尺。他望向街道。「所以，那個幸運的傢伙是誰？」

「他是……」我的聲音不是很確定。好奇怪，我胸口緊縮，胃部翻騰，而我分辨不出那是親吻萊爾後殘餘的興奮感，還是亞特拉斯在我面前引發的緊張感。「他叫萊爾。我們大概是一年前認識的。」

我馬上後悔說我們認識那麼久，聽起來萊爾似乎跟我交往了很久，但我們根本還沒正式交往。「你呢？結婚了嗎？還是有女朋友？」

我不確定自己想延續他開始的話題，還是真的想知道。

「我有女朋友，她叫凱西，我們在一起快一年了。」

我的心一沉，感受到一股妒意。**一年？**我一手撫著胸口，點點頭。「很好。你應該很開心。」

他看起來開心嗎？我不曉得。

「是啊。這個嘛……我很高興見到妳，莉莉。」他轉過身走開，但又轉身面對我，把雙手插進褲子後面的口袋。「我得說……我有點希望這場相遇發生在一年前。」

他的話讓我皺了一下眉，不想把那些字聽進去。他轉身走回餐廳。

我胡亂摸著汽車鑰匙，按下解鎖鍵，然後鑽進車子，帶上門，手握住方向盤。不知怎麼，一顆豆大的淚珠從我臉龐滑落，是那種「搞什麼鬼我竟然在哭、悲從中來、想大哭一場」的淚水。我擦乾眼淚，按下汽車發動鈕。

我沒想到，見到他竟會如此難受。

但這樣很好。這件事會發生是有原因的，我的心需要一個了結，這樣我才能把心交給萊爾。也許沒發生這件事，我會辦不到。

這樣很好。

是的，我在哭泣。

但之後就會好多了。人就是這樣，舊傷痊癒，才能長出新的一層皮膚。

僅此而已。

第十一章

我窩在床上，盯著日記本看，剩不到幾篇，就快讀完了。

我拿起日記本放到枕頭旁，對著它低聲說：「我不讀了。」

可是再往下讀，就要讀完了。今晚見到亞特拉斯，知道他交了女朋友、有一份工作、很可能有個家，那已經是我需要的了結，可以翻過這個篇章了。況且把那該死的日記讀完，就能放回鞋盒，再也不必翻閱。

最後我拿起日記本，翻身躺下。

「艾倫．狄珍妮，**妳真討厭**。」

親愛的艾倫：

「游下去。」

艾倫，妳記得這句話嗎？這是《海底總動員》裡，多莉對馬林說的話。

「一直游，一直游，游下去就對了。」

我不是動畫迷，但我覺得妳配音配得很棒。我喜歡可以讓人發笑又觸動人心的動畫。從今天起，《海底總動員》就是我最喜歡的卡通，因爲我最近覺得快溺水了；有時候需要有人來提醒你，游下去就對了。

亞特拉斯生病了，病得很重。

他已經連續好幾天，從窗户爬進我房間，在地板上過夜。昨天晚上，我一看到他就知道不對勁。昨天是星期天，所以我前一晚之後就沒見過他。他的樣子看起來很慘，眼睛布滿血絲，皮膚蒼白，儘管氣溫很低，頭髮卻滿是汗水。我不必開口問他好不好，就能看出他不舒服。我把手放到他的額頭上，感覺好燙，我差一點就要大喊叫媽媽過來了。

他說：「莉莉，我不會有事的。」接著開始在地板上鋪床。我要他在房間等一下，然後到廚房替他倒了杯水。我在櫥櫃裡找到一些感冒藥，我其實不確定他的身體狀況，但還是要他吃下去。

他躺在地板上，縮成一團，大約半小時後，他說：「莉莉？我覺得我需要垃圾桶。」

我跳起來，把書桌下的垃圾桶拿過來，跪在他前面。我才把垃圾桶放好，他就屈身靠近，開始嘔吐。

天啊，我好替他難過，病得這麼重，卻沒有廁所可用，沒有床可以躺，沒有家可以住，也沒有媽媽照顧他。他只有我，但我連該怎麼照顧他都不懂。

他吐完以後，我要他喝點水，上床躺著。他拒絕了，但我無法接受。我把垃圾桶放在床邊的地板上，扶他上床。

他的身體好燙，抖得很厲害，我不敢把他留在地板上。我在他旁邊躺下，接下來六小時，他沒有一個小時不嘔吐，我就一直拿垃圾桶去浴室倒。不騙妳，很噁心，那是我有生以來度過最噁心的一晚，但我能怎麼辦呢？他需要我的幫忙，他只有我。

今早他要離開房間時，我要他先回他住的地方，上學前我再過去看看。我很驚訝他竟然還有體力爬到窗外，我把垃圾桶留在床邊，等媽媽叫我起床。她來叫我時看見垃圾桶，馬上伸手摸摸我的額頭。「莉莉，妳不舒服嗎？」

我發出呻吟，搖頭。「嗯，我晚上一直吐。現在應該沒事了，但我整晚沒睡。」

她拿起垃圾桶，要我待在床上，說她會打電話幫我請假。她離家上班後，我去找亞特拉斯，告訴他可以整天待在我們家。他還是一直想吐，所以我讓他在我房間睡覺。我大約每半小時去看他一次，直到午餐時間，他才停止嘔吐。他去沖了個澡，然後我幫他煮了碗湯。

他虛弱得連喝湯的力氣都沒有。我拿出一條毯子，我們一起蓋著毯子坐在沙發上。我不知道自己從何時開始，可以自在地依偎著他，感覺很自然。幾分鐘後，他微微傾身，親吻我的鎖骨，肩膀和脖子中間。他只是快速親了一下，我不認爲那是個浪漫的吻，比較像沒說出口的感謝，但我內心還是起了陣陣漣漪。那已經是幾小時前的事了，我現在還一直用手指摸著那個地方，我還能感受那個吻。

艾倫，我知道，那很可能是他人生中最糟的一天，但我好喜歡那一天。

我眞的很過意不去。

我們看了《海底總動員》。後來電影演到馬林一直找不到尼莫，心灰意冷，於是多莉對牠說：「當生命給你打擊，知道該怎麼做嗎？一直游，一直游，游下去就對了。」

多莉說那句話的時候，亞特拉斯牽起我的手，不是像男女朋友牽手那樣，他握了握我的手，彷彿在說那就是我們。他是馬林，我是多莉，我正在幫助他游下去。

我輕聲對他說：「游下去。」

——莉莉

親愛的艾倫：

我好害怕，眞的好怕。

我好喜歡他。我和他在一起的時候，心裡只有他；沒在一起的時候，我很擔心他，擔心得要命。我的生活開始繞著他打轉。我知道那樣很不好，但我控制不了，我不知道該怎麼辦才好，而現在，他可能要離開了。

昨天我們看完《海底總動員》，他離開我們家。等晚上爸媽上床睡覺了，他再從房間窗户爬進來。他前一晚因爲生病已經跟我睡床上了。我知道不該那麼做，但我還是在上床睡覺前，把他的毯子丟進洗衣機。他問我鋪床的東西去哪了。我告訴他，今晚他還是睡床上，因爲我想洗毯子，要洗乾淨，他才不會又生病。

有一分鐘，他好像打算掉頭從窗戶回去。後來他關上窗，脫掉鞋子，爬到床上跟我躺在一起。

他已經沒有生病的症狀，但我們躺在一起時，我覺得有些反胃，心想我可能病了，但我沒有，每一次他離我這麼近，我都覺得腸胃在翻攪。

我們臉對著臉，躺在床上。他說：「妳什麼時候滿十六歲？」

「再兩個月。」我小聲說。我們就這樣互相看著對方。我的心跳愈來愈快。「你什麼時候滿十九歲？」我問，只是想說些話，不讓他聽見我的急促呼吸。

「要到十月。」他說。

我點點頭，納悶他為何想知道我的年紀。我不禁好奇，他對十五歲有什麼想法。他覺得我還只是個小孩子，像個小妹妹嗎？我快滿十六歲了，兩歲半沒差那麼多吧。也許十五歲跟十八歲，會讓人覺得年齡有些差距，但等我十六歲，我敢打包票，根本沒人會去多想這兩歲半的差異。

他說：「我要告訴妳一件事。」

我屏住呼吸，不曉得他要說什麼。

「今天我跟舅舅聯絡了。我以前跟媽媽曾經住在他波士頓的家。他告訴我，等他出差回來，我可以過去跟他住。」

那一刻，我應該要為他感到非常開心才對，我應該露出微笑向他道賀，但我閉上眼，替自己傷心難過。那一刻我覺得，我還真是個幼稚的孩子。

「你要去找他嗎？」我問。

他聳聳肩。「我不知道，我想先告訴妳。」

他和我在床上離得好近，我可以感受到他溫暖的氣息，而且他聞起來有薄荷的味道，心想他也許用瓶裝水刷過牙才來這裡。每天他離開時，我都會拿很多水讓他帶回去。

我伸手到枕頭上，拔一支凸出來的羽毛。終於拔出來後，我用手指扭轉。「亞特拉斯，我不知道該說什麼。我很高興你就要有地方住了。那學校怎麼辦？」

他說：「我可以到那裡念完。」

我點頭。聽起來他已經決定好了。「你什麼時候離開？」

我心想，不知波士頓有多遠。車程可能要幾小時，如果沒車開，應該遠得不得了。

「我還沒確定要去。」

我把羽毛放回枕頭上，手放在身側。「爲什麼不去？你舅舅要給你地方住，不是很好嗎？」

他緊抿著雙唇，點點頭。他拿起我剛才把玩的羽毛，開始用手指拗折羽毛。他把羽毛放回枕頭上，接下來他做了一件出乎我意料的事。他伸出手，用手指觸摸我的嘴唇。

天啊，艾倫。我以爲我會就那樣原地死去。我的身體從來沒有湧現如此深刻的感受。他的手指在那停留了幾秒，接著他說：「謝謝妳，莉莉。謝謝妳所做的一切。」他的手指往上，撫過我的頭髮，接著他靠近我，在額頭上留下一吻。我的呼吸好急促，必須張開嘴吸更多的空氣。我可以看見，他的胸口和我一樣劇烈起伏。他視線低垂看著我，我發現他的視線移到我的嘴唇。「莉莉，妳接吻過嗎？」

我搖搖頭表示沒有，接著把臉抬向他。我需要他在這一刻、在這裡替我改變一切，否則我要無法呼吸了。

接著，他彷彿把我當成極其脆弱的蛋殼，將嘴唇往下蓋住我的嘴唇，就停留在那裡。我不知道該怎麼做，但我不在意，就算整晚維持這樣，嘴唇不再移動也沒關係。這就足夠了。

他的唇緊緊碾著我的唇，我似乎感覺到他的手在顫抖。我模仿他，像他那樣移動雙唇。我感覺到他舌尖掠過我的嘴唇，我覺得眼珠快要翻到後腦勺去了。他又用舌尖刷過我的嘴唇，然後又一次，我也開始學他。我們的舌頭第一次相碰時，我微微笑了一下，因爲我幻想過初吻很多次，心想會發生在哪裡、跟誰初吻，但我從沒想到是這個感覺。

他讓我平躺，一隻手捧我的臉，繼續親我。我愈來愈自在，也愈來愈享受他的吻。我最喜歡的時刻，是他把頭抬起來，往下凝望我，然後再度更熱烈地吻我。

我不知道他親了多久。他親了好久、好久，久到我的嘴唇開始發疼，眼睛睜不開。我很確定，我們睡著時，他的嘴還停留在我的唇上。

我們沒再聊到波士頓的事。

我還是不曉得他是不是打算離開。

——莉莉

•
•
•

親愛的艾倫：

我得向妳道歉。

我有一星期沒寫信給妳了。這一星期，我也沒看妳的節目，別擔心，我還是有把節目錄下來，妳還是會有收視率。現在我們每天下了公車，亞特拉斯就會快速沖個澡，然後我們會親熱。

每一天，感覺實在太好了。

我不知道他身上有什麼特別的地方，我跟他在一起很自在。他非常善體人意，從來不會做讓我不舒服的事，不過直到現在他也沒讓我不舒服。

畢竟我跟妳沒眞的見過面，我不確定該透露多少。這麼說好了，假如他曾經想像我的胸部摸起來是什麼感覺……

他現在知道了。

我一輩子都無法理解，當你有了這麼喜歡的人，還能怎麼正常生活。要是讓我來選，我們或許會沒日沒夜親個不停，什麼事也不做，偶爾講講話。亞特拉斯會講一些好玩的事，我很喜歡他滔滔不絕，因爲他很少那樣。他經常善用雙手，也經常微笑，比起他的吻，我更愛他的微笑。有時候我會直接要他閉嘴，不要微笑，不要再親我或講話，讓我好好看他。我喜歡看他的眼睛。他的眼睛好藍，即使站在房間另一端，都能看見他的眼睛有多藍。他親我的時候，我只有一件事不喜歡，就是有時他會閉上眼睛。

還有，糟糕，我們還沒討論波士頓的事。

親愛的艾倫：

昨天下午亞特拉斯在公車上親我。我們經常接吻，這不是什麼新鮮事，但那是他第一次在公共場合親我。我們在一起時，彷彿周遭事物都離我們遠去，所以我想他壓根沒想到有人會注意。結果凱蒂注意到了。她坐在我們後面一排。他靠過來吻我時，我聽見她說：「好噁心。」她跟旁邊的女生聊到：「眞不敢相信莉莉竟然讓他碰她。他幾乎每天都穿同樣的衣服。」

艾倫，我好生氣，也很替亞特拉斯難過。他往後退開。我知道她的話刺傷了他，正準備轉過身大罵，要她別批評她根本不瞭解的人，但他抓住我的手對我搖頭，阻止我。

他說：「莉莉，不要。」

所以我沒行動，但接下來的路程，我都好氣、好氣。我氣凱蒂用極其無知的話語，去傷害她認爲比她低下的人。我也因爲亞特拉斯似乎習慣聽那種話而傷心。

我不想讓他覺得，我會因爲別人看見他親我而難爲情。我比他們任何人都瞭解亞特拉斯，而且我知道，不管他穿著打扮如何，即使他開始到我家洗澡之前身上不大好聞，他也是很棒的人。

我靠過去親他的臉頰，把頭靠到他的肩膀上。

「跟你說一件事情喔。」我對他說。

我們十指交疊，他握了握我的手。「什麼事？」

——莉莉

「你是我最喜歡的人。」

我感覺他笑了一下，我也揚起嘴角。

「跟多少人比？」他問。

「跟所有人比。」

他親吻我的頭頂說：「莉莉，妳也是我最喜歡的人，遠遠勝過其他人。」

公車開到我家街道的站牌時，他沒鬆開手，牽著我穿過走道往車門走。他在前面，我跟在後面，所以他沒看見我轉身對凱蒂比中指。

也許這麼做很不應該，但她臉上的表情讓我覺得值得了。

我們走到我家時，他從我手中拿出鑰匙打開門。看他現在這麼自然地待在我家，還眞奇怪。

他走進屋，鎖上門，然後我們發現家裡停電了。我往窗外看。發現一輛工程車在街邊修電線，所以我們不能看妳的節目。我沒有很難過，因爲那表示這一個半小時，我們可能會一直親熱。

「你們家的烤箱是用瓦斯，還是用電？」他問。

「瓦斯。」我說，不清楚他爲什麼要問烤箱的事。

他踢掉鞋子（那其實是我爸的一雙舊鞋）走向廚房。「我要做東西給妳。」他說。

「你會烹飪？」

他打開冰箱開始翻找。「對，我很喜歡煮東西，跟妳喜歡種花草大概差不多。」他從冰箱拿出幾樣東西，並且開了烤箱預熱。我倚著流理台看他在做什麼。他連食譜都沒看，就直接把東西倒進碗裡混合，甚至量杯都不需要。

我從來沒看過爸爸在廚房弄東西。我很確定他連怎麼預熱烤箱都不懂。我以爲大部分男人都是那樣，但看著亞特拉斯在我家廚房忙來忙去，證明那是錯誤的想法。

「你要做什麼？」我問他。我雙手撐著中島，一跳坐上去。

「餅乾。」他說。他走過來把碗拿給我，在麵團裡插了一支湯匙。他把湯匙拿到我嘴邊，我嚐了一口，我一向抗拒不了餅乾麵團，而這是我吃過最好吃的餅乾麵團。

「喔，哇！」我說，舔了舔嘴。

他把碗放到我旁邊，靠過來親我。如果妳想知道的話，餅乾麵團和亞特拉斯的嘴唇配在一起，就像天堂般美好。我喉嚨深處發出咕噥聲，他知道我喜歡這兩樣搭在一起的感覺，於是他笑了，但他沒有停下來，他一面笑，一面親，我的心完全融化了。開心的亞特拉斯，太令人心動了，讓我想去挖掘世界上每一樣他喜歡的事物，統統送給他。

他親我的時候，我在想自己是不是愛上他了。我沒有交過男朋友，也沒有其他經驗可以比較自己的感受。其實在遇見亞特拉斯之前，我從沒想過要交男朋友或談戀愛。我生長的家庭，男人對待心愛女人的方式實在不是什麼好榜樣，所以我一直對感情生活和其他人，抱持不太信任的不健康心態。

有好幾次，我想到自己也許永遠無法相信男人。整體而言，我討厭男人，因爲我只看見爸爸這個例子。但這段時間和亞特拉斯相處，我也在改變。改變幅度並不大，我仍然不相信大部分的人，但亞特拉斯帶給我的改變，讓我足以相信也許他是特例。

他停止親我，再次拿起碗，走向流理台的另一邊，開始挖麵團，放到兩個烤盤上。

「妳想知道用瓦斯型烤箱烤餅乾的訣竅嗎？」他問。

我不確定自己是否在意過料理這件事，但不知怎麼，他讓我想去瞭解他所知道的一切，可能是他談起烹飪的樣子好開心。

「瓦斯型烤箱裡面有熱點。」他邊說邊打開烤箱門，放入烤盤。「一定要轉動烤盤，才烤得均勻。」他關上烤箱，脫下隔熱手套，丟到流理台上。「妳也可以使用披薩烤盤，就算不是眞的烤披薩，也可以把披薩烤盤放進烤箱，讓熱點的溫度均勻分散。」

他走向我，把手放在我的身體兩側。他正要把我的上衣領口往下拉，電力就來了。他親吻我肩膀上他最愛親的地方，慢慢把手滑上我的背。我發誓，有時候連他不在身旁，我都能感受他的嘴唇在我鎖骨上游移。

他正要吻我的唇時，我們聽見汽車駛進車道、車庫門開啓的聲音。我跳下中島，慌忙地環顧廚房。他抬起手捧著我的臉，讓我看他。

「看好餅乾，大概二十分鐘會烤好。」他吻了我的唇，放開我，連忙到客廳去拿他的背包。我聽到爸爸的車子熄火時，他及時從後門出去。

我開始收拾烘焙材料。爸爸從車庫走進廚房，環顧四周，看到烤箱燈亮著。

「妳在烤東西？」他問。

我的心臟跳得好快，好害怕如果我大聲回話，他會聽出我的聲音在顫抖，所以我只是點點頭，擦拭流理台某個超乾淨的地方。擦了一會，我才清清喉嚨說：「是餅乾。我在烤餅乾。」

他把公事包放到餐桌上，然後走到冰箱，拿出一罐啤酒。

「剛才停電了。」我說：「我好無聊，想烤餅乾等電來。」

爸爸坐在餐桌邊，花了十分鐘問我一些學校的問題，還有我想不想上大學。偶爾只有我們兩個的時候，我可以稍微窺見什麼是正常的父女關係。我和他坐在餐桌邊，討論上大學、職涯選擇和高中生活。儘管我大部分時候都很恨他，但我依然渴望多和他度過這樣的時光。假如他能維持這些時刻的模樣，情況會非常不同。對我們全家都是。

我按照亞特拉斯的吩咐幫餅乾翻面。烤好以後，我把餅乾取出，拿一塊給爸爸。我真不想對他這麼好，彷彿浪費一塊亞特拉斯的餅乾。

「哇。」我爸爸說：「莉莉，真好吃。」

雖然那不是我做的，我不得不向他說聲謝謝，總不能告訴他是誰做的吧。

我騙他：「這是要拿去學校的餅乾，所以你只能吃一塊。」我把剩下的餅乾放涼，收進保鮮盒，拿進房間。我不想在亞特拉斯不在時自己試吃，所以一直等到稍晚他過來吃。

「妳應該趁餅乾還熱吃吃看。」他說：「那時最好吃。」

我說：「我不想在你不在的時候自己吃。」我們坐在床上靠著牆，吃掉了大半盒餅乾。我告訴他餅乾很美味，但沒告訴他那是我吃過最好吃的餅乾。我不想讓他太過驕傲，我挺喜歡他謙虛的樣子。

我想再拿一片，但他把盒子取走蓋起來。「一次吃太多會想吐。這樣妳就不會喜歡我做的餅乾了。」

我笑了。「不可能。」

他喝口水，站起來，面對著床。「我做了一樣東西要給妳。」他說，手伸進口袋。

「又是餅乾嗎？」我問。

他微笑，搖搖頭，然後伸出一隻拳頭。我舉起手，他把一樣堅硬的東西放進我的掌心。那是用木頭雕刻、長約五公分、小巧扁平的一個愛心。

我用拇指輕觸木雕，試著不要笑得太開心。它並不是符合解剖學的那種心臟，也不像一般手繪的愛心。它的形狀不平整，中間還有個洞。

「這是你做的？」我問，抬頭看他。

他點頭。「我用屋裡找到的舊雕刻刀做的。」

愛心的尾端沒有相連，而是向內微微彎曲，最上面也留了一個小縫。我完全不知道該說什麼，我感覺到他坐回床上。我只是一直看著這顆愛心，連謝謝都忘了說。

「我是拿樹枝刻的。」他低聲說：「妳家後院那棵橡樹。」

艾倫，我發誓，我眞沒想到自己會對某樣東西如此愛不釋手。也許我的感動不是來自這份禮物，而是因爲他。我握緊愛心，靠向亞特拉斯，用力親他，他被我親得倒在床上。我跨坐在他身上，他扶住我的腰，在我唇畔露齒而笑。

「如果獎勵是這個，那我要用那棵橡樹幫妳刻一整棟該死的屋子。」他低聲說。

我笑了。「你不能再這麼完美了。」我告訴他：「你已經是我最喜歡的人。現在你這樣，對其他人很不公平，因爲沒人比得上你。」

他一隻手伸向我的頭後方，把我翻過來躺在床上，換成他在上面。「那我的計畫就成功了。」他說，馬上又給我一個吻。

我們接吻時，我手握著愛心，想要確信它不是一份有特殊意義的禮物，但我也很害怕，他送我這顆愛心的用意，是希望他去波士頓之後，我還會記得他。

我不想記得他。如果我得用心記憶，那就代表他已不再屬於我的生活。

艾倫，我不想要他去波士頓。我知道這樣很自私，他不能一直住在那間屋子。我不知道我比較害怕哪一件事——看著他離開，還是自私地求他不要走。

我知道我們得聊一聊。今晚等他過來，我會問他波士頓的事。我不想昨天晚上問，因爲那是完美的一天。

——莉莉

親愛的艾倫：

游下去，游下去就對了。

他要搬去波士頓。

我現在不太想講這件事。

——莉莉

親愛的艾倫：

情況嚴重到我媽媽藏不住了。

我爸爸通常很小心，不會把她打到留下明顯可見的瘀青。他不可能想被鎮上的人發現他是怎麼對待她的。有幾次我看到他踢她，也看過他掐她喉嚨、揍她的背、揍她的肚子、扯她的頭髮。有少數幾次，他打了她的臉，通常只是一巴掌，痕跡不會留太久。

但我從沒見過他像昨晚那樣。

他們回到家已經很晚了。昨天是週末，他和媽媽去參加某個社區活動。我爸爸經營房地產公司，同時也是鎮長，所以他們需要出席許多公開活動，如慈善晚宴。我爸爸這麼厭惡慈善機構，還眞諷刺，我猜他是爲了維護面子。

他們回家時，亞特拉斯已經在我房間了。我可以聽見他們一進大門就在吵架，對話內容有許多聽不清楚，但主要是爸爸在指控媽媽跟某個男人調情。

艾倫，我現在很瞭解媽媽。她絕對不會做出那種事，就算眞的怎樣，也應該是有人在看她，讓爸爸吃醋了。我媽媽是個大美女。

我聽見他罵她婊子，接著聽到他開始動手。我打算下床，但亞特拉斯拉住我，要我別去，他說我可能會受傷。我告訴他，有時候我出現會讓事情好轉。我說我過去，爸爸就會停手。

亞特拉斯試著說服我別插手，但我最後還是起身走到客廳。

艾倫。

我整個……

他壓在她身上。

他們在長沙發上，他一隻手掐住她的喉嚨，另一隻手拉扯她的洋裝。她想反擊，而我站在原地，動彈不得。她不斷哀求他放手，接著他甩她耳光，要她閉嘴。我永遠忘不了他說的話：「妳想要別人注意妳嗎？我就給妳他媽的注意。」那一刻媽媽安靜下來，不再抵抗。我聽見她的哭聲，接著她說：「拜託你小聲一點。莉莉在家。」

她說：「拜託你小聲一點。」

親愛的，強暴我的時候，拜託小聲一點。

艾倫，我不知道一個人的內心可以如此憤怒。我講的不是我爸爸，而是我。

我直直走向廚房，打開抽屜，拿起我看見最大的一把刀，然後……我不曉得怎麼解釋，彷彿我已經脫離自己的身體，我可以看見自己拿著刀走過廚房。我知道我不會用那把刀，只是想拿一件比自己更有力量的東西嚇他，讓他離媽媽遠一點。當我正要踏出廚房，有兩隻手環住我的腰，從背後將我抱起，刀子從我手中掉落。爸爸沒聽見，但媽媽聽見了。亞特拉斯把我抱回房間時，我跟媽媽互看了一眼。我們回到房間後，我開始捶打他的胸口，想回去找媽媽。我一面哭，一面想辦法繞過他，但他一動也不動。

他只是摟著我說：「莉莉，冷靜下來。」他不斷重複這句話，抱著我抱了很久，直到我終於接受他不會讓我回去。他不會讓我去拿那把刀。

他走到床邊，拿起外套，開始穿鞋。「我們去隔壁。」他說：「我們去報警。」

媽媽以前警告過我不可以報警。她說爸爸的事業可能因此毀掉。可是老實說，那時我管不了那麼多，我不在乎他是不是鎮長，也不在乎愛戴他的人都不曉得他有這糟糕的一面。我只關心能不能幫助媽媽，於是我穿上外套，到更衣室拿鞋子。當我走出更衣室，亞特拉斯正盯著房門看。房門是打開的。

媽媽走進來，快速關上房門，將門反鎖。我永遠忘不了她當時的模樣。她有一片嘴唇在流血，一隻眼睛已經腫起來，還有一撮頭髮掉落在肩膀上。她看看亞特拉斯，然後看我。

我被她逮到房間裡有男生，但我連害怕的時間都沒有。我完全不在乎，我只擔心她，我走向她，牽起她的手，帶她走到床邊。我把她肩膀上的頭髮拍掉，然後把她額頭上的頭髮撥開。

「媽，他要幫我們報警，好嗎？」

她的眼睛睜得老大，開始搖頭。「不行，」她望向亞特拉斯，說：「你不能報警，不可以。」

他本來已經站在窗邊，準備離開了。現在他停下動作，看著我。

「莉莉，他喝醉了。」她說：「他聽見妳關門的聲音，就回房了。他沒再繼續了。如果你們報警，事情只會更糟糕。相信我，讓他睡一覺就沒事，明天就好多了。」

我搖頭，感覺淚水刺痛眼睛。「媽，他想要強暴妳！」

我說這句話的時候，她低下頭，臉部肌肉抽動。她搖搖頭說：「莉莉，事情不是那樣。我們是夫妻，有時候婚姻就是……妳還太小，妳不懂。」

我們靜默一會兒，接著我說：「眞希望我永遠不會懂。」

這時，她開始哭。她雙手撐著頭，開始啜泣。我所能做的，只有摟著她，跟她一起哭。我從沒看過她這麼傷心、這麼悲傷、這麼害怕。艾倫，我心如刀割，支離破碎。

她哭完之後，我環視房間，亞特拉斯已經離開了。我們到廚房，我幫她把嘴唇和眼睛清理乾淨。她完全沒提他出現在我房間的事，什麼都沒說。我等著她宣布我被禁足了，但她沒有。我意識到她也許不想承認，她總是這樣。讓她傷心的事只要藏起來，不要看、再也不提就好。

——莉莉

親愛的艾倫：

我想我準備好要說波士頓的事了。

他今天離開了。

我把撲克牌洗了好多次，洗得手都痛了。我怕如果不寫下來，我會憋到瘋掉。

昨晚我們過得不是很好。剛開始我們一直接吻，但我們都很難過，無法專心。這是他兩天來第二次對我說，他改變心意不離開了。他不想把我一個人留在這間屋子。但我已經跟爸媽住了快十六年，要是他爲了我而選擇居無定所，拒絕別人給他一個家，那就太愚蠢了。我們對此心知肚明，卻仍然感覺心痛。

我試著不要這麼難過，所以我們躺在一起時，我要他跟我聊一聊波士頓。我告訴他，也許有一天從學校畢業之後，我可以去找他。

他開始聊波士頓，出現了這樣的眼神。那是我從未見過的神情，彷彿談論著天堂。他告訴我，那裡的人講話口音超好聽，他們不把車子的英文念成「car」，而是念「cah」。他一定沒發現自己有時也會吃掉「r」音。他說他從九歲到十四歲都住在波士頓，我猜他可能有一點波士頓口音。

他告訴我，他舅舅住的公寓有一個超酷的屋頂露台。

「很多公寓都有屋頂露台。」他說：「有些甚至有游泳池。」

緬因州的普萊瑟拉鎮，可能根本沒有高到有屋頂露台的建築物。我心想，站在那麼高的地方不知感覺如何。我問他有沒有上去過，他說有。小時候，他有時會上去屋頂，坐在那裡俯瞰下方的市景，一邊想事情。

他跟我聊到波士頓的食物。我知道他喜歡烹飪，但我不曉得他竟然如此熱愛料理。我猜因爲他沒有爐具或廚房，所以除了做餅乾給我吃那次，他從沒提過料理食物。

他告訴我波士頓有海港，他媽媽再婚前會帶他到港邊釣魚。「我的意思是，我猜波士頓跟其他大城市沒什麼不同。」他說：「沒有太多特別的地方。我不曉得，就只是……有一種活力，那裡充滿活力。當人們說自己住波士頓，話裡透露著驕傲。我有時很懷念那種感覺。」

我撫過他的髮絲。「嗯，你講得好像那是全世界最棒的地方，彷彿波士頓什麼都比較好。」

他看著我，眼中透著傷心說：「波士頓幾乎每樣東西都比較好。除了女生，波士頓沒有妳。」

這句話讓我臉紅。他深情地吻我，我對他說：「波士頓還沒有我，有一天我會搬到那裡，然後我會找到你。」

他要我保證我會去，說如果我搬到波士頓，那裡就眞的每樣東西都比較好了，而且會是世界上最棒的城市。

我們又親了一會兒，然後做了幾件事，我就不描述給妳聽了，免得妳覺得無聊，但不表示那些事很無趣。

眞的，並不無趣。

早晨來臨，我得向他道別了。他抱著我親了好久，我覺得他放手之後，我會跟著死掉。

但我沒死，因爲他放開手了，而我在這裡，還活著，還有呼吸。

只是活得很勉強。

——莉莉

•
•
•

我翻到下一頁，然後啪一聲闔上日記。

只剩下一篇了，我不確定自己今天是否真的想讀，或者會不會有想讀的一天。我把日記本放回衣櫥裡，清楚我和亞特拉斯的篇章結束了。他現在過得很開心。

我現在過得很開心。

時間絕對可以治癒所有的傷口。

或至少大部分的傷口。

我關掉檯燈，拿起手機充電。有兩則來自萊爾的未讀簡訊，一則媽媽的簡訊。

萊爾：嘿，赤裸的真相來了，三……二……

萊爾：我本來擔心，跟別人談戀愛會讓我承擔更多責任，所以我才一輩子避免談戀愛。我已經有夠多事情要處理，而且我看到婚姻給我爸媽帶來的壓力，我也看見一些朋友婚姻失敗，我不想面對那樣的事情。但今晚我發現，也許很多人只是用錯了方法。因為我不覺得「我們」是一種責任，而是一種獎勵。今晚我睡覺時會想自己究竟何德何能，才能遇到這樣的好事。

我把手機放在胸前，露出微笑，接著用螢幕截圖拍下簡訊，我要永久保存下來。

我打開第三封簡訊。

媽媽：莉莉，妳交醫生男朋友了？還開始經營自己的事業？我長大以後想變得跟妳一樣。

我也把這則簡訊拍了下來。

第十二章

「妳在對這些可憐的花朵做什麼？」亞麗莎在我身後問。

我又夾住一個銀色墊圈，讓它沿著花莖往下滑。「這叫蒸氣龐克。」

我們後退一步，欣賞這束花。至少……我**希望**她是用欣賞的角度看它。成果比我預想的好，我用花卉浸染技術把幾朵白玫瑰染成深紫色，再用不同的蒸氣龐克元素裝飾花莖，例如小巧的金屬墊圈和齒輪，甚至用強力膠把小時鐘黏在咖啡色皮繩上，用來捆紮花束。

「蒸氣龐克？」

「那是一種風潮，可說是一種小說類別，後來流行到藝術、音樂等其他領域。」我轉過身，露出微笑，拿起花束。「而現在流行到……**花藝**。」

亞麗莎從我手中接過花，舉起來。「這束花真是……奇怪。我愛極了。」她抱著花說：「可以賣給我嗎？」

我伸手取走。「不行，那是花坊開幕的展示花。非賣品。」我從她手中拿過花，抓起我昨天做好的花瓶。我上星期在跳蚤市場找到一雙釦式女靴，那雙鞋讓我想到蒸氣龐克風，那正是我的花束裝飾靈感來源。我上週先把靴子洗乾淨、晾乾，再用強力膠黏貼金屬零件。塗上密封膠之後，裡面放個花瓶，就能裝水插花了。

「亞麗莎，」我把花放到中央展示桌。「我很確定這就是我的終身職志。」

「蒸氣龐克風？」她問。

我笑著轉一圈。「發揮創意！」我說，然後把吊牌翻到「營業中」，時間提早了十五分鐘。

這一天我們都比想像中來得更忙碌。要接電話訂購、網路訂單，還要接待來店客，我們甚至沒時間午休。

「妳需要多請幾名員工。」亞麗莎說，手中拿著兩束花經過我旁邊。那時是下午一點鐘。

「妳需要多請幾名員工。」下午兩點鐘，她拿著電話，邊聽邊寫訂單，同時替顧客結帳。這時又說了一次。

馬歇爾三點後來過一趟，問我們情況如何。亞麗莎說：「她需要多請幾名員工。」

我在下午四點鐘，幫忙一名女士拿花上車。走回店裡時，亞麗莎正好走出來，手裡拿著另一束花，惱怒地說：「妳需要多請幾名員工。」

晚上六點鐘，她鎖上店門，翻過吊牌，身體一癱靠在門上，然後滑坐到地上，抬頭看我。

「我知道，」我告訴她：「我需要多請幾名員工。」

她只對我點了點頭。

我們笑了出來。我走到她坐的地方，在她旁邊坐下。我們頭靠頭，看著這間店。蒸氣龐克花束放在中央最前面的位置，我告訴大家這一束花是非賣品，卻接到八張同樣花束的預購訂單。

「莉莉，我好以妳為傲。」

我微笑。「小莎莎，沒有妳，我辦不到。」

我們在那裡坐了好幾分鐘，享受雙腳終於能好好休息的時刻。這真是我有生以來最棒的一天，只是萊爾沒來探班，讓我心裡有一絲憂傷揮之不去。他也沒傳簡訊給我。

「妳哥哥今天有聯絡妳嗎？」我問。

她搖搖頭。「沒有，但我很確定他只是在忙。」

我點頭，我知道他很忙。

有人敲了敲門，我們同時抬頭。我看見他圈起兩隻手，放在眼睛上，臉貼著窗戶往裡瞧。我露出微笑，他低頭往下，終於看見我們坐在地上。

「說到某人，某人就到。」亞麗莎說。

我跳起來，打開門鎖，讓他進來。我一開鎖，他就推門走進來。「我來晚了嗎？對，我來晚了。」他擁抱我。「對不起，我很努力一有空就過來。」

我也抱住他，對他說：「沒關係，你來了。一切順利，非常完美。」他真的想辦法過來，我樂不可支。

「**妳**最完美。」他說，給了我一個吻。

亞麗莎從我們身旁經過。「**妳**最完美。」她學他說話。「嘿，萊爾，你猜怎樣？」

萊爾放開我。「怎樣？」

亞麗莎拿起垃圾桶，放到櫃台上。「莉莉需要多請幾名員工。」

我笑她一直重複這句話。萊爾握了握我的手說：「看樣子妳們今天生意很好。」

我聳聳肩。「我沒什麼好抱怨的。我的意思是……我不是**腦部**外科醫生，但我對自己的工作挺在行的。」

萊爾笑了。「妳們需要清潔人手嗎？」

亞麗莎和我開始使喚他，在這個大日子結束時幫我們打掃花坊。我們整理完，也把隔天的開店工作準備好。就在忙完之際，馬歇爾也來了。他拿著一只袋子走進來，丟到櫃台上，開始拿出一大團一大團的東西丟給我們。我拿到我的，打開來。

是一件連身睡衣。

整件都是小貓圖案。

「波士頓棕熊隊有比賽，免費啤酒，隊友們，換衣服囉！」

亞麗莎哀號著說：「馬歇爾，你今年賺進六百萬美元耶。我們**真的**有必要去喝免費啤酒嗎？」

他伸出一隻手指抵住她的嘴唇。「噓！小莎莎，不要講那種千金大小姐講的話。那是褻瀆。」

她笑了笑。馬歇爾從她手中接過連身衣，打開拉鍊，幫她穿進去。我們都換好衣服後，就鎖上門往酒吧走。

我這輩子還沒看過這麼多穿連身衣的男人。亞麗莎和我是唯一穿連身衣的女性，但我還滿喜歡的。酒吧裡很吵，簡直吵翻天了，每一次波士頓棕熊隊表現亮眼，亞麗莎和我都得摀住耳朵，才不會覺得尖叫聲太大。大概半小時後，頂樓一個包廂空出來，我們趕緊上樓搶位子。

我們鑽進去時，亞麗莎說：「這裡好多了。」

上面的包廂跟正常音量比還是很吵，但安靜多了。

一名女服務生過來幫我們點飲料，我點了紅葡萄酒。我一點紅葡萄酒，馬歇爾就從椅子上跳起來大喊：「葡萄酒？妳穿著連身衣耶！穿連身衣點葡萄酒，就不是免費的喔！」

他要服務生幫我改點啤酒，萊爾則要服務生拿葡萄酒給我。亞麗莎想喝水，讓馬歇爾更氣。他要服務生拿四瓶啤酒來，然後萊爾說：「兩瓶啤酒、一杯紅葡萄酒、一杯水。」服務生帶著困惑至極的表情離開我們這桌。

馬歇爾伸手去摟亞麗莎，親吻她。「要是妳今晚沒有一點醉意，我要怎麼想辦法讓妳懷個寶寶呢？」

亞麗莎臉上的表情變了，我立刻替她感到難過。我知道馬歇爾只是說好玩的，但她心裡一定不好受。她幾天前才告訴我，一直無法懷孕教她很沮喪。

「馬歇爾，我不能喝啤酒。」

「那至少喝點葡萄酒。妳微醺的時候比較喜歡我。」他這樣自嘲，但亞麗莎沒有笑。

「我也不能喝葡萄酒，其實，我『什麼酒』都不能喝。」

馬歇爾止住笑。

我的心怦怦跳。

馬歇爾在包廂裡轉過身，抓著她的肩膀，讓她面對他。「亞麗莎？」

她只是一個勁地點頭。我不知道是我、馬歇爾，還是亞麗莎，誰先開始哭起來。「我要當爸爸了？」他大喊。

她還在點頭，我則像個傻瓜放聲大哭。馬歇爾在包廂裡跳起來大喊：「我要當爸爸了！」

我很難好好形容這一刻。一名成年男子穿著連身睡衣，站在酒吧包廂，對任何願意聽的人大喊，他要當爸爸了。他把亞麗莎拉起來，一起站在包廂裡。他親吻她，這是我見過最甜蜜的場景。

我望向萊爾，無意間發現他咬著下唇，似乎試圖眨眼來忍住淚水。他瞥了我一眼，發現我正在看他，就轉頭看其他地方。「住嘴。」他說：「她是我妹妹。」

我微笑，靠過去親他的臉。「恭喜你，萊爾舅舅。」

這對準爸媽終於停止在包廂親親抱抱，萊爾跟我一起站起來恭喜他們。亞麗莎說，她這陣子老是想吐，一直到今天早上花坊開幕前才驗孕。她本來打算今晚回家再告訴馬歇爾，但她已經無法多憋一秒。

我們的飲料送來，我們又點了餐點。服務生離開後，我看著馬歇爾問：「你們是怎麼認識的？」

他說：「這個故事亞麗莎來講，會比我講得生動。」

亞麗莎傾身向前，興致勃勃地說：「我本來很討厭他。他是萊爾最要好的朋友，經常來我們家，我覺得他很煩。他剛從波士頓搬來俄亥俄州，操著一口波士頓腔，他覺得那樣講話很酷，但每次他開口，我都想給他一巴掌。」

馬歇爾挖苦說：「她還**真是**好心。」

「你以前是個蠢蛋。」亞麗莎翻了個白眼，反唇相譏。「總之，有一天萊爾跟我邀了幾個朋友來家裡。沒什麼特別理由，只因為爸媽去外地不在家，我們就邀朋友來聚一聚。」

「我們請了三十個人。」萊爾說：「那是一場派對。」

「沒錯，是一場派對。」亞麗莎說：「我走進廚房，馬歇爾站在那裡，緊貼著一個浪蕩女。」

「她不是浪蕩女。」馬歇爾說：「她是個好女孩，嚐起來有奇多餅乾的味道，但是……」

亞麗莎怒瞪他一眼，他立刻閉嘴。她轉向我。「我整個大發飆。」她說：「我開始對他大吼，要他把那個婊子帶回自己家。那個女生被我嚇死，趕緊頭也不回地往門口跑。」

「真是煞風景。」馬歇爾說。

亞麗莎用手捶他的肩膀。「總之，我壞了他的好事後，就跑回自己房間，對自己剛才的舉動感到難為情。我會那樣只是因為嫉妒。直到看見他把手放在別的女生屁股上，我才發現自己竟然喜歡他。我撲到床上開始哭。幾分鐘後他走進來，問我還好嗎。我翻過身大喊：『**我喜歡你**，你這個蠢豬！』」

「後面的事，大家都知道了……」馬歇爾說。

我笑了。「喔，蠢豬。好甜蜜喔。」

萊爾豎起一隻手指說：「你們沒講最有趣的部分。」

亞麗莎聳肩。「是啊。接著馬歇爾走向我，把我牽下床，用他剛才吻過那個浪蕩女的嘴唇吻我，我們親熱了半小時。萊爾走進來，撞見我們，開始對馬歇爾吼叫。然後，馬歇爾就把萊爾推出我的房間，鎖上門，又跟我親熱了一小時。」

萊爾搖搖頭。「我被最要好的朋友出賣了。」

馬歇爾把亞麗莎拉過去。「我喜歡她。你這個蠢豬。」

我笑了，但萊爾轉過來，對我露出嚴肅的表情。「我太生氣了。一整個月沒跟他講話，最後是我自己想通了。我們那時十八歲，她十七歲，我哪有什麼辦法拆散他們。」

「哇，」我說：「有時候我會忘記你們年齡很接近。」

亞麗莎露出微笑說：「三年生三個，我替我們爸媽感到遺憾。」

一整桌的人沉默下來。我瞄到亞麗莎用眼神向萊爾道歉。

「生三個？」我問：「你們還有一個兄弟姊妹？」

萊爾挺直身體，喝了口啤酒，然後把啤酒放回桌面說：「我們有一個大哥。我們小時候，他就過世了。」

多麼美好的夜晚，就這樣被一個簡單的問題給毀了。幸好，馬歇爾熟練地把話題轉開。

這個晚上接下來的時間，我都在聽他們小時候的各種故事。我不確定自己曾經像今晚笑得這麼誇張。

球賽結束時，我們一塊走回花坊開車。萊爾說他剛才搭 Uber 過來，所以他要搭我的車。亞麗莎和馬歇爾離開前，我要她等我一下。我跑進花坊拿起蒸氣龐克風的花束，再跑回他們的車子。我把花交給她，她的臉都亮了起來。

「妳懷孕了，我很替妳開心，但那不是我送這束花給妳的理由。我想把這束花送給妳，只因為妳是我最要好的朋友。」

亞麗莎抱緊我，低聲在我耳邊說：「我希望他有一天會跟妳結婚。我們會成為比最要好的朋友感情還好的姊妹。」

她鑽進車子，他們開車離去。我站在原地望著他們，我不知道自己這輩子有沒有像她這麼好的朋友。也許是葡萄酒的關係，我不知道為什麼，但我好喜歡今天，我愛今天的每一件事，尤其是萊爾的樣子——他正靠在我的車子上，望著我。

「妳開心的時候，真的好美。」

這一天！太完美了！

我們正在爬樓梯回我的公寓，萊爾抓住我的腰，把我抵在牆上。我們還在樓梯間，他就開始吻我。

我咕噥：「真沒耐心。」

他咧嘴笑，雙手捧住我的雙臀。「才不是，是這件連身衣太誘人了。妳真的應該好好考慮，用這件連身衣當花坊制服。」他又開始親我，一直親到，有人下樓時經過我們。

那人從我們旁邊擠過去時，咕噥著：「連身衣好看啊。波士頓棕熊隊贏了嗎？」

萊爾點點頭，頭也沒抬地回他：「三比一。」

「很好。」那個人說。

他走了以後，我從萊爾身邊移開。「連身衣是怎麼回事？波士頓每個男人都知道連身衣的事嗎？」

他笑著說：「免費的啤酒，莉莉，因為有免費的啤酒。」他拉我上樓，我們走進大門時，露西站在餐桌邊，替準備裝她物品的箱子黏膠帶，另一個箱子還沒封箱。我敢發誓，我看見我在HomeGoods家飾店買的一個碗，從箱子開口凸了出來。她說下星期前，會把她的東西統統搬走，但我有預感，她會順便把「我的」一些東西也打包走。

「你是誰？」她問，上下打量萊爾。

「萊爾．金凱德。我是莉莉的男朋友。」

莉莉的男朋友。

妳聽見了嗎？

男朋友。

那是他第一次確認此事，而且說得好有自信。「我的男朋友，嗯哼？」我走進廚房，拿了一瓶葡萄酒和兩只葡萄酒杯。

我倒葡萄酒時，萊爾從我身後走來，兩手悄悄環住我的腰。「對，妳的男朋友。」

我遞一杯葡萄酒給他，說：「所以我現在是你的女朋友？」

他拿酒杯跟我的酒杯碰一下。「敬試用期結束，敬穩定交往。」

我們面帶微笑，一起喝下葡萄酒。

露西把箱子堆在一起，走向大門口，說：「看來我離開得正是時候。」

大門在她身後關上，萊爾抬起一邊眉毛。「我覺得妳的室友不是很喜歡我。」

「你聽了應該會很驚訝。我覺得她連我都不喜歡，可是昨天她還邀我當她的伴娘。我覺得她只是想拿免費的花。她很會投機取巧。」

萊爾笑了，身體靠向冰箱。他的眼睛瞄到一個寫著「波士頓」的磁鐵。他拿起磁鐵，挑起一邊的眉毛。「如果你像觀光客那樣，把波士頓的紀念品吸在冰箱上，你就永遠無法逃離波士頓煉獄。」

我笑了笑，拿回那塊磁鐵，啪的一聲貼回冰箱。他清楚記得我們初次相遇的那一晚，讓我很高興。「這是別人送的。自己買的才算旅遊紀念品。」

他朝我走近，從我手中取走葡萄酒杯，把兩只酒杯都擱在流理台上，然後靠過來，給了我一個酒氣濃烈的深吻。我可以從他的舌頭嚐到葡萄酒的果酸，我很喜歡。他伸手拉我的連身衣拉鍊。「我們來把妳這身衣服脫掉吧。」

他拉我走向臥室。我們一面努力脫衣服，他一面親我。我們終於走到房間時，我身上只剩下內衣和內褲。

他把我推到門上，這出乎意料的舉動讓我倒抽一口氣。

「別動。」他說，並親向我的胸口，沿著身軀一路慢慢往下。

我的老天。這一天還能更美好嗎？

我伸手穿過他的頭髮，但他抓起我的手腕，把我的手按在門上。這時他回到我身上，緊緊握住我的手腕，抬起一邊的眉毛警告：「我說，不要動。」

我忍住微笑，但裝得很辛苦。他的嘴再次沿著我的身軀向下移，慢慢把我的內褲往下扯到腳踝，但他要我不要動，所以我沒有踢腳脫內褲。

他的嘴滑上我的大腿，一路……

嗯……

這是最棒……的……一天。

第十三章

萊爾：妳在家嗎？還是在工作？

我：工作，應該再一小時就下班。

萊爾：我可以去找妳嗎？

我：你知道嗎？有人說世界上沒有愚蠢的問題。他們說錯了。你剛才就問了一個蠢問題。

萊爾：:)

半小時之後，他敲著花坊的大門。我差不多三小時前就關店了，但我還在店裡，努力從開店第一個月的混亂中理出頭緒。這間花店還太新，無法準確反映我們究竟經營得好不好。有些日子，生意很好；有些日子，生意又差到我會先放亞麗莎下班，但整體來說，我對目前的經營情況很滿意。

而且，我也對我和萊爾的交往情況很滿意。

我打開門鎖，讓他進來。他又穿了淺藍色的手術服，身上還掛著聽診器；他一下班就直接來了，真是好看的裝飾。我發誓，每次我看見他下了班直接過來，都得想辦法藏住臉上的蠢笑。我快速吻了他一下，然後轉身往辦公室走。「我還有幾件事要收尾，然後就可以回家了。」

他跟我一起走進辦公室，關上門。「妳有長沙發嗎？」他邊問邊環顧我的辦公室。

這星期，我花了點時間幫花坊做最後的裝飾。我買了幾盞檯燈，這樣我就不用打開亮到爆的日光燈，檯燈散發柔和的光暈。我還買了幾株要一直養在這個空間的植物。雖然這裡不是花園，但很接近了。這間房子原本是用來存放菜籃的，經過一番改裝，才有如今的面貌。

萊爾走向沙發，一頭栽在上面。「妳慢慢來。」他貼著枕頭悶哼：「我小睡一下，等妳做完工作。」

有時，我好擔心他在工作上把自己得逼太緊，但我沒表示意見。我自己現在每天也在辦公室坐上十二小時，沒什麼資格說他是工作狂。

我又花了十五分鐘左右，把訂單整理好。完成以後，我闔上筆記型電腦，望向萊爾。

我以為他睡著了，但他單手撐著頭側躺，一直看著我做事。看到他臉上的笑容，我不禁臉紅，把椅子往後推，站起身。

我走向他，他對我說：「莉莉，我覺得我太喜歡妳了。」

我皺起鼻子，他從長沙發坐起，拉我往他的大腿上坐。「太喜歡？聽起來不像是讚美。」

「那是因為我不知道是不是喜歡過頭。」他說，一邊調整我的姿勢，讓我跨坐在他身上，同時伸手環抱我的腰。「這是我第一次認真談戀愛。我不知道自己是不是現在就該這麼喜歡妳。我不想把妳嚇跑。」

我笑出來。「講得好像真的會把我嚇跑一樣。你工作那麼忙，我不可能被你逼得喘不過氣。」

他雙手搓揉我的背。「我工作太忙，會讓妳不開心嗎？」

我搖頭。「不會。有時我會擔心你，不希望你把自己弄得筋疲力盡，但我不介意和你的熱情分享你。我其實很喜歡你這麼有野心，挺性感的，說不定那就是我最喜歡你的地方。」

「妳知道我最喜歡妳什麼地方嗎？」

「我已經知道答案了。」我笑著說：「我的嘴唇。」

他把頭往後靠向沙發。「是啊。那是第一個地方，但妳知道我第二喜歡的地方嗎？」

我搖頭。

「妳不會逼我成為我做不到的人，妳接受真正的我。」

我露出微笑。「這個嘛，平心而論，你已經跟我第一次見到你時有點不同。你對於交女朋友這件事，沒那麼反感了。」

「那是因為妳讓這件事變容易了。」他說，一隻手伸進我衣服的後背：「跟妳相處很輕鬆，我還是可以追求我一直想追求的事業，可是有妳這樣支持著我，這件事更是美好十倍。跟妳在一起，讓我覺得我可以吃蛋糕又留下蛋糕，兩全其美。」

現在他兩隻手都伸進我的上衣，緊緊扣住我的背。他把我拉近親吻，我在他的唇畔輕聲笑著說：「這是你吃過最美味的蛋糕？」

他一隻手伸到我內衣後面，輕鬆解開釦子。「我相信是，但或許我要再嚐一口才能確定。」他從上方脫掉我的衣服和內衣。我推著起身，想把牛仔褲脫掉，但他把我拉回腿上。他把聽診器塞進耳朵，用聽筒按住我的胸口，就在心臟上方。

「莉莉，妳的心跳為什麼這麼劇烈？」

我無辜地聳聳肩。「這可能跟你有點關係喔，金凱德醫生。」

他放下聽筒，將我從他身上抬起，再把我按到沙發上。他分開我的腿，在我雙腿之間跪下，再一次把聽診器按到我胸口。他用另一隻手支撐自己，繼續聽我的心跳。

他說：「我判斷妳的心臟跳動頻率大約一分鐘九十下。」

「那是好，還是壞？」

他露出笑容，壓到我身上。「要到一百四十下，我才滿意。」

是呀，如果心跳頻率來到一百四十下，我想我也會很滿意。

他低下頭，親吻我的胸部。我閉上眼，感覺他的舌頭滑過胸部。他用嘴含住我，聽診器始終按著我的胸口。他說：「妳現在的心跳大約每分鐘一百下。」他把聽診器掛回脖子上，起身，開始解我的牛仔褲釦子。他把牛仔褲脫下來後，把我翻成趴姿，我的手臂垂掛在沙發扶手上。

「跪著。」他說。

我照他的話做，還沒調整好姿勢，就感覺冰冷的金屬聽診器，再次貼上我的胸口。這一次，他的手從後面纏繞過來。他聽著我的心跳，我維持那個姿勢不動。他的另一隻手開始慢慢探向我雙腿，往我內褲探索，最後伸進我體內。我緊抓住沙發，儘量在他聽我的心跳時不發出聲音。

「一百一十下。」他說，仍不滿意。

他把我的臀部拉過去貼著他。我感覺到他正在脫手術服。他一隻手抓住我的臀，另一隻手把內褲扯到一邊，然後他往前挺進，直到完全進入我。

我用兩隻手拚命抓緊沙發。他停下動作，再次聽我的心跳。「莉莉，」他假裝失望地說：「一百二十下，離我的目標還很遠。」

聽診器再次消失。他伸手環住我的腰，一隻手滑向我的腹部，最後在雙腿間停下。我再也跟不上他的節奏，快跪不住了。他不知怎麼用一手支撐我，另一手以極致的方式蹂躪我。就在我開始顫抖時，他把我拉起來靠在他胸前。他還在我體內，現在，他又把聽診器繞到我胸口上，專心聽我的心跳。

我情不自禁呻吟。他把嘴唇貼到我耳邊：「噓，別出聲。」

我不曉得自己是怎麼一聲不發，度過接下來的三十秒。他一隻手臂摟著我，將聽診器貼在我的胸口上；另一隻手臂緊貼我的腹部，繼續在我的腿間施展魔法。不知怎麼，他仍深深插在我體內，我試著朝反方向移動，但他堅硬得像顆巨石，一陣顫慄流竄過我全身。我的雙腿在顫抖，我的手在身側抓住他的大腿，我用盡力氣，不讓自己喊出他的名字。

他抬起我的手，把聽診器貼上我的手腕，我仍在顫抖。幾秒鐘後，他把聽診器移開，丟到地上。「一百五十下。」他滿意地說。他抽出來，讓我翻身躺下，吻我的唇，再次進入。

我的身體虛弱得無法動彈，連張開眼睛看他都辦不到。他對著我來回衝刺，然後停下來，在我的唇畔低吼。

他倒在我身上，繃著身體，顫抖。

他吻我的脖子，吻我鎖骨上的心形刺青，最後停留在我頸間，發出嘆息。

「我今晚有沒有說過我有多喜歡妳？」他問。

我笑了。「說了一、兩次吧。」

「那這次算第三次。」他說：「我喜歡妳。我喜歡妳的每件事，莉莉。我喜歡在妳的身體裡，喜歡在妳的身體外，喜歡在妳身旁。我全都喜歡。」

我微微笑著。我好愛他的話語在我的肌膚和心裡觸動的感受。我開口告訴他我也好喜歡他，但我的聲音被他的手機鈴聲打斷。

他對著我的脖子悶哼，然後從我體內抽出，伸手去拿手機。他重新穿好手術服，看著來電顯示，笑了出來。

「是我媽媽。」他說，靠過來吻我的膝蓋上緣，我的膝蓋倚著沙發靠背放鬆休息。他把手機丟到一旁，然後起身走到辦公桌邊，取來衛生紙盒。

做愛後的清潔總是令人尷尬，但我不確定，是否曾像聽到他媽媽在電話的另一端，那麼尷尬。

我把衣服統統穿好後，他把我拉到沙發，讓我躺在他身上。我把頭枕在他的胸膛。

已經超過十點了，我好放鬆，思忖要不要就在店裡睡一晚。萊爾的手機又響了，這次是通知他有一則新的語音訊息。一想到自己在旁邊觀察他跟母親的互動，我的嘴角不禁上揚。亞麗莎講過一些他們父母的事，但我沒有真正跟萊爾聊過他們。

「你跟父母處得好嗎？」

他用手臂輕觸我的手臂。「很好。他們是很棒的人。青春期我跟他們有過一些衝突，但那段時間過去了。現在我幾乎每天都會跟我媽講話。」

我雙手交疊放在他胸前，下巴抵著手臂，抬頭看他。「你願意跟我聊聊你的母親嗎？亞麗莎說他們幾年前移居英國了，現在正在澳洲度假，但那是一個月前的事了吧。」

他笑了。「我媽媽？這個嘛……我媽非常霸道，很會挑剔別人，尤其是她深愛的人。她沒有缺席過任何一次教堂禮拜。我沒聽過她叫我老爸金凱德醫生之外的稱呼。」

儘管他講起母親帶著警告的意味，但始終面帶微笑。

「你爸爸也是醫生？」

他點頭。「精神科醫生。他選擇可以過正常生活的一科，真聰明。」

「他們會來波士頓找你嗎？」

「不太會。我媽媽討厭搭飛機，所以亞麗莎跟我每年都會飛到英國幾次。她倒是很想見妳，也許下次我帶妳一起去。」

我露齒而笑。「你跟媽媽說起過我？」

「當然。」他說：「妳知道的，我交女朋友，那可是大事。她每天都打來，確認我沒把事情搞砸。」

我笑了。他伸手拿手機。「妳以為我在開玩笑?我敢保證,她剛才的留言一定有提到妳。」

他按下幾個鍵,開始播放語音訊息。

「嘿,親愛的!我是媽媽。我從昨天到現在都沒跟你講到話。我很想你。替我抱一下莉莉。你還在跟她交往吧?亞麗莎說,你講她的事情講個不停。她還是你的女朋友吧?好,格雷琴來了,我們要喝下午茶。我愛你,親一個。」

我把臉埋進他的胸口,笑出來。「我們才剛交往幾個月。你說了多少我的事?」

他把我的手拉到我們中間,親一下。「太多了。莉莉,太多了。」

我微笑。「我等不及要認識他們。他們不但養大一個優秀的女兒,還有你這個兒子。真了不起。」

他緊緊摟著我,親吻我的頭頂。

「你哥哥叫什麼名字?」我問。

我這一問,可以感到他身體有些僵硬。我後悔提到這個話題,但話一出口就收不回來了。

「愛默生。」

我可以從他的聲音聽出,那不是他現在想談論的話題,我也不再追問,而是抬起頭、向前挪,親吻他的嘴唇。

我早該知道,我和萊爾,我們接吻不可能只是接吻而已。沒幾分鐘,他又進入我,不過這一次，跟前一次完全不一樣。
這一次，我們做「愛」了。

第十四章

手機響起，我拿起手機查看是誰。看了之後有些吃驚，這是萊爾第一次打電話給我，我們一直是傳簡訊聯絡。三個多月來，我沒跟自己的男朋友講過電話，奇怪吧？

「喂？」

「嗨，女朋友。」他說。

聽見他這樣講，我做作地微笑。「嗨，男朋友。」

「妳猜怎麼樣？」

「怎麼樣？」

「我明天休假。妳們花坊星期天下午一點才營業，我現在帶著兩瓶葡萄酒，正要出發去妳家。妳想跟男朋友過夜，整晚享受酒酣耳熱的性愛，睡到隔天中午才起床嗎？」

聽見他的話，我羞死了。我微笑道：「你猜怎麼樣？」

「怎麼樣？」

「我正穿著圍裙幫你煮晚餐。」

「喔，真的嗎？」他說。

我說：「『只穿』圍裙喔。」然後掛上電話。

幾秒鐘後，我收到一封簡訊。

萊爾：傳照片給我，拜託。

我：你自己過來拍。

大門打開時，燉菜的料就快準備好了。我把材料倒進平底玻璃烤盤。我聽見他走進廚房，但我沒轉身。我說只穿圍裙，是真的只有圍裙，連內褲都沒穿。

我將手伸向烤箱，準備把燉菜放進去時，聽見他大力抽了一口氣。我可能為了故意做給他看，伸手的動作有點太誇張了。我關上烤箱門，沒有轉身面對他，而是拿起一塊抹布往下擦拭烤箱，刻意大幅度地搖晃屁股。這時，我感覺右半邊屁股有個尖銳的刺痛感。我尖叫轉過身，看到萊爾咧嘴笑，手裡拿著兩瓶葡萄酒。

「剛才是你在『咬』我？」

他對我擺出無辜的表情。「如果不想被刺，就不要招惹蠍子。」他一面用眼睛上下打量，一面打開其中一瓶酒。他舉起酒瓶，替我們各倒一杯，說：「這是陳年酒。」

我佯裝驚訝地說：「**陳年酒！**今天是什麼特殊日子？」

他遞給我一杯葡萄酒，說：「我要當舅舅了，還交了超正的女朋友，而且我週一要進行非常稀罕的頭顱連胎連體嬰分離手術，可說是畢生難遇。」

「頭……什麼？」

他喝完一杯又斟一杯。「頭顱連胎的連體嬰分離手術。」他說，用手指著頭頂某處，輕敲一下。「這個地方連在一起的雙胞胎。我們從他們出生後就一直在研究。那是非常罕見的手術，**非常**罕見。」

我第一次發覺他的醫生身分超級撩人。我的意思是，我是很欣賞他這麼積極上進、這麼投入醫生工作，但真正親眼看見他對賴以為生的工作如此興奮，實在太性感了。

「你覺得要開多久？」我問。

他聳聳肩。「我不確定。他們年紀還太小，全身麻醉太久會有問題。」他舉起右手，扭動手指。「但這是一隻非常特別的手。它可是受過近五十萬美元的專業訓練，我對這隻手深具信心。」

我走向他，把嘴唇壓上他的手心。「我也挺喜歡這隻手的。」

他順勢把手滑到我的脖子上，將我轉個方向，讓我的前身緊貼著流理台。我沒想到會被他改變姿勢，倒抽一口氣。

他從我的後背貼上來，手沿著身側慢慢往下撫摸。我的手心緊按著花崗岩台面，閉上眼，已經感覺到葡萄酒引起一陣醉意。

他對我耳語：「這隻手，是全波士頓最穩的一隻手。」

他對我後頸施力，讓我朝流理台彎得更低。他的手來到我的膝蓋窩，從那兒慢慢向上游移，

天啊。

他出力將我的雙腿分開，接著手指伸入。我發出呻吟，想找東西抓。他開始對我身體施展魔法，我及時緊抓住水龍頭。

然後，他的手就像魔術師的手，又不見了。

我聽見他走出廚房的聲音，看著他從流理台前面走過。他對我眨個眼，將杯子裡的葡萄酒一飲而盡，說：「我去簡單沖個澡。」

真會挑逗人。

「你這個壞蛋！」我對他的背影大喊。

「我才不是壞蛋。」他在我的房間大聲回我：「我是受過嚴格訓練的神經外科醫生！」

我笑出來，再倒一杯酒。

我要讓他見識一下真正的挑逗高手。

他從房間走出來時，我已經在喝第三杯酒了。

我坐在沙發上跟媽媽講電話。我坐在沙發上，看他走進廚房倒了另一杯酒。

那真是一瓶好酒。

媽媽問：「妳今晚要做什麼？」

我開啟擴音模式。萊爾靠著牆，看我跟媽媽講電話。

「沒什麼，我要幫萊爾溫書。」

「聽起來……不怎麼有趣。」她說。

萊爾對我眨眨眼。

「其實還滿有趣的。」我告訴她：「我經常幫他溫書，主要是幫他複習如何控制精細的手部動作。其實呢，我們可能會整晚熬夜念書。」

三杯葡萄酒下肚，讓我調皮起來。真不敢相信，我竟然一邊跟媽媽講電話，一邊跟他調情。**好肉麻**。

「我得掛電話了。」我告訴她：「我們明天晚上要帶亞麗莎和馬歇爾去餐廳吃飯。所以星期一再打給妳。」

「喔，你們要帶他們去哪間餐廳？」

我翻了白眼，這女人聽不懂暗示。「我不曉得。萊爾，我們要帶他們去哪邊？」

「上次跟妳媽一起去的那間。」他說：「叫波比餐廳？我訂了六點鐘。」

我感覺胸口的心臟一沉。媽媽說：「喔，選得好。」

「是啊，如果妳喜歡的是又乾又硬的麵包。媽，拜拜。」我掛上電話，看向萊爾。「我不想再去吃那家餐廳，我不喜歡。我們找間新的餐廳吃吃看。」

我沒有告訴他，**我實在不想**再去那裡的原因，但妳怎麼可能告訴才剛交往的男朋友，自己不想遇到初戀情人？

萊爾離開牆壁。「妳會吃得很開心的。」他說：「亞麗莎很期待去那間餐廳。我把那天去吃的經驗都告訴她了。」

也許我運氣好，亞特拉斯那天剛好沒排班。

「講到吃的，」萊爾說：「我餓壞了。」

我的燉菜！

「慘了！」我說著，笑了出來。

萊爾衝到廚房。我站起身，跟著走進去。我一走進去，就看見他正打開烤箱門，用手揮著煙。

燉菜毀了。

三杯葡萄酒下肚，我太快站起身，感覺一陣暈眩。我抓著萊爾旁邊的流理台，想讓自己緩一緩。就在這時，萊爾把手伸進烤箱去端烤焦的燉菜。

「萊爾！你要用……」

他大喊：「該死的！」

「……隔熱墊。」

燉菜從他手中滑落，整盤砸在地上，滿地都是碎玻璃。我踮起腳尖，小心避開地上的碎玻璃和灑一地的蘑菇和雞肉。想到他竟然連隔熱墊都不曉得用，我不由自主地笑出來。

一定是酒喝多了。**這支酒還真烈。**

他用力甩上烤箱門，趕緊走到水龍頭邊用冷水沖手，咕噥咒罵的話。我努力想忍住不笑，但酒精作祟，加上先前那幾秒的荒謬情境，讓我憋得很辛苦。我看向地板，看著我們等一下要清理的那攤東西，忍不住爆笑出來。我一面笑，一面靠過去，查看萊爾的手，希望傷勢不嚴重。

忽然間，我馬上止住笑，倒在地上，一手按住眼角。

剛才那一瞬間，萊爾一隻手臂毫無預警朝我揮來，我被用力往後推。他的力道太大，我站不穩，失去重心跌倒，臉撞到了櫥櫃把手。

就在太陽穴旁邊，一陣劇痛從眼角傳來。

接著是一股沉重感。我全身上下每個地方都感受到了。它壓著我的情緒，好沉重。所有的一切，全部粉碎。

我的淚水、我的心、我的笑、我的**靈魂**，彷彿好多、好多破碎的玻璃，朝我灑落。

我雙手抱頭，希望抹去那最後十秒。

「該死的，莉莉。」我聽見他說：「那不好笑，這是我當醫生的手。」

我沒有抬頭看他。這一次，他的聲音沒有穿透我的身體，而是狠狠戳刺著我。一字一句，就像一支一支銳利的劍，朝我刺來。然後，我感覺他來到我旁邊，把他**該死的手**放到我背上。開始撫摸。

「莉莉，」他說：「天啊，**莉莉**。」他試圖把我抱住頭的手臂解開，但我拒絕移動。我開始搖頭，希望最後的十五秒可以消失，短短**十五秒**，就能令你對一個人徹底改觀。

經過那十五秒，我們再也回不去了。

他把我往他身上拉，開始親吻我的頭頂。「我很抱歉，我只是……我的手燙傷，所以我慌了。妳在笑，然後就……我真的很抱歉，這一切發生得太快。我不是故意要推妳的。莉莉，對不起。」

這一次我聽到的不是萊爾的聲音，只聽到爸爸的聲音。

「**珍妮，對不起。我是不小心的，真的很抱歉。**」

「莉莉，對不起。我是不小心的，真的很抱歉。」

我現在只希望他離開。我手腳並用，使出全力，**該死的**把他推開。

他往後跌，用手撐住身體，露出傷心透頂的神情，但他眼中隨即充滿另一種情緒。不知是擔心還是慌張？

他慢慢舉起右手，整隻手都是血，血從手心流到手腕。我看向地板，看向燉菜烤盤砸碎後的一地玻璃。**他的手**。我把他推向了那堆玻璃。

他轉過身，站起來，把手伸到水柱下，沖洗手上的血。我站了起來，他在拔手掌上的一片玻璃碎片。他拔出玻璃，丟到流理台上。

我非常生氣，但不知怎麼，憂慮仍有辦法冒出來。我在擔心他的手。我拿了條毛巾塞進他手裡。他的手流了好多血。

受傷的是右手。

他星期一要替人動手術。

我試著幫他止血，但我手抖得厲害。「萊爾，你的手。」

他把手移開，用沒受傷的手抬起我下巴。「莉莉，別管那隻**該死的手**。我在乎的不是我的手。妳還好嗎？」他焦急地來回查看我的雙眼，檢查我臉上的傷口。

我的肩膀開始抖動，接著大顆、大顆傷心的淚珠，從我的臉龐滑落。「不好。」我有一點震驚，而我知道，他可以從那短短兩個字聽出我的心碎，那是我全身上下的感受。「天啊，萊爾，你**推**我。你……」意識到剛才發生什麼事的傷心感，更甚於實際被推倒在地。

萊爾伸手圈住我的脖子，拚命抱著我。「莉莉，我很抱歉。**天啊**，我真的很抱歉。」他把臉埋進我的髮絲，釋放內心所有的情感，緊緊抱著我。「**拜託**，請不要討厭我。」

他的聲音又逐漸變回萊爾的聲音。我的胃和腳趾，又能感受他的聲音了。他的事業全仰賴那隻手，而他毫不在意自己的手。這總代表著什麼，**是吧？**我的心亂糟糟的。

一下子發生太多事了。有烤箱的煙、葡萄酒的酒精、破掉的玻璃，有潑得一地的食物，還有血，有生氣，有道歉。**太多事了**。

「我真的很抱歉。」他又說了一次。我往後抽身，他的眼睛好紅，我從沒見過他這麼傷心。「我剛才慌了。我不是有意把妳推開，我只是整個人亂了。我只想到週一的手術，還有我的手……真的很抱歉。」他親吻我的嘴唇，深深吸氣，彷彿要將我一起吸進去。

他跟我爸爸不一樣。他不可能跟爸爸一樣。他才不是那個冷酷無情的渾蛋。

我們心情都很低落。我們互相親吻，彼此都很困惑，也很傷心。我從未感受這樣的時刻，如此醜陋，又如此痛心。可是不知怎麼，這個男人剛才帶來了痛苦，而這痛苦，**只有他**才能平復。

他的悲傷安撫了我的眼淚，他印在我嘴唇的吻安撫了我的情緒。他的手，彷彿再也不願放開，緊緊抓著我。

我感覺他伸出手臂，環過我的腰，把我抱起，小心翼翼走過我們製造的一片狼籍。我分不清，我究竟是對他失望，還是對自己失望。一開始暴怒的他，以及後來被他的道歉安撫的我，究竟哪一個更令我失望。

他一路抱著我、親吻我，帶我來到房間裡。他把我放到床上時，還吻著我。他輕聲細語對我說：「莉莉，我很抱歉。」他把嘴唇移到我撞上櫥櫃受傷的眼角，吻了吻那裡。「我真的很抱歉。」

他的嘴唇，再次印上我的唇，給我一個又濕又熱烈的吻。我真的不知道我是怎麼了。我的心好痛、好痛，但我的身體，渴望他用嘴唇和手的觸碰向我道歉。我好想對他發脾氣，好希望自己做出的反應是爸爸傷害媽媽時，我一直希望媽媽能有的反應，可是我內心深處卻想相信那真的是意外。萊爾跟我爸爸不一樣。**他們的人格特質完全不同**。

我需要感受他的傷心、他的懊悔。這兩樣，我在他的親吻中都感受到了。我為他張開腿，他的悲傷用另一種形式傳遞過來。他帶著歉意，緩緩在我體內推進。每一次深入，都伴著輕輕的耳語，再向我道歉一次。有如奇蹟一般，每一次他從我體內抽出，我心中的氣憤就消散了一些。

他親吻我的肩膀、臉頰、眼睛。他還在我身上，溫柔地撫摸我。從來沒有人這樣……百般溫柔地撫摸我。我試著忘掉廚房裡的事，但此時此刻它縈繞在我心頭，揮之不去。

他把我推開。

萊爾推我。

那十五秒間，我看見「不是他」的他，也看見「不是我」的我。我應該擔心他，卻嘲笑他。他不該出手，卻用力推了我。我把他推開，結果導致他的手掌割傷。

太糟糕了。這整件事、事發的那十五秒，簡直糟糕透頂，我再也不想回憶。

他的手上還捆著毛巾，上頭沾滿了血。我輕推他的胸口，對他說：「我去去就回。」他又吻了我一次，從我身上翻開。我走去廁所，關上門，看著鏡中的自己，倒抽一口氣。

血。我的頭髮、臉頰、身體都是血，是他的血。我抓起一條毛巾，試著洗掉一些血漬，然後探頭往水槽下方尋找急救箱。我不清楚他的手傷勢有多嚴重。他的手先是被燙傷，又被玻璃割破，而一個小時前，他才跟我說，那場手術對他很重要。

以後不能再喝酒了，我們可不能再喝什麼陳年葡萄酒。

我從水槽下方取出急救箱，打開臥室門，他正從廚房走回房間，手裡拿著一小袋冰塊。他把冰塊袋子舉高。「給妳的眼睛冰敷。」

我把急救箱拿高。「給你的手擦藥。」

我們一起露出微笑，然後一起坐回床上。他倚靠床頭板，我將他的手拉過來放到我的腿上。我幫他處理傷口的時候，他一直拿著冰袋幫我冰敷眼角。

我在手指上擠了點消炎藥膏，輕輕抹他燙傷的手指。傷口沒有我想像的嚴重，讓我鬆口氣。

「你能讓它不起水泡嗎？」我問。

他搖搖頭：「如果二度燙傷，應該會起水泡。」

我很想問他，手指起水泡的話，週一還能動手術嗎？但我沒有問出口，我相信這也是他此刻最在意的事。

「你要我幫你在割傷的地方塗點藥嗎？」

他點頭。血止住了，我知道如果需要縫合，他一定會去縫，但我想應該沒事。我從急救箱取出繃帶，為他包紮受傷的手。

「莉莉，」他輕聲喊我。我抬頭看，他把頭靠在床頭板上，一副快哭的樣子。「我覺得非常糟糕。」他說：「如果可以重來……」

「我知道。」我打斷他的話。「萊爾，我知道那很糟糕。你推了我，你讓我懷疑自己是否真的認識你，但我知道你很抱歉，事情無法重來，我不想再提剛才的事。」我幫他把手上的繃帶固定好，直視他的眼睛。「可是，萊爾，如果再發生類似的事……我就會知道這一次不是單純的意外。那我會毫不猶豫地離開你。」

他注視著我，視線停留好一陣子。他的眉毛因為懊悔而低垂。他靠過來，吻了吻我的嘴唇。「莉莉，我發誓，不會再有下一次。我跟他不一樣。我知道妳會那樣想，但我向妳發誓……」

我搖搖頭制止他，我無法承受他聲音中的痛苦。「我知道你不是我爸那種人。」我說：「可是……請不要讓我有機會再度懷疑你。拜託。」

他輕輕撥開我額頭的頭髮。「莉莉，妳是我這輩子最重要的人。我想成為帶給妳幸福的人，而不是傷害妳的人。」他親吻我，然後站起來靠近我，把冰塊貼在我臉上。「拿著冰塊，再冰敷十來分鐘，臉才不會腫起來。」

我從他手中接過冰塊。「你要去哪裡？」

他親吻我的額頭說：「去清理我弄出來的一團亂。」

他花了二十分鐘清理廚房。我聽見碎玻璃丟進垃圾桶，還有葡萄酒倒進水槽的聲音。我走進浴室快速沖洗一下，把他的血從身上洗掉，然後換了床單。他把廚房清理乾淨後，拿著一個杯子走進臥室。他把杯子遞給我說：「這是汽水，喝點咖啡因會好一些。」

我喝了一口，感覺氣泡沖過喉嚨，真的很不錯。我又喝了一口，把杯子放在床頭几上。「汽水有什麼功效，解宿醉嗎？」

萊爾輕輕躺到床上，替我們倆拉上被子。他搖搖頭。「沒有，我不覺得汽水真的有什麼功效。從前，我要是某一天過得很糟，媽媽就會給我一杯汽水。每次喝完汽水，心情都會好一點。」

我微笑。「好吧，確實有用。」

他的手輕輕滑過我的臉頰，我從他的眼神和他摸我的方式，知道我應該至少給他一次機會，原諒他一次。我覺得，如果不試著原諒他，等於把他當成替罪羔羊，把我對爸爸至今無法釋懷的恨意發洩在他身上。**他跟我爸爸不一樣**。

萊爾愛我。雖然他從沒真正開口說他愛我，但我知道他是愛我的，而且我也愛他。我相信，今晚在廚房發生的事不會重演了。我看到他讓我受傷後是那麼的難過，一定不會再發生了。

人都會犯錯。你是怎樣的人，並不取決於你犯下的錯誤，而是取決於你如何看待錯誤，以及你是否記取教訓，不把錯誤當成藉口。

萊爾的眼神不知怎麼顯得更真誠了。他靠過來親吻我的手，然後把頭靠回枕頭上。我們就那樣躺著，凝視對方，用一股未言明的力量，一同填補這一晚在我們心中留下的破洞。

幾分鐘後，他捏了捏我的手。「莉莉，」他說著，用拇指輕擦我的拇指。「我愛上妳了。」

我全身上下都能感受他的話語。我輕聲對他說：「**我也愛你**。」這是我對他說過最赤裸的真話。

第十五章

我比約好的時間晚了十五分鐘，才進餐廳。晚上花坊要打烊時，有客人來訂喪禮用花，我無法拒絕，因為很遺憾……喪禮是花店最賺錢的生意。

萊爾對我招手，告訴我他們坐哪一桌。我筆直朝他們走去，盡力不四處張望。我不想遇見亞特拉斯。我嘗試說服他們換餐廳試了兩次，但亞麗莎聽萊爾說過有多好吃，怎樣都要來試試。

我溜進雅座，萊爾靠過來吻我的臉頰。「嗨，女朋友。」

亞麗莎悶哼一聲。「天啊，你們真可愛，簡直肉麻。」我對她露出微笑。她的眼睛立刻瞄向我的眼角。今天眼睛的狀況沒我想的糟，可能是萊爾堅持要我一直冰敷的關係。「我的天啊。」亞麗莎說：「萊爾告訴我了，但我沒想到有這麼嚴重。」

我瞄了萊爾一眼，心想不知他是怎麼跟她說。他**告訴她真相了嗎？**他微笑說：「橄欖油灑得到處都是。她跌倒時，動作優雅得簡直像芭蕾舞者。」

他說謊。

好吧，是我也會說謊。

「還滿慘的。」我笑著說。

沒想到這一餐倒是平安無事地吃完了。沒看見亞特拉斯，也沒想起昨晚。我和萊爾沒有再喝葡萄酒。吃完正餐，服務生過來詢問：「幾位想用甜點嗎？」

我搖搖頭，但亞麗莎興致勃勃。「你們有什麼甜點？」

馬歇爾也一副很感興趣的樣子。「我們是一人吃兩人補，只要是巧克力做的都可以。」他說。

服務生點點頭。他走開以後，亞麗莎看著馬歇爾說：「現在寶寶才跟個小臭蟲一般大。接下來這幾個月，你別把寶寶寵壞了。」

服務生推著一輛甜點車回來。「主廚說，準媽咪要享用的甜點，一律本店招待。恭喜你們！」

「是嗎？」亞麗莎眼睛都亮了。

「猜猜這間店為什麼叫『波比』？」馬歇爾說：「因為主廚喜歡小『貝』比。」

我們一起看著甜點推車。「天啊。」我盯著各種選項驚呼。

亞麗莎說：「從現在起，這是我最喜歡的一間餐廳。」

我們總共挑了三盤甜點。四個人一面等甜點送來，一面討論寶寶的名字。

「不行，」亞麗莎對馬歇爾說：「我們才不要用州名當寶寶的名字。」

「可是我好愛內布拉斯加。」他哀怨地說：「愛達荷呢？」

亞麗莎垂下頭，雙手掩面。「我們夫妻可能會因此分道揚鑣。」

「揚鑣，」馬歐爾說：「是個好名字耶。」

甜點正好這時送上來，馬歐爾才逃過死劫。服務生把一塊巧克力蛋糕放到亞麗莎面前，然後往旁邊站一步，好讓他身後拿著另外兩盤甜點的服務生上前。第二名服務生把甜點放上桌後，原先那名服務生朝著他示意一下說：「主廚想向你們道賀。」

「幾位對餐點還滿意嗎？」主廚看著亞麗莎和馬歐爾問道。

他和我對到眼的時候，我突然克制不住自己的焦慮。亞特拉斯和我直直盯著彼此，我想都沒想就脫口而出：「你是這裡的**主廚**？」

服務生從亞特拉斯後側探出身，解釋：「這位是我們的主廚，也是我們餐廳的老闆，有時也端端盤子、洗洗碗，給了『事必躬親』全新的定義。」

接下來五秒鐘發生的事，我們這一桌除了我，沒人注意到，但就像慢動作畫面在我眼前播放。

亞特拉斯的視線落在我眼角的傷。

又落在萊爾手上纏繞的繃帶。

然後，再回到我的眼角。

「我們好愛你的餐廳。」亞麗莎說：「你把這裡經營得真棒。」

亞特拉斯沒有看她。我看見他的喉頭滾動，吞了吞口水。他繃緊下巴，一語不發地離開。

完了。

亞特拉斯匆匆離開，服務生露出微笑，試圖替他打圓場，但牙齒露得太多。「請盡情享用甜點。」他說完便趕緊溜回廚房。

「真掃興。」亞麗莎說：「我們開發了一間好吃的愛店，主廚卻很無禮。」

萊爾笑了。「是啊，但無禮惡毒的傢伙往往也是一流高手。地獄廚神戈登不就是這樣？」

「沒錯。」馬歇爾說。

我把手放到萊爾手臂上，說：「我去一下洗手間。」

他點點頭，我鑽出座位。馬歇爾說：「那米其林主廚沃夫甘・帕克呢？你覺得他很惡毒嗎？」

我低著頭快步穿過餐廳。走進熟悉的走道後，我繼續走，推開女廁的門，然後轉身鎖上。

完了。完了，完了，完了。

他露出那種眼神，還氣得繃緊下巴。

他就那樣離開，讓我鬆一口氣。但我合理懷疑，我們離開時，他可能會在餐廳外頭等著揍萊爾一頓，給他好看。

我的鼻子吸氣，嘴巴吐氣。洗完手又重複一次，鼻子吸氣，嘴巴吐氣。等稍微冷靜下來，我用布巾把手擦乾。

我這就回去，告訴萊爾我不舒服，然後離開這裡，再也不來光顧。反正他們都覺得廚師是個無禮的傢伙，我可以用這個當藉口。

我打開門鎖，但是門還沒完全打開，就從外面推開，我只得往後退一步。亞特拉斯走進來，把門鎖上。他背靠著門看著我，視線緊盯我眼角的傷。

「怎麼回事？」他問。

我搖搖頭。「沒事。」

他瞇起眼，眼珠的顏色依舊像冰一樣的藍，但不知怎麼透著一股火氣。「莉莉，妳在說謊。」

我擠出一絲笑容應付。「是個意外。」

亞特拉斯笑了，但接著板起臉說：「離開他。」

離開他？

天啊，他完全誤會了。我往前跨一步，對他搖頭。「亞特拉斯，他不是那種人。不是你想的那樣。萊爾是個好人。」

他把頭歪向一邊，然後微微前傾。「真有趣，妳的話聽起來就跟妳媽媽一樣。」

他的話刺痛了我。我二話不說繞過他，想走到門前，但他抓住我的手腕。「莉莉，**離開他**。」

我用力把手抽回，轉身背對他，深吸一口氣，然後慢慢吐氣，一面轉過身再次面對他。「真要說，我現在還比較怕你，但我**不曾**這麼怕他。」

我的話讓亞特拉斯愣了一下。然後他開始緩緩點頭，接著用力點著頭，同時讓出門口。「我絕對沒有想讓妳不自在，」他朝門口示意。「只是想回報妳一直以來的關心。」

我盯著他看了一會兒，不確定該怎麼理解他的話。我看得出來他內心還是很生氣，但他外表冷靜、從容自持地讓我離開。我傾身打開門鎖，拉開門。

我倒抽一口氣，因為一打開門，我就發現萊爾正看著我。我快速扭頭一瞥，發現亞特拉斯跟著我走出了洗手間。

萊爾眼中充滿困惑，看看我，又看看亞特拉斯。「莉莉，**搞什麼鬼？**」

「萊爾。」我的聲音在顫抖。**天啊，狀況看起來比實際還糟。**

亞特拉斯繞過我，轉彎朝廚房門口走，一副把萊爾當隱形人的樣子。萊爾緊盯亞特拉斯的背影。**亞特拉斯，繼續走，別停。**

亞特拉斯走到廚房門口，就在這時，他停下腳步。

不行，不行，繼續走啊。

接下來，發生我所能想像最可怕的事。他轉過身，朝萊爾大步走去，抓起他的衣領。那一瞬間，萊爾把亞特拉斯用力往後撞，亞特拉斯被他推到對面的牆上。亞特拉斯再次衝向萊爾。這一次，他用前臂抵住萊爾的喉嚨，把他按在牆上。

「你要是敢再對她動手一次，我就把你的手剁掉，塞進喉嚨，你這個爛人！」

「亞特拉斯，住手！」我大喊。

亞特拉斯用力放開萊爾，往後退一大步。萊爾用力喘氣，視線緊盯亞特拉斯，久久不放。接著，他的注意力直接轉移到我身上。「**亞特拉斯？**」他像喊熟人一樣，念出他的名字。

萊爾怎麼會用那種方式喊亞特拉斯的名字？像是聽我說過這個名字一樣？我沒有跟他提過亞特拉斯的事啊。

等一等。

我說過。

我們在屋頂見面的第一晚，我在講赤裸的真相時提到過。

萊爾發出不可置信的笑聲，用手指著亞特拉斯，但視線仍停在我身上。「**他是**亞特拉斯？這就是妳**出於同情**才跟他做愛的那個無家可歸的男生？」

喔，糟了。

走道立刻亂成一團，他們兩個人，左一個揮拳、右一個拐子，我則忙著大喊住手。說時遲，那時快，兩名服務生推開我身後的門，衝進來，繞過我，趕緊把他們分開。

他們被推到兩邊的牆壁，瞪視彼此，大力喘氣。我完全不敢看他們。

亞特拉斯剛才被萊爾那樣說，我沒有臉看亞特拉斯，而萊爾此刻腦中想的很可能是天大的醜事，所以我也不敢看他。

「出去！」亞特拉斯指著門口大喊，但目光只盯著萊爾。「滾出我的餐廳！」

萊爾正要經過我的時候，我對到他的眼睛。我很害怕，不知會在他眼裡看見什麼，但他眼裡沒有絲毫憤怒。

只有受傷。

深深的傷。

他停下腳步，好像要對我說些什麼，但他的表情扭曲，只剩一張失望的臉，然後就走回餐廳。

這時，我終於抬頭看了亞特拉斯一眼。我看見他臉上盡是失望，我還沒來得及向他解釋萊爾的話，他就轉頭離開，用力推開廚房的門進去。

我馬上轉身去追萊爾。他拿起放在座位上的外套，看也不看亞麗莎和馬歇爾，就朝大門口走。

亞麗莎抬頭看我，舉起手表示疑問。我搖搖頭，拿起包包說：「說來話長。明天我再跟妳解釋。」

我跟著萊爾出去。他往停車場的方向走，我只得小跑步追上他，但是他忽然停住腳步，對著空中揮拳。

「該死的，我沒**開車**！」他挫敗地大喊。

我從包包拿出鑰匙。他朝我走來，一把從我手中搶過鑰匙。我繼續跟著他，這一次，走向我停車的地方。

我不知道該怎麼辦，我不知道他現在想不想跟我講話。他剛才看見我跟從前愛過的男人一起反鎖在廁所裡，那個男人還莫名其妙地攻擊他。

天啊，實在有夠糟糕。

我們走到停車處。他直接朝駕駛座的車門走，對我指了指副駕駛座說：「莉莉，上車。」

他一路都沒有說話。我叫了他的名字，但他只是搖頭，好像還沒準備好聽我的解釋。他把車停進我家的室內停車場，車一熄火就走出去，彷彿一刻都不想多待在我身邊。

我走下車，他在車子旁邊來回走動。「萊爾，我向你發誓，事情不是你看到的那樣。」

他停止踱步。當他看向我，我的心臟彷彿遭受重擊，痛了起來。此時此刻的他眼裡盡是痛苦，可是他根本沒必要為那荒謬愚蠢的誤會感到痛苦。

「莉莉，這不是我想要的。」他說：「我原本並不想要穩定的交往關係！我不要我的人生有這種壓力！」

儘管他為了一個自以為糟糕的狀況而痛苦萬分，聽到他這番話，我還是很生氣。「那你**離開啊！**」

「**什麼？**」

我雙手一攤。「萊爾，我不想變成你的負擔！很抱歉，我出現在你的生命裡，竟然令你如此**難以承受！**」

他向前一步。「莉莉，我不是那個意思。」他沮喪地把兩手高舉又放下，走到我後方，雙手交叉，靠在我的車子上。接下來是好長一陣靜默，我等著聽他想說什麼。他垂下頭，然後微微抬起看著我。

「莉莉，赤裸的真相。我現在只想聽真相，妳能告訴我真相嗎？」

我點頭。

「妳知道他在這裡工作嗎？」

我緊抿雙唇，雙手抱胸，抓著手肘。「萊爾，我知道，所以我才不想再去那裡用餐，我不想碰到他。」

我的答案似乎稍微緩解他的緊繃。他一手由上往下撫過臉頰。「妳把昨天晚上的事告訴他了嗎？妳跟他說我們吵架了？」

我向前走一步，堅定地搖頭。「沒有，那是他自己的猜測。他看到我的眼睛跟你的手，自己猜出來的。」

他重重呼出一大口氣，頭往後一靠，向上看屋頂。他彷彿過於痛苦，甚至難以開口提接下來的這個問題。

「那妳為什麼要跟他單獨待在廁所裡？」

我又向前走一步。「他跟著我走進去。萊爾，我對現在的他一無所知，我根本不知道他開了那間餐廳，我以為他只是服務生。我發誓，他已經不存在於我的生活，他只是……」我雙手抱胸，放低音量：「我們都在有不當虐待的家庭裡長大。他看見我的臉，又看見你的手，然後……他只是擔心我，僅此而已。」

萊爾舉起雙手摀住嘴，我可以聽見他透過指縫呼氣的聲音。他挺直身體站好，給了自己一點時間，消化我剛才的話。

他說：「換我了。」

他離開車子，朝我走了三步，那是我們原先相隔的距離。他用雙手捧住我的臉，直直看向我的眼睛。「莉莉，如果妳不想跟我在一起……請妳現在就告訴我，因為剛才我看見妳跟他在一起的時候……我**非常傷心**。我再也不要有那種感覺。如果現在心就那麼痛，那我不敢想像，一年之後會有多痛。」

我可以感覺淚水從我的臉頰滑落。我把手放到他手上，搖搖頭說：「我不想要別人。萊爾，我只想要你。」

他勉強擠出一絲笑容，我從沒見過有人笑得那麼傷心。他把我拉近，讓我待在他懷裡。我伸出手，使盡力氣緊緊抱住他，他則親吻我的頭側。

「莉莉，我愛妳。**天啊**，我好愛妳。」

我用力抱他，在他肩膀上一吻。「我也愛你。」

我閉上眼，希望可以把這兩天一筆勾銷。

亞特拉斯對萊爾的看法是錯的。

真希望**亞特拉斯**能夠理解自己看錯了。

第十六章

「我的意思是……我不想當個自私的人。可是莉莉，妳沒嚐到甜點多好吃。」亞麗莎呻吟著說：「喔，**超**～好吃的。」

「我們再也不去那間店了。」我告訴她。

她像個小孩子跺腳。「可是……」

「不行，我們要尊重妳哥哥的感受。」

她雙手交疊在胸前。「我知道，我知道。為什麼妳偏偏要當個荷爾蒙作祟的青少女，愛上波士頓最厲害的廚師？」

「我認識他的時候，他又不是廚師。」

「管妳的。」她說完便走出辦公室，把門帶上。

我的手機震動，收到一封簡訊。

萊爾：五小時了。大概還要五小時，目前為止一切都好，我的手狀態很好。

我放心地吁一口氣。我本來不確定他今天還能不能動刀，但我知道他有多期待，所以我很替他開心。

我：這是全波士頓最穩的手。

我打開筆記型電腦查看電子郵件。第一封是來自《波士頓環球報》的詢問函。我打開信，寄件人是想替花坊撰寫報導的記者。我露出傻傻的笑，開始回信。這時，亞麗莎敲了敲辦公室的門，打開門探頭進來。

「嘿。」她說。

「嘿。」我回。

她用手指輕敲門框。「妳還記得幾分鐘前妳告訴我，再也不能去波比用餐嗎？因為妳青少女時期愛上的男孩是那間餐廳的老闆，如果我們再去，對萊爾並不公平。」

我往椅背靠。「亞麗莎，妳想怎麼樣？」

她皺起鼻子說：「如果因為餐廳老闆的關係，對萊爾不公平，所以我們不能再去，那餐廳老闆來這裡，公平嗎？」

什麼？

我闔上電腦站起來。「妳為什麼那樣說？他來了？」

她點點頭，鑽進我的辦公室並帶上門。「他來了，說要找妳。我知道妳正在跟我哥交往，我也懷孕了，但我們能不能就花點時間，靜靜欣賞一下那個零瑕疵的男人？」

她露出花癡般的笑容，我翻了個白眼。

「亞麗莎。」

「尤其是那雙**眼睛**。」她打開門走出去，我跟在後面，看見亞特拉斯的身影。「她來了。」

亞麗莎說：「需要我幫你掛外套嗎？」

我們才沒有掛外套的服務。

我走出辦公室時，亞特拉斯快速看我一眼，視線馬上回到亞麗莎身上，搖搖頭說：「謝謝，我不用。我不會待太久。」

亞麗莎彎身靠向櫃台，雙手托住下巴。「你想待多久就待多久。其實我想問，你想再找一份工作嗎？莉莉需要多請一些人手。我們需要能抬重物的壯丁，身手靈活，還要能彎腰。」

我瞇起眼睛看向亞麗莎，用唇語說：「妳夠了。」

她無辜地聳肩。我替亞特拉斯打開辦公室的門，但我避免在他經過時直視他。我對昨晚發生的事非常內疚，同時也非常生氣。

我繞過辦公桌坐進椅子，準備好好跟他爭論一番，但我抬頭看他時，我驚訝得閉上了嘴。

他露出微笑，在我對面坐下，用手繞著四周比了一圈。

「莉莉，這裡太棒了。」

我吞回要說的話。「謝謝。」

他繼續對我微笑，彷彿替我感到驕傲。接著，他把一個袋子放到中間的桌子上，推向我。「這是禮物。」他說：「妳可以晚一點再打開。」

他為什麼要買禮物送我？他有女朋友，我也有男朋友，我們的過去已經給我目前的狀況製造太多麻煩，我實在不需要一份會引來更多問題的禮物。

「亞特拉斯，你為什麼要買禮物送我？」

他靠回椅背，雙手交疊在胸前。「這是我三年前買的。我一直收著，想說如果遇見妳，就要送給妳。」

如此體貼的亞特拉斯。一點也沒變，真是要命。

我拿起禮物，放到桌子後方的地上。我試著讓自己放鬆一點，但真的很困難，關於他的一切，沒有一樣不令我緊張。

「我是來向妳道歉的。」他說。

我揮揮手，要他知道沒有道歉的必要。「沒關係，那是一場誤會。萊爾不介意。」

他低聲笑了一下。「那不是我道歉的原因。」他說：「我絕不會為了挺身保護妳而道歉。」

「你不是在挺身保護我。」我說：「我不需要保護。」

他把頭歪向一邊，擺出和昨晚一樣的表情。那個表情讓我瞭解到，他對我很失望。這深深刺痛了我。

我清了清喉嚨。「那你為什麼要道歉？」

他沉默一會兒，思索要怎麼開口。「我要向妳道歉，是因為我說妳的說詞就跟妳媽媽一樣。

那樣說很傷人，對不起。」

我不懂，為什麼每次跟他在一起、想起他、閱讀跟他有關的文字，我總是好想哭。彷彿我的情緒不知怎麼仍繫在他身上，不知要怎麼切斷。

他的視線落在我的辦公桌。他伸出手，拿起三樣東西：一枝筆、一張便條紙、我的手機。

他在便條紙上寫下幾個字，然後動手拆手機。他滑開外殼，把便條紙塞到手機殼和手機之間，再把殼子裝回去。他從辦公桌那一端把手機推過來，我低頭看手機，再抬頭看他。他站起身把筆輕輕扔回桌上。

「那是我的手機號碼。好好藏著，以免有天妳有需要。」

他的舉動讓我皺了皺眉頭，他**實在不需要**這樣。「我不會需要的。」

「希望如此。」他走向門口，伸手轉門把。我知道，在他永遠從我的人生消失之前，這是我把心裡的話說出口的唯一機會。

「亞特拉斯，等一等。」

我起身太快，椅子被彈出去，撞到辦公室後方的牆壁。他半轉過身，臉對著我。

「關於萊爾昨晚對你說的話，我從來沒有……」我緊張地抬起一隻手摸著脖子，我可以感到心臟在喉嚨跳動。「我**從來沒有**告訴他那些事。昨晚他很受傷又難過，所以誤解了我很久以前說過的話。」

亞特拉斯嘴角抽動幾下，我不確定他是想忍住不笑，還是努力不要皺眉。他把臉完全轉向我。

「莉莉，相信我。我知道那不是**出於同情**的做愛，我在場。」

他從門口走出去。我聽見他的話，站都站不穩，跌坐回椅子。

可是……椅子已不在原地，還在辦公室另一端，而我，跌坐在地上。

亞麗莎衝進來，我躺在辦公桌後方。「莉莉？」她繞過辦公桌，從上方看著我。「妳沒事吧？」

我豎起拇指。「沒事，只是坐下去時撲了個空。」

她扶我站起來。「剛才發生什麼事？」

我去把椅子拖回來，瞄了一眼門口，然後坐下來低頭看手機。「沒什麼，他只是來道歉。」

亞麗莎長長嘆口氣，回頭看看門口。「所以他沒有要應徵工作？」

真是不得不佩服她，連此刻我情緒起伏這麼大，她都可以把我逗笑。「快回去工作，不然我要扣薪水了。」

她邊笑邊走出去。我拿筆敲了敲桌面說：「亞麗莎，等一下。」

「我知道。」她打斷我的話：「萊爾不需要知道他來過。妳不用特別吩咐。」

我露出微笑。「謝謝。」

她關上門。

我朝下伸手拿起袋子，裡面是擺了三年等著送我的禮物。我拿出禮物，馬上看出那是一本書，外頭用薄棉紙包著。我撕開棉紙，驚訝地靠回椅背。

封面是艾倫．狄珍妮的照片。書名叫《是真的……我是在開玩笑》。我笑了，接著翻開書，發現艾倫的親筆簽名，默默倒抽一口氣。我用手指撫摸書中的題字。

莉莉：

亞特拉斯要告訴妳，游下去。

——艾倫．狄珍妮

我摸了摸艾倫的簽名，把書放到桌子上，忍不住額頭抵著書，對封面乾嚎。

第十七章

我回到家時，已經超過七點。萊爾一小時前打給我，說他今晚不過來了。他說連體嬰的分離手術很成功，不過他今晚要留在醫院，確定病人沒有併發症。

我從大門走進安靜的公寓，換上安靜低調的睡衣，一個人吃了安靜低調的三明治，然後在安靜低調的臥室躺下來，打開安靜的新書，希望這本書能安撫我的情緒。

真的，三小時過去，讀了大半本之後，這幾天來累積的情緒開始釋放。我在停下來的地方插了張書籤，闔上書本。

我盯著這本書看了許久。我思考萊爾的事，還有亞特拉斯的事。我在想，有的時候，你深深相信人生必定如何發展，不管你有多麼肯定，只要浪潮中出現一個微小的變化，信心就會被沖刷掉，消逝無蹤。

我把亞特拉斯送給我的書拿到衣櫥，跟那些日記放在一起。接著，拿起寫滿與亞特拉斯回憶的那一本。我知道，該是讀最後一篇的時候了。讀完之後，我就可以永遠封存這本日記。

親愛的艾倫：

大部分時間，我都很慶幸妳不知道世界上有我，也很慶幸自己沒有眞的把寫給妳的信寄出去。可是有時候，尤其是今晚，我好希望妳知道這些事。我需要有人跟我聊一聊內心的感受。

自從上一次見到亞特拉斯，已經過了六個月。老實說，我完全不曉得他在哪裡，也不曉得他過得如何。我上一次寫信給妳，是亞特拉斯準備搬到波士頓；之後還發生了好多事。我以爲我應該許久都不會再見到他，但結果不是。

我又見到他一次，那是他離開後好幾星期的事了。他出現那天是我十六歲生日，那一天成爲我一生中最棒的日子。

但也成了一生最糟的日子。

那一天是亞特拉斯去波士頓之後的第四十二天。我每天數日子，彷彿這樣可以好過一些。艾倫，我的情緒眞的好低落，現在也是。大家都說少男少女不懂得如何像大人成熟地談戀愛。我內心有一部分也是這麼認爲，但我不是大人、無法比較，但我的確相信可能有所不同。兩個成年人之間的愛，想必比少男少女更有深度，有更多的成熟、尊重和責任吧。但我知道，不論在生命哪個階段遇見怎樣的愛，它都應該具有相同的份量，不論年紀如何，你的肩膀、你的胃、你的心，都感受得到愛的份量。我對亞特拉斯的情感就很有份量。我每天晚上都哭著睡著，我會輕聲對自己說：「游下去。」可是當你感覺自己被綁在水裡，眞的很難繼續游。

現在想想，我可能在經歷悲傷的不同階段——否認、生氣、討價還價、抑鬱、接受。十六歲生日那晚我深陷抑鬱階段。媽媽為了讓我開心過生日，送給我園藝工具組、烤我最喜歡的蛋糕，還帶我出去吃晚餐，可是直到上床睡覺，我都放不下心中的悲傷。

我聽見窗戶被輕輕敲打時正在哭，起初我還以為下雨了。後來我聽見他的聲音，便跳起來跑到窗戶邊，心情好激動。他站在黑暗中對我微笑。我拉起窗戶，扶他進來。他伸手擁我入懷。我還在哭，他一直抱著我，抱了好久。

他身上的味道好香。我抱著他，感受到自從上一次見他，才過六個月他的體重已經增加不少，他是很需要增加體重。他往後退，幫我擦掉臉上的眼淚。「莉莉，妳為什麼要哭？」

我對自己一直哭，感到很不好意思。那一個月我流了好多眼淚，可能比這一生任何一個月流下的眼淚都還多。可能只是青少女的荷爾蒙作祟，摻雜了爸爸那樣對待媽媽帶給我的壓力，再加上必須和亞特拉斯分別的無奈。

我從地上撿起一件衣服，用衣服把眼角擦乾。我們一起坐到床上。他拉我靠著他的胸口，他自己靠在床頭板上。

「你在這裡做什麼？」我問他。

「今天是妳生日。」他說：「直到現在，妳都是我最喜歡的人，而且我很想妳。」

他來這裡的時候應該還不到十點，我們講了好多話。我記得再次看時鐘時，已經過了午夜十二點。我根本想不起我們究竟說了哪些話，但我還記得那時心中的感受。他的樣子非常開心，眼裡散發我從沒見過的光，彷彿他終於找到了歸屬。

他說他想告訴我一件事，聲音變得嚴肅起來。他希望他在說的時候，我能看著他的眼睛，於是他調整我的姿勢，讓我跨坐在他的大腿上。我心想，他可能要說他交了女朋友或者打算提早入伍，但他接下來說的話，讓我聽了好震驚。

他說他到那間舊屋子的第一晚，不是因爲需要棲身之所。

他是想去那裡了結生命。

我伸手摀住嘴，因爲我完全不曉得當時他的狀況那麼慘，慘到不想活下去。

「莉莉，我希望妳永遠不懂那種孤獨感。」他說。

接著他說，待在那間屋子的第一晚，他坐在客廳地板上，拿刮鬍刀片抵著手腕。正要下手時，我房間的燈亮了。「妳就像天使一樣站在那裡，背後散發天堂的光芒。」他說：「我目不轉睛看著妳。」

他看到我在房內走了一會兒，看到我躺在床上寫日記，接著他把刀片放下。他說，過去那一個月，他對人生已毫無知覺；當他看著我，心中卻生出一絲悸動。這份悸動讓他不至於麻木到，想在當天晚上結束生命。

一、兩天後，我拿食物給他，把食物放在後門廊。我想，妳已經知道接下來的故事。

「莉莉，妳救了我一命。」他對我說：「而且妳不是刻意救我，實際上卻救了我。」

他靠近我，親吻我的肩膀和脖子之間，那是他經常親吻的地方。我很高興他又親我那裡。我不太喜歡自己的身體，鎖骨卻因此變成身上我最喜歡的地方。

他握住我的手告訴我，他比自己預計的要早入伍，他不能不向我說聲謝謝就離開。他告訴我他要從軍四年，不希望我才十六歲，就因爲見不到男友、聽不到男友的消息，而無法活得精采。

接下來，他說了一些話，讓他眼睛湧出淚水，變得更加清澈明亮。他說：「莉莉，人生很有趣，我們沒多少年可以活，所以要拚盡全力生活，盡情揮灑人生，別把時間浪費在不確定哪天會發生、甚至永遠不會發生的事情上。」

我明白他在說什麼，意思是他要去從軍了，不希望我在他離開的期間守著他。他不是眞的要跟我分手，因爲我們其實沒有眞的在一起過，我們只是兩個互相需要、互相幫忙的人，而我們的心在互相幫忙的過程中融合了。

被一個本來就不曾眞正抓緊妳的人放開手，感覺很難受。我想，在我們相處的這段期間，我們始終隱約知道無法天長地久。我不確定原因，因爲我可以就這樣愛著他。我想，在一般的情況下，如果我們像普通少男少女那樣交往，如果他過著一般人有家的生活，或許我們可能會成爲長長久久的情侶——那種一見鍾情，不受人生之苦干擾的情侶。

那天晚上，我甚至沒有嘗試改變他的心意。我覺得我們之間的聯繫，連地獄之火都燒不斷。我覺得他可以去從軍，我可以過青少女該過的生活，但一切都會在對的時間點歸位。

「我向妳保證，」他說：「等我的人生夠好了，可以和妳一起生活，我就會去找妳，但我不要妳等我，因爲那也許永遠不會發生。」

我不喜歡他的承諾，那句話帶有兩層含意：一個是他自認熬不過軍中生活；一個是他認爲自己的人生可能永遠不夠好，配不上我。

他的人生對我來說已經夠好了。不過我還是點點頭，勉強擠出笑容。「如果你不回來找我，我就去找你。亞特拉斯．柯瑞根，到時你就慘了。」

我的威脅讓他笑出來。「這個嘛，要找我不是什麼難事。妳知道我會去哪裡。」

我微笑。「什麼都比較好的地方。」

他也對我微笑。「波士頓。」

接著，他親吻我。

艾倫，我知道妳是大人了，很清楚接下來的事，但要我對妳說出後面幾小時發生的事，還是不太自在。這麼說好了，我們一直親、一直笑、一直濃烈地愛。我們一直喘著氣，但是都得摀住嘴巴，想辦法安靜不出聲，不被我爸媽發現。

結束後，他把我緊緊抱在懷裡，肌膚貼著肌膚，手放在心臟上。他親吻我，直視我的雙眼。

「莉莉，我愛妳，愛妳身上的一切。我愛妳。」

我知道人們經常說出那三個字，尤其是少男少女。很多時候，人們脫口而出這三個字的時候，不具有多大的意義。但是當他對我說出這幾個字，我明白他的意思不是「我愛上妳了」，不是那種「我愛妳」。

想一下，你在這一生遇見的所有人。你遇到那麼多人，他們出現在你的人生中，就像隨潮汐來去的波浪。有一些浪比其他巨大許多，形成更強烈的影響。有時候，巨大的波浪會從海底深處掀出一些東西，把它們留於海岸上。即使退潮許久，沙灘上仍會留下痕跡，證明波浪曾經來過。

亞特拉斯對我說「我愛妳」就是這個意思。他想讓我知道，我是他生命中最大的一道波浪，我爲他的生命帶來太多，即便浪潮退去，烙印始終無可抹滅。

告訴我他愛我以後，他說他爲我準備了生日禮物。他拿出一個棕色小袋子。「這不是什麼貴重的東西，但是我買得起的禮物。」

我打開袋子，拿出我有生以來收過最棒的禮物。那是一塊磁鐵，上半端寫著「波士頓」，下面則有一行小小的字寫著「什麼都比較好的地方」。我告訴他，我會永遠保存這塊磁鐵，每次看見就會想到他。

我在這封信的開頭說，十六歲生日是我一生最棒的日子。直到這一刻，這一天都棒極了。

接下來幾分鐘，卻整個變了調。

亞特拉斯出現在我的房間之前，我沒料到他會來，所以沒想到要鎖門。爸爸聽見我在房間跟別人講話。他一打開門，看見亞特拉斯跟我在床上，氣得不得了，我從沒見過他那麼生氣。亞特拉斯沒有心理準備，情況對他不利。

我這輩子都忘不了那一刻——我無法忘記，爸爸拿球棒攻擊他的時候，我的手足無措；我無法忘記，除了我的尖叫聲，唯一能聽見的只有骨折的聲音。

我到現在都不曉得是誰叫的警察。我很確定是媽媽，但過了六個月，直到現在我們都沒談過那天晚上的事。那時警察進入我的房間，把爸爸從亞特拉斯身上拉開，亞特拉斯渾身是血，我根本認不出是他。

我崩潰了。

徹底歇斯底里。

他們不只要讓救護車把亞特拉斯載走，也得替我叫救護車，因爲我無法自己呼吸。那是我第一次，也是唯一一次恐慌症發作。

沒有人告訴我他去了哪裡，也沒人告訴我他好不好。我爸爸甚至沒有因爲他的所作所爲被逮捕。有流言傳出，亞特拉斯一直待在那間舊屋子裡，說他是流浪漢，而我爸爸的英勇行爲值得尊敬——這個無家可歸的小子，誘拐他年紀輕輕的女兒上床，是爸爸救了自己的女兒。

我爸爸說，我成了鎮民八卦的對象，令一家人蒙羞。讓我告訴妳，他們到現在都還在八卦。今天我聽見凱蒂在公車上跟別人說，她警告過我亞特拉斯不是好人。她說，她一看就知道他不是好東西。簡直是胡說八道。要是亞特拉斯這時跟我在公車上，我應該會閉上嘴，試著用亞特拉斯教我的成熟態度應對，但我眞的是氣壞了，我轉過去告訴凱蒂她該下地獄。我告訴她，亞特拉斯是個比她好一百倍的人，要是再讓我聽見她說他的壞話，我會叫她後悔。

她翻了個白眼說：「天啊，莉莉，他把妳洗腦了嗎？他是個髒兮兮、手腳不乾淨的流浪漢耶，搞不好還會嗑藥。他利用妳得到食物和性愛，妳竟然還幫他說話？」

她還眞幸運，公車剛好開到我家那一站。我拿起背包下了公車，然後走進屋，在房間整整哭了三小時。我現在頭好痛，我知道，只有一個辦法可以讓自己好一點，就是把事情全部寫下來。

我這六個月來一直在逃避，不想寫這封信。

艾倫，我無意冒犯，我的頭還是好痛，心也是，可能比昨天更痛。寫這封信一點用也沒有。

我想我要停筆一陣子了。寫信給妳讓我想起他，實在太難受了。在他回來找我以前，我只能一直假裝自己沒事。我會一直假裝自己在水裡游著，但其實，我只是漂浮，勉強把頭伸出水面。

——莉莉

• • •

我翻到下一頁，下一頁是空白。那是我最後一次寫信給艾倫。

我再也沒有聽到亞特拉斯的消息。我不怎麼怪他；他差一點就被我爸殺死，他沒有什麼理由原諒這一切。

我知道他活下來了，而且過得很好，因為這些年來，當好奇心戰勝理智，我會在網路上搜尋他的消息。他的消息不多，我只知道他活了下來，而且展開軍旅生涯。

可是直到現在，我都沒忘記他，時間讓事情好受一些，但偶爾當我看見讓我想起他的事物，心裡會浮出一絲苦澀。直到過了一、兩年的大學生活，開始跟別的男生交往，我才理解到，也許亞特拉斯並非我生命的全部，也許他只是我的一段人生。

也許，愛並不是完整的一個圓。它會上下起伏，有進退，就像生命中來去的人。

念大學的時候，有天晚上我好寂寞，就自己一個人跑到刺青店，在他每次親吻我的位置刺了一顆愛心。那是一個小小的愛心，大概只有拇指印一般大，樣子就跟他用橡樹枝刻給我的那個愛心一樣。愛心頂端沒有相連，我好奇亞特拉斯是不是故意刻成那樣。因為每一次只要想起他，我的心就是這種感受，彷彿內心有個微小的洞，空氣都從那裡流光。

大學畢業後，我搬到波士頓住，找他並不是我搬來的全部理由。我覺得自己得親眼看一看，波士頓是否真的比較好。反正普萊瑟拉鎮毫無吸引我待下去的理由，而且我想離爸爸愈遠愈好。即使他生病之後，再也無法傷害媽媽，但不知怎麼，因為他的緣故，我依然渴望逃離緬因州，於是我離開了。

第一次在亞特拉斯的餐廳見到他時，好多情緒湧上心頭，我不知道要如何消化。我很高興看見他過得很好，很高興他看起來很健康，可是他從沒像他承諾過的回來找我。如果我說沒有一絲心痛，那是騙人的。

我愛他，我依然愛著他，而且會一直愛下去。他是在我生命中留下許多印記的巨浪，直到生命終結的那一天，我都感受得到這一份愛具有的重量。我甘之如飴。

可是現在情況不同了，今天他踏出我的辦公室後，我想了好久，認真想過一遍我們之間的事。我認為，我們現在的生活正是它該有的樣子。我有萊爾，亞特拉斯有他的女友，我們都在經營自己夢想的事業。我們終究沒能站上同一道浪，這不表示，我們不再身處同一片大海。

我對萊爾的認識還不深，但我能在他身上感受到，從前我對亞特拉斯的深刻感受。他就像亞特拉斯那樣愛著我，而且我知道，要是亞特拉斯有機會認識他，就會理解這一點並為我高興。

有時候，人生會出現意外的浪潮，將你吞噬，不願放你回去。萊爾是我人生意料之外的滔天巨浪。此時此刻，我正領略外圍的美麗風光。

第二部

第十八章

「天啊，我覺得我要吐了。」

萊爾把拇指放到我的下巴，把我的臉抬起來面對他。他對我咧嘴笑：「妳會很好的，別慌張。」

我兩手猛甩，在電梯裡直跳腳。「我實在克制不了。」我說：「你跟亞麗莎說過關於你媽媽的事，讓我一想到要跟她見面就好緊張。」我睜大眼睛，把手舉起來摀住嘴。「天啊，萊爾，要是她問我關於『耶穌』的問題怎麼辦？我沒有上教堂的習慣，我是說我小時候有讀過《聖經》，但我完全不知道關於《聖經》的小知識。」

他大笑出來，把我拉過去，親吻頭的一側。「她不會跟妳聊耶穌的。我提過妳的事。她已經很愛妳了。莉莉，妳只需要做自己就好。」

我開始點頭。「做我自己。好的，我應該能假裝做自己。一個晚上是吧？」

電梯門打開。他陪我踏出電梯，往亞麗莎的公寓走。看他敲著亞麗莎公寓的門真是滑稽，但我想嚴格說來，他已經不住這裡了。過去幾個月，他開始慢慢搬來我家，衣服都搬過來了，盥洗用品也留在這裡。上星期，他甚至把我那張荒謬的模糊照片，掛到我們的臥室牆上。相片掛好後，真的讓人感覺他搬進來了。

「她知道我們住在一起嗎？」我問他：「她不介意嗎？我是說，我們還沒結婚，她每個禮拜天都上教堂。喔，萊爾，糟糕！你媽會不會覺得我是褻瀆上帝的蕩婦？」

萊爾用頭輕輕朝公寓門口示意。我一轉過頭，就看見他媽媽站在門口，帶著一絲吃驚的表情。

「媽，」萊爾說：「這位是莉莉，我身邊褻瀆上帝的蕩婦。」

我的老天。

他媽媽向我伸出手，把我拉過去，給我一個大大的擁抱，接著笑了出來。聽見她的笑聲，那一刻我的尷尬全部煙消雲散。「莉莉！」她說，兩手把我稍稍推遠，想好好看看我。「親愛的，我才不覺得妳是褻瀆上帝的蕩婦，妳是我這十年來一直祈禱，希望能降臨在萊爾身上的天使！」

她領我走進公寓，接下來換萊爾的爸爸用擁抱歡迎我。「不，妳當然不是什麼褻瀆上帝的蕩婦。」他說：「妳又不像這裡的馬歇爾。我的小寶貝才十七歲，他就對她伸出狼爪。」他回頭瞪視坐在沙發上的馬歇爾。

馬歇爾笑出來。「金凱德醫生，那你就搞錯了。亞麗莎才是先伸出狼爪的人。當時，我的狼爪正伸向一個嚐起來有奇多餅乾味道的女生，而且……」

亞麗莎用手肘頂馬歇爾的腰側，馬歇爾痛得彎下腰。

就這樣，我心中的害怕完全消失。他們棒極了，他們是普通的一家人。他們會說「蕩婦」，也會被馬歇爾的玩笑逗笑。

對我來說，沒有比這種家庭氛圍更完美了。

三小時後，我和亞麗莎一起躺在她的床上。他們的爸媽有時差，早早上床睡覺了。萊爾和馬歇爾待在客廳看體育比賽。我把手放到亞麗莎的肚子上，想感受寶寶踢媽媽肚子是什麼感覺。

「她的腳在這裡。」她說，把我的手移動好幾公分。「等個幾秒應該就有了。她今晚很活潑。」

我們保持安靜，等她踢腳。她一踢，我叫著笑了出來。「天啊！好像外星人喔！」

亞麗莎手捧肚子微笑著。「最後這兩個半月會很難熬。」她說：「我迫不及待要見她了。」

「我也是。我等不及要當阿姨了。」

「我等不及看妳跟萊爾生小孩了。」她說。

我躺回去，雙手枕著頭。「我不知道他想不想生小孩，我們沒認真聊過這個話題。」

「就算他現在不想生小孩也沒關係。」她說：「他會生的。認識妳之前，他不想要穩定的關係。認識妳之前，他不想結婚，但我有預感，他這幾個月應該就會向妳求婚了。」

我一隻手撐著頭，臉轉向她：「我們交往還不到六個月。我很確定他想再等上一陣子。」

我不會去逼萊爾讓關係更進一步。我們的生活很完美了，反正我們也忙得沒時間籌辦婚禮，所以如果他想再等上一陣子，我並不介意。

「那妳呢？」亞麗莎追問：「如果他求婚，妳會答應嗎？」

我笑了。「妳在開玩笑嗎？當然會啊。要是他今晚就求婚，我也會答應。」

亞麗莎越過我的肩膀看房門，噘起嘴，試圖掩飾臉上的笑。

「他就站在門口？」

她點頭。

「他聽見我的話了？」

她又點頭。

我翻回躺姿，看著萊爾。他倚靠門框，雙手抱胸，我看不出來，他聽到我的話之後是怎麼想的。他下巴收緊，繃著臉，瞇起眼睛看向我。

「莉莉，」他冷靜從容地說：「我**當然**、一**定**會娶妳。」

他的話讓我露出超大、超級尷尬的微笑，我趕緊拿枕頭遮住臉。「萊爾，謝謝你喔。」我悶著枕頭說出這些話。

「好甜蜜喔。」我聽見亞麗莎說：「我哥其實是個暖男。」

我的枕頭被人抽走。

萊爾從上方看著我，枕頭被他拎在身旁。「我們去結婚吧。」

我心跳加速。「現在？」

他點頭。「我爸媽正好來找我們，所以我這週末休假。妳也有人可以幫忙顧店，我們去拉斯維加斯結婚吧。」

亞麗莎在床上坐起來。「你不能那樣，」她說：「莉莉是女生。她會想要花朵、伴娘和一堆拉里拉雜的東西——一場真正的婚禮。」

萊爾把視線轉回我這邊。「妳想要有花朵、伴娘和一堆拉里拉雜的東西——一場真正的婚禮嗎？」

我想了一下。

「不想。」

我們三個人靜默一會兒，然後亞麗莎開始在床上踢腳，興奮得暈頭轉向。「他們要結婚了！」她大喊，翻身下床，衝到客廳。「馬歇爾，快打包行李，我們要去拉斯維加斯！」

萊爾伸手牽我，拉我站起身。他露出微笑，但我一定要確定他是真的想結婚，我才要跟他結婚。

「萊爾，你真的想結婚嗎？」

他伸手穿過我的頭髮，把我的臉朝他拉近，輕輕吻上我的唇。「赤裸的真相是，」他對我耳語：「我太期待成為妳的老公了，我可能會興奮得尿褲子。」

第十九章

「媽，已經六星期了，妳要想辦法釋懷。」

我媽媽對著電話嘆氣。「妳是我女兒耶，從妳出生到現在，我滿心期盼幫妳辦婚禮，怎麼可能輕易放下。」

雖然那天她有到場，但直到現在，她都還沒原諒我。我們在亞麗莎訂好機票前，撥了通電話給她，把她叫起床，也把萊爾的父母叫起床，強迫他們半夜搭飛機，前往拉斯維加斯。她沒有試著說服我別這麼做。我相信她一定在抵達機場的時候，就看出我和萊爾已經下定決心。但她到現在還沒放過我。從我出生開始，她一直幻想某天替我舉辦一場盛大的婚禮，一起看婚紗，一起試吃婚禮蛋糕。

我把腳跨到沙發上。「可以讓我補償妳嗎？」我對她說：「如果我們決定要生小孩，我答應妳我們會用自然的方式生，不會去拉斯維加斯買個小孩回來。這樣可以嗎？」

媽媽笑了，嘆口氣。「如果你們能讓我抱孫子，我應該就能釋懷了。」

我和萊爾在前往拉斯維加斯的飛機上，討論過生小孩這件事。我想在承諾跟他過一輩子前，確定那是可以討論的話題。他說當然可以討論，我們還把好幾件可能影響婚姻的事，一併說清楚、講明白。我告訴他，我想要使用自己的支票帳戶，但是他賺的錢比我多，所以他要常常買很多禮物送我，哄我開心。他答應了。他要我答應不會變成純素主義者，我太愛吃起司了，要做到並非難事。我告訴他，我們得開始做公益，至少要像馬歇爾和亞麗莎捐錢給慈善機構。他說他有捐款，我聽了更迫不及待想嫁給他。他要我答應選舉要去投票，他說我可以投給民主黨、共和黨，也可以投給獨立派，只要去投票就行。我們握手成交。

飛機抵達拉斯維加斯時，這些話題，我們全部達成共識。

我聽見前門打開的聲音，從趴著翻身成仰躺。「我得掛電話了。」我對媽媽說：「萊爾回來了。」他走進屋關上門，我笑著說：「媽，等一下，讓我重說一遍，我『老公』回來了。」

媽媽笑了，向我說再見。我掛上電話，把手機丟到一旁。我一隻手臂高舉過頭，慵懶地掛在沙發扶手上，一條腿翹高到沙發靠背上，裙子從大腿滑落到腰際。萊爾笑著朝我走來，目光往上緩緩巡視我的身體。他跪在沙發上，慢慢貼上來。

「我太太今天過得好嗎？」他對我耳語，繞著我的唇畔種下一個又一個吻。他的身軀緊貼我雙腿之間的地帶，我頭向後仰，迎接他沿著我的頸項留下的吻。

生活真美好。

我們倆幾乎每天都要上班。他的工作時間是我的兩倍，一個星期只有兩、三個晚上會在我入睡前回到家，但那些夜晚我們一定會陪伴彼此，我要他在那些夜晚深深融化在我身體裡。

他從沒抱怨。

他在我的頸子找了個位置宣示主權，用力親吻，親到我都痛了。「好痛。」

他壓在我身上，對著我的脖子低喃：「我要留下吻痕，別動。」

我笑出聲來，但沒有制止他，反正我的頭髮夠長、蓋得住，而且我沒被人種過草莓。

他的嘴唇留在同一個地方吸吮、親吻，直到我再也感受不到刺痛。他壓著我，手術服底下腫脹鼓起，我伸手把他的手術褲往下扯，讓他進入我。他繼續親吻我的脖子，直接在沙發上要了我。

他先去沖澡。他一走出淋浴間，我就鑽進去。我說，我們得先沖掉身上做愛的味道，再去找亞麗莎跟馬歇爾吃晚餐。

亞麗莎再過幾週就要生了，她逼我們在她生產前多多見面，怕小孩出生後，我們就不去找她了。我覺得這個想法真荒謬，小孩出生後，我們會更常找她才對。我對外甥女的愛，早就超過他們所有人。

好吧，也許沒到那個程度，但很接近了。

我沖洗身體，儘量不把頭髮打濕，因為我們已經遲到了。我拿起除毛刀、正要刮手毛時，聽見碰撞聲，我停下動作。

「萊爾？」

他沒回話。

我繼續除毛，把泡泡沖掉，又聽見一次碰撞聲。

他究竟在做什麼？

我關上水龍頭，抓了條毛巾擦身體。「萊爾！」

他還是沒回話，我趕緊套上牛仔褲，一面打開門，一面把衣服套到頭上。「萊爾？」

床頭几被翻倒了。我走到客廳，看見他坐在沙發邊緣，一手支撐著頭，他低頭看著另一隻手上的東西。

「你在做什麼？」

他抬頭看我，我沒見過他露出那樣的表情。我不懂究竟發生了什麼事，不確定他是不是接到什麼壞消息，還是……**天啊，亞麗莎！**

「萊爾，你嚇到我了。發生什麼事？」

他拿起我的手機看著我，一副我應該知道發生什麼事的表情。我困惑地搖頭，他拿起一張紙。

「真好笑。」他說著，把我的手機放到前面的茶几上。「我不小心弄掉妳的手機，手機殼脫落了，結果我發現背後藏著這個電話號碼。」

我的天啊。

完了，完了，完了。

他用手揉爛那張紙。「我心想：『**嗯，真奇怪，莉莉不會對我隱瞞。**』」他站起身，拿起我的手機。「於是我撥了這支電話號碼。」他用力捏著手機。「他很幸運，我打進該死的語音信箱。」他把手機往客廳另一端用力丟，手機砸到牆壁，掉落在地上碎裂。

有三秒鐘，我心想，可能出現兩種狀況。

他要離開我了。

或者，他要傷害我了。

他伸手撥過頭髮，一個勁往門口走。

他要離開了。

「萊爾！」我大喊。

我怎麼忘了把那個電話號碼丟掉?!

我打開大門追他。他下樓梯時兩階當一階，我在他走到二樓平台時，終於追上他。我衝到他面前，雙手緊抓他的衣服。「萊爾，拜託，請讓我解釋。」

他抓住我的手腕，把我推開。

「別動。」

我感覺到他的手在碰我，動作既輕柔又穩定。

我的眼淚流下來，因為某些原因，眼淚刺痛著我。

「莉莉，拜託，先別動。」

他的聲音透著撫慰。我的頭好痛。「萊爾？」我試著睜眼，但光線太強烈，眼睛睜不開。我感覺眼角有些刺痛，皺臉瑟縮了一下。我試著坐起來，但我感覺他用手按我肩膀。

「莉莉，妳先別動，等我弄好。」

我再次睜開眼，往上看天花板，那是我們房間的天花板。「把什麼弄好？」我開口說話時，嘴唇很痛，我舉起手摀住嘴。

「妳從樓梯跌下去。」他說：「妳受傷了。」

我們四目交接。他的眼神透露擔心，但也有傷心和憤怒。此時此刻，他的內心**百感交集**，而我所能感受的只有不解。

我再次闔上眼，試著回想他為什麼生氣、為什麼受傷。

我的手機。

亞特拉斯的電話號碼。

樓梯間。

我抓著他的上衣。

他把我推開。

「妳從樓梯跌下去。」

但我「不是」自己跌下去的。

他又把我推倒。

這是第二次了。

萊爾，你把我推倒了。

我感覺全身上下開始隨著啜泣而顫抖。我不知道自己傷勢如何，但我根本不在乎。身體上的痛，完全比不上此時此刻心裡的痛。我開始拍打他的手，不想讓他碰我。我感覺他起身離開床墊，我把自己縮成一個球。

我等著他像上次傷害我之後那樣，嘗試撫平我的傷痛，但他沒有這麼做。我聽見他在房間踱步的聲音，我不知道他在做什麼。他跪在我面前時，我還在哭泣。

「妳可能會有腦震盪。」他訴說著事實：「妳的嘴唇上有一個小傷口，我剛才用ＯＫ繃幫妳把眼角貼起來了，不需要縫合。」

他的聲音冰冷。

「還有其他地方感覺疼痛嗎？手臂跟腿會痛嗎？」

他的語氣聽起來彷彿他只是個醫生，不是我的老公。

我邊哭邊說：「是你推我的。」這是我唯一想得到、唯一能說出口、唯一看見的事實。

「妳跌倒了。」他冷靜地說：「大概在五分鐘前發生的。就在我發現自己竟然跟說謊精結婚之後。」他把某樣東西放到我旁邊的枕頭上。「我相信，如果妳需要幫忙，可以撥打這支電話號碼。」

我看著一旁被揉爛的紙條，上面有亞特拉斯的電話號碼。

「萊爾。」我嗚咽著說。

現在是怎麼了？

我聽見大門甩上的聲音。

我的整個世界在我身邊塌了下來。

「萊爾。」我對著無人的空間低語。我雙手掩面，用盡力氣放聲大哭。我的世界毀了。

五分鐘。

完全毀掉一個人，只要五分鐘。

好幾分鐘過去。

大概，十分鐘吧？

我止不住淚水，縮在床上還沒動過。我不敢照鏡子。我真的……好害怕。

我聽見大門打開又甩上。萊爾出現在房門口，我不知道我該恨他嗎？

還是要怕他？

或者替他感到難過？

我怎麼會同時有這三種感受？

他前額抵著房門，我看著他用頭撞門，一次、兩次、三次。

他轉過身，快步朝我走來，在床邊跪下。他牽起我的兩隻手，用力握著。「莉莉，」他說，整張臉因為痛苦而扭曲成一團。「**拜託**，告訴我，事情不是那樣。」他一隻手放在我的頭側，我感覺他的雙手在顫抖。「我承受不了，我辦不到。」他靠過來用力親吻我的額頭，然後把額頭靠在我的額頭上。「拜託，告訴我妳沒有跟他往來，**拜託**。」

我無法肯定地對他這樣說，因為我連話都不想講。

他的額頭始終緊緊靠著我，一隻手穿過髮絲，用力捧著我的頭。「莉莉，我太傷心了。我是那麼愛妳。」

我搖搖頭，想把真相講出來，讓他知道自己犯了多大的錯。「我根本忘記那裡面有他的電話號碼。」我小聲說：「在餐廳吵起來的隔天……他來花店找我。你可以問亞麗莎。他只待了五分鐘。他拿走我的手機，把自己的電話號碼塞進去，因為他覺得我跟你在一起不安全。萊爾，我忘了那張紙還在，我連看都沒看。」

他呼出一口顫抖的氣息，開始放鬆地點頭。「莉莉，妳能發誓嗎？用我們的婚姻、我們的生活和一切發誓，說妳那天之後就沒跟他說過話？」他往後退，想看我的眼睛。

「萊爾，我發誓。你沒有先給我解釋的機會，就反應過頭了。」我對他說：「現在請**滾出**我的公寓。」

我的話讓他喘不過氣。我看見了。他往後一癱，靠著牆，沒有出聲，震驚地盯著我看。「莉莉，」他小小聲說：「**妳是從樓梯上跌倒才摔下去。**」

我分不出他是想說服我，還是說服他自己。

我冷靜地又說一次。「滾出我的公寓。」

他依然愣在原地不動。我在床上坐起來，立刻伸手摸了摸眼角抽痛的位置。他用手把自己從地上撐起，向我靠近一步，我趕緊往後挪。

「莉莉，妳受傷了。我不會留妳一個人在這裡。」

我抓了一顆枕頭丟過去，好像那顆枕頭真能對他造成傷害。「出去！」我大喊。他接住枕頭。我又抓了另一顆枕頭，站在床上，開始對他甩枕頭，一邊大喊：「給我出去！出去！」

公寓大門被甩上，我把枕頭丟到地上。

我跑到客廳，鎖緊大門。

然後我跑回房間，倒在床上。在這一張床上，我和老公共度每個夜晚；在這同一張床上，他和我做「愛」。

也是在同一張床上，他總是讓我躺著，再去清理他製造的混亂。

第二十章

昨天晚上睡覺前，我有試著救救看手機，但手機被摔成兩半，救不回來。我設了鬧鐘想早點起床，上班途中先去買支新手機。

我的臉沒有我擔心的那麼糟，當然是瞞不了亞麗莎，不過我也沒想瞞她。我把頭髮旁分，這樣萊爾貼在我眼角上的ＯＫ繃，大部分會被頭髮遮住。昨天晚上留下的傷痕，現在唯一可見的只有嘴唇的傷口。

還有他留在我脖子的吻痕。

真是該死的諷刺。

我拿起包包，打開大門，立刻停下腳步。我發現腳邊有一大團東西。

那團東西在動。

我花了好幾秒鐘，才意識到那是萊爾。**他睡在這裡？**

他發現我打開門後，努力想辦法起身。他站在我面前，帶著乞求的眼神，溫柔地用手撫摸我的臉，親我的嘴。「對不起，對不起，對不起。」

我後退一步打量他。**他就睡在這裡？**

我走出公寓，把門帶上，冷靜地繞過他，往樓下走。他一路跟我走到停車的地方，央求我跟他說話。

我沒有理他，就離開了。

一小時後，我拿到了新手機。我在手機店外，坐在車內把手機打開。螢幕上出現十七則簡訊，全是亞麗莎傳的。

我猜萊爾整晚沒打電話給我，是因為他知道我的手機成了什麼模樣。

我正準備打開簡訊，手機就響了，是亞麗莎。

「喂？」

她重重嘆口氣說：「莉莉！究竟發生了什麼事？我的老天，妳不能這樣對我啊，我可是孕婦！」

我發動車子，把手機連上藍牙，往花店開。亞麗莎今天休假，她再幾天就要提前休產假了。

「我沒事。」我告訴她：「萊爾也沒事。我們吵了一架。抱歉我昨天沒辦法打電話給妳，他把我的手機摔壞了。」

她靜默了一會兒，接著說：「他把妳手機摔壞？妳沒事吧？妳在哪？」

「我沒事，正開車去上班。」

「很好，我也快到了。」

我開始抗議，但我還沒出聲，她就把電話掛斷。

我開到店裡，她人已經到了。

我打開大門，準備回答她的問題，解釋把她哥哥踢出家門的理由，但我一進去就停下腳步，我看見他們站在櫃台前。萊爾靠著櫃台，亞麗莎的手放在他的手上，她在對他說話，但我聽不見她說什麼。

他們聽見大門關上的聲音，同時把頭轉向我。

「萊爾，」亞麗莎輕聲說：「你對她**做了什麼**？」她繞過櫃台，把我拉過去摟住。「喔，莉莉。」她說，一隻手順著我的背輕撫。她往後退開，眼裡噙著淚水，反應令我困惑。她顯然知道這是萊爾的錯；如果是那樣，她應該要斥責他，至少要提高說話音量。

她轉身面對萊爾。他帶著歉意抬頭看我，眼裡透著渴望，似乎想伸手擁抱我，卻害怕極了，連碰我都不敢。他確實應該害怕。

「你得告訴她。」亞麗莎對萊爾說。

他聽了立刻垂下頭，以手掩面。

「告訴她。」亞麗莎說，聲音中的怒氣比剛才更加強烈。「萊爾，她有權知道，她是你太太。要是你不告訴她，就由我來說。」

萊爾肩膀往前彎，整顆頭垂到櫃台上。不知道亞麗莎要他告訴我什麼，令他如此痛苦，連看都不敢看我。我的胃部緊縮，憂慮穿透我的靈魂。

亞麗莎轉身面對我，手放到我的肩膀上。「先聽聽他要說什麼。」她央求：「我不是要妳原諒他，我根本不曉得昨晚發生了什麼事。但妳是我嫂嫂，也是我最要好的朋友，我只想請妳給我哥一個對妳坦承的機會。」

亞麗莎說，她會先顧店一小時，等另一名員工來換班。我還是很生萊爾的氣，不想跟他同坐一輛車，他說他會叫 Uber，去公寓和我會合。

我在開車回家的路上，一直焦慮地想著到底是什麼事，是亞麗莎已經知道，而萊爾需要告訴我的。我在腦中想過好多種可能性。他時日不多了嗎？他背著我偷吃嗎？他失業了嗎？亞麗莎看起來並不曉得昨晚究竟發生什麼事，所以我不懂，怎麼會跟那件事扯上關係。

我回到家十分鐘後，萊爾才走進大門。我坐在沙發上，緊張地摳手指甲。

我站起來開始踱步，他慢慢走向椅子坐下，身體前傾，雙手交疊在前方。

「莉莉，請坐下來。」

他懇求道，彷彿不忍心看我擔憂。我坐回沙發上，往扶手挪動，縮起雙腳，舉起雙手遮住嘴巴，說：「你時日不多了嗎？」

他瞪大眼睛，立刻搖頭。「不是，**不是**。不是那種事。」

「那是什麼？」

我只想要他一吐為快。我的手開始顫抖，他發現自己讓我有多難受，便靠了過來，把我的手從臉上拿開，握住我的手。有一部分的我，在他昨晚做出那樣的事情後，不想被他碰觸，但有一部分的我，需要他的安慰。滿腦子都在猜測即將聽到什麼事，讓我焦慮得作噁。

「沒有誰要死掉，我也沒背著妳偷吃。放心，我要告訴妳的事，不會對妳造成傷害，懂嗎？那是過去的事了，只是亞麗莎覺得妳需要知道，而我……也這麼覺得。」

我點點頭，他鬆開我的手。現在換他起身踱步，在茶几後面來回走著，彷彿要鼓起勇氣才說得出口，他這樣卻讓我**更緊張**。

他再次坐回椅子上。「莉莉，妳記得我們相遇的那個晚上嗎？」

我點頭。

「妳記得我走到頂樓時，有多氣憤嗎？」

我又點了一次頭。他那時候在踢椅子，他沒想到航海級聚合材質椅哪踢得爛。

「妳記得我說的『赤裸真相』嗎？我告訴妳那天晚上發生的事，說我非常生氣？」

我低下頭，回想那天晚上，以及他告訴我的所有「真相」。他說，想到結婚就厭惡，他只跟人一夜情，他不想生小孩。還有，那天晚上他救不回一個病人，非常生氣。

我開始點頭。「那個小男孩。」我說：「你在氣他的事。那個小男孩死了，你很難過。」

他急促地呼出一口放鬆的氣息。「對，所以我很生氣。」他再一次站起身，他的靈魂彷彿在我眼前崩裂。他用手掌摀住眼，強忍著淚水。「妳記得，我告訴妳那個小男孩的事情之後，妳對我說什麼嗎？」

我覺得自己也快哭了，但我不曉得為什麼。「記得。我對你說，我無法想像，發生那種事，會對小男孩的弟弟造成什麼影響……那個不小心開槍射死他的弟弟。」我的嘴唇開始顫抖。「然後你說：**『影響就是，那會毀了他的一生。』**」

天啊。

他提起這件事，究竟要告訴我什麼？

萊爾走過來，在我面前雙膝跪下。「莉莉，」他說：「我知道那會毀了他。我非常清楚那個小男孩的感受……因為我經歷過同樣的事，是亞麗莎跟我的哥哥……」

我再也忍不住眼淚。我開始哭，他伸手緊抱我的腰，把頭靠在我的腿上。「莉莉，我朝他**開槍**。他是我最好的朋友，他是我哥哥。我當時才六歲，根本不曉得自己手上拿的是一把真槍。」

他整個人都在顫抖，把我抓得更緊。我親吻他的頭髮，因為我覺得他就像那天晚上在屋頂上，快要崩潰了。我還是很生他的氣，但我依然愛著他，而且得知他跟亞麗莎有這樣的過往，實在太揪心。他的頭靠在我腿上，手環住我的腰，我吻著他的頭髮。我們就這樣靜靜坐了好久。

「事情發生時，她才五歲，愛默生七歲。我們人在車庫裡，過了好久，才有人聽到我們的尖叫聲。我呆坐在原地，然後我……」

他離開我的腿站起來，別開頭。好長一陣靜默後，他往沙發坐下，身體前傾。「我試著……」

萊爾的臉痛苦地扭曲，他低下頭，把頭埋進手裡，來回搖晃。「我試著把那些東西放回他的頭裡。莉莉，我以為那樣可以把他『修好』。」

我立刻伸手摀住嘴，但抽氣聲太大，根本掩飾不了。

我得站起來，才能呼吸。

結果沒用。

我仍然無法呼吸。

萊爾朝我走過來，牽住我的手，把我拉到懷中。我們擁抱了整整一分鐘，他才說：「我絕對不是想拿這件事當藉口，為我的行為開脫。」他往後退，堅定看著我的眼睛。「我要請妳相信這一點。亞麗莎要我向妳坦承一切，因為自從那件事發生之後，有時候我無法控制自己。我會變得很憤怒，暫時失去記憶。我從六歲開始接受心理治療。但那不是我做錯事的藉口。那是真實發生在我身上的事。」

他替我擦乾眼淚，撫著我的頭，讓我靠在他的肩膀上。

「昨天晚上，妳來追我的時候，我發誓，我完全沒有要傷害妳的意思。我很難過又很生氣。有時情緒太過強烈，我會突然理智斷線。我不記得我推了妳，但我知道是我推的，**我推了妳**。妳跑過來追我，我心裡只想著我得遠離妳。我不想被妳擋住，沒有考慮到四周是樓梯，也沒有考慮到我的力氣比妳大很多。莉莉，我搞砸了，我把一切都搞砸了。」

他的嘴唇往下貼近我的耳朵，用嘶啞的聲音說：「妳是我**妻子**，我應該保護妳不被怪獸欺負，而不是**成為**那頭怪獸。」他絕望地擁抱我，那股絕望感強烈得令他顫抖。我這輩子沒在任何人身上感受到如此強烈的痛苦。

我被擊潰了。我由內而外被撕成了兩半。我的心只想緊緊包裹住他的心。

然而，即使他說了這些話，我仍舊無法輕易原諒他。我發誓，這樣的事不可以再發生。我向他，也向自己發過誓，要是他再傷害我一次，我就會離開。

我把自己從他身上拉開，我無法直視他的眼睛。我走到房間，想花點時間，調整一下呼吸。我走進浴室關上門，手抓著洗手台，站都站不住。最後我滑到地上，淚如雨下。

事情不該是這個樣子。我從小到大認定，要是哪個男人像爸爸對待媽媽那樣對待我，我一定知道該怎麼做。很簡單，我會離開，不讓事情再次發生。

可是我並沒有離開。現在，我身上的瘀青和傷口，來自一個應該愛我的男人，來自我的丈夫。

我竟想將一切合理化。

那是一場意外。他以為我出軌，感到受傷又生氣，我擋住他的去路。

我掩面啜泣，得知客廳那個男人童年經歷的悲慘往事使我痛苦，那份痛苦壓過了我為自己感受到的難過。但那並未讓我覺得自己無私或堅強，而是覺得可悲又懦弱。我應該要怨恨他的，我應該成為比媽媽更堅強的女人。

可是，假如我在複製媽媽的作法，那就代表萊爾在複製爸爸的行為。但他不是。我必須停止把我們比擬成他們。我們跟他們是完全不同的個體，處境截然不同。爸爸的怒氣總是毫無來由，而且他不會馬上道歉。他對待媽媽的方式，比萊爾跟我的情況糟糕得多。

萊爾剛才對我坦承了一切。我想，他也許從沒對別人說過那些話。他努力掙扎，想為了我成為更好的人。

對，他昨晚是搞砸了，可是他人在這裡，沒有逃避。他試著讓我理解他的過去和那樣反應的理由。沒有人是完美的，我不能用我僅見的夫妻相處例子，去評斷「自己的」婚姻狀況。

我抹掉眼淚，撐起身體。我照著鏡子，看見的不是媽媽，而是我自己。我看見一個愛著老公、只想幫助他變好的女孩。我知道萊爾跟我都很堅強，我們能夠走過這場風暴。我們的愛力量強大，足以帶領我們度過難關。

我走出浴室，回到客廳。萊爾站起來面對著我。他淚流滿面，怕我不會原諒他，而我並不確定自己是否**真的**原諒他了。話說回來，我們不一定要原諒某個行為，才能從中學習。

我走向他，牽起他的雙手，毫不隱瞞，對他說出赤裸的真話。

「你還記得那天晚上，你在屋頂對我說過的話嗎？你說：『**沒有誰是壞人，我們都只是有時會做壞事的人。**』」

他點頭，緊握我的手。

「萊爾，你不是壞人，我知道。你還是可以保護我。你生氣的時候，可以先走開，我也會走開。我們先把事情放下，等你冷靜了再繼續討論，好嗎？萊爾，你『不是』怪獸，你只是一個凡人。身為人，我們不能期待自己把所有痛苦一肩擔起。有時候，必須讓愛我們的人一起承擔，這樣才不會被痛苦累積的重量給壓垮。可是，我要先知道你需要幫忙，才能幫助你。你可以向我求助，我們一起想辦法度過難關。我知道我們辦得到。」

他大大呼出一口氣，彷彿這口氣他從昨天晚上憋到現在。他緊緊摟住我，把臉埋進我的頭髮。「莉莉，幫助我。」他對我耳語：「我需要妳幫我。」

他抱著我。我深知這麼做是對的。他的良善遠多過缺點。我要盡一切努力讓他相信這一點，直到他自己也能夠看到。

第二十一章

「我要離開了，還有什麼要我幫忙的嗎？」

我從埋首的文件中抬頭看她，搖搖頭。「賽琳娜，謝謝。明天見。」

她點點頭離去，讓辦公室門敞著。

亞麗莎兩週前開始休假，現在她隨時都有可能臨盆。好在花坊還有另外兩名全職員工——賽琳娜和露西。

沒錯，就是**那個露西**。

她結婚已經一、兩個月了。兩個星期前，她來花坊找工作。我們一起工作的狀況還不錯，她會自己找事忙。當我跟她同時在店裡，我會把辦公室的門關上，這樣我就不必聽她唱歌。

從樓梯事件到現在快一個月了。即使萊爾把童年往事告訴我，我還是很難真正原諒他。

我知道萊爾脾氣不小。從我們遇見的第一晚，還沒交談我就親眼目睹了。那可怕的一晚，我在家中廚房體會到了。他在我的手機殼裡發現那支電話號碼時，我也領教了。

但我也發現萊爾和我爸爸不一樣的地方。萊爾很有愛心，他會做我爸從沒做過的事。他捐錢給慈善團體，他關心別人，他把我放在第一位。萊爾絕對不會要我把車停在車道上，自己去停車庫。

我得提醒自己，他跟我爸爸有這些不同點。有時候，我心裡的女孩（我爸爸的女兒）非常固執。她告訴我不該原諒他。她告訴我應該在事情第一次發生時就離開他。有時我會相信她的意見，但話說回來，瞭解萊爾的那個我，曉得婚姻不會永遠完美，而有時候，這兩個「我」都感覺到後悔。這時我會想，要是事情第一次發生時就離開他，不知現在我會如何看待自己？他再怎樣都不該推我，但我也做了「不配」掛在嘴上的事。假如當時一走了之，我是否也違背了結婚誓言？**同甘共苦，禍福與共？**我拒絕輕易放棄我的婚姻。

我是堅強的女人。我從小到大見過太多虐待的場面，我絕對不會變成我媽媽。我很確定自己不會變成她，萊爾也絕對不會變成我爸爸。我想，那天樓梯間的事會發生是有原因的，也因此，我才得知他的過往，才能一起想辦法解決。

上個星期，我們又吵架了。

我很害怕。先前兩次吵架，結局都很糟糕。我知道這是一次考驗，證明我們說好由我幫助他度過憤怒的狀態，是否行得通。

那時我們在討論他的醫生職涯。他的住院實習快要結束了，英國劍橋開了為期三個月的特別訓練課程，他提出申請，很快就會知道是否錄取。那不是我不高興的原因。這個機會很棒，我不可能要求他不去。我們現在都這麼忙，三個月咻的一下子就過了，所以我不是因此而不高興。讓我不高興的是，劍橋的課程結束**以後**，他還有其他打算。

梅約診所邀請他到明尼蘇達州執業，他希望我能跟他一起搬過去。他說，麻州綜合醫院的神經外科在全世界排名第二，而梅約診所排名第一。

他說，他從沒想過要永遠待在波士頓。我告訴他，我們在前往拉斯維加斯結婚的飛機上討論過未來的規畫，他早該在那時提出這個話題，我不能離開波士頓，我媽媽住在這裡，亞麗莎也在這裡。他說，搭飛機過來只要五小時，我們想來就可以來。我說，相隔好幾個州，很難把花坊的生意經營好。

爭執愈演愈烈，當下我們脾氣都上來了，最後他伸出手，把一只插滿花的花瓶從桌上推到地上。我們盯著花和花瓶看了好一會兒。我很害怕，不確定選擇留下來、相信可以一起處理他的憤怒情緒，是不是錯誤的決定。他深呼吸，然後說：「我要出去一、兩個小時。我需要出去走一走，等我回來，再繼續討論。」

他走出去，真如他所說，一個小時後回來，他已經冷靜許多。他把鑰匙放在桌子上，朝我站的位置直接走來，雙手捧住我的臉說：「莉莉，我對妳說過，我要成為這個領域的佼佼者。我們初次相遇的那晚，我就告訴妳了。那是我赤裸的真話之一。可是如果我必須在世界頂尖的醫院工作，以及讓太太高興之間選擇……我會選擇妳。**妳就是**我的成就。只要妳快樂，我不在乎自己在哪裡工作。我們一起留在波士頓吧。」

我在那一刻明白自己的選擇是正確的，每個人都應該再有一次機會，尤其是對你意義重大的人。

從那一次吵架，到現在已經一星期過去，他沒再提搬家的事。我好像阻撓了他的人生計畫，心裡很過意不去。但結婚意味著兩人各退一步，重點不是為了哪一個人，而是為了兩個人做整體最佳的選擇，而留在波士頓，對我們兩個家庭的每個人來說，都是比較好的決定。

說到家庭，我查看手機時，亞麗莎剛巧傳來一封簡訊。

亞麗莎：妳工作做完了嗎？我需要妳提供家具的意見。

我：我十五分鐘後到。

不知是不是因為亞麗莎快生了，還是她現在沒上班，我很確定這個星期我待在她家的時間，比待在自己家的時間還多。我把店關好，出發到她的公寓。

我踏出電梯，她的公寓大門貼了一張紙條。我看見上面寫著我的名字，就把紙條撕了下來。

莉莉：

七樓，七四九號公寓。

——亞

她為了擺多餘的家具，還有另一間公寓？我知道他們很有錢，但應該還沒有錢到那種地步吧？我走進電梯，按下七樓的按鈕。電梯門打開，我踏進走廊，往七四九號公寓走。到了門前，我不曉得該敲門，還是直接走進去。我只知道裡面應該有住人，可能是某個替她「做事的人」。

我敲了門，聽見另一端傳來腳步聲。

門打開後，我好驚訝。我看見萊爾站在面前。

「嘿，」我狐疑地說：「你在這裡做什麼？」

他露出笑容，身體靠著門框。「我住在這裡，『妳』在這裡做什麼？」

我瞥一眼大門旁邊的錫鉛合金門牌，目光回到他身上。「你說住在這裡是什麼意思？你不是跟我住在一起嗎？你從以前到現在都有一間自己的公寓？」我以為擁有一間公寓，應該是丈夫在某個時間點要跟妻子討論的事。我覺得有點不安。

其實整件事極其荒謬，簡直是欺騙。我快要對他發火了。

萊爾笑出來，從門框撐起身體，雙手高舉過頭抓住門框，把入口完全擋住。「我還沒什麼機會告訴妳有這間公寓，畢竟我今天早上才簽約。」

我往後退一步。「等等，你說什麼？」

他牽起我的手，帶我走進公寓。「莉莉，歡迎回家。」

我在玄關停下腳步。

對，我剛才說了「玄關」，這裡有**玄關**。

「你買了一間公寓？」

他緩緩點頭，觀察我的反應。

我又說一遍：「你買了一間公寓。」

他還在點頭。「對，妳不介意吧？我在想我們現在住在一起，多點空間也好。」

我慢慢轉圈，視線落在廚房時停下來。這裡的廚房沒有亞麗莎家的廚房那麼大，但一樣潔白，幾乎一樣美，有一個葡萄酒冷藏櫃和一台洗碗機，我的公寓沒有這兩樣東西。我走進廚房到處看，但不敢亂碰。**這真的是我的廚房嗎？不可能吧**。

我看向客廳的拱形挑高天花板和俯瞰波士頓港的幾扇大窗戶。

「莉莉？」萊爾在我身後說。「妳沒有生我的氣吧？」

我轉身面對他，這才意識到，這幾分鐘他都在等我表示意見，但我一句話都說不出來。

我搖搖頭，用手摀著嘴，低聲說：「沒有吧。」

他向我走來，牽起我的手，放在我們兩人之間。「**沒有吧？**」他露出既擔心又困惑的表情。

「拜託妳告訴我赤裸的真相，因為我開始覺得，準備這個驚喜或許不是什麼好主意。」

我往下看著硬木地板，那是用真的硬木做的，不是超耐磨地板。我說：「ＯＫ。」眼神拉回到他身上：「我認為你沒有問過我，就自己作主買下一間公寓，太瘋狂了。我覺得應該要由我們一起決定。」

他點頭，似乎要向我道歉，但我還沒講完。

「可是我要說的赤裸真相是……萊爾，這間屋子完美到我說不出話，每樣東西都好乾淨。我不敢動，我可能會把東西弄髒。」

他大嘆一口氣，把我拉向他的懷抱。「寶貝，妳可以把東西弄髒。這是妳的家，想弄得多髒都可以。」他親吻我的頭側，我甚至連謝謝都沒說。對一份這麼貴重的禮物來說，謝謝似乎顯得微不足道。

「我們什麼時候搬進來？」

他聳聳肩。「明天就搬？我明天休假。我們也沒有太多東西，可以用接下來幾個星期採買新家具。」

我點頭，腦中試著把隔天的預定行程想一遍。我本來就知道萊爾明天休假，所以我沒有安排什麼特別的事。

我忽然覺得自己得坐下來。這裡沒有椅子，幸好地板很乾淨。「我得坐一下。」

萊爾扶我坐到地板上，然後在我前面彎下身。他一直牽著我的手。

「亞麗莎知道嗎？」我問。

他微笑點頭。「莉莉，她很興奮。我想買公寓已經一陣子了。我們決定在波士頓久居之後，我就去買下這間公寓，想給妳驚喜。亞麗莎也有幫忙，但我開始擔心她會在我有機會開口前，先告訴妳。」

我還是無法理解這件事。我要住在這裡？我和亞麗莎要當鄰居了？我實在很興奮，但不知為何我卻覺得有些困擾？

他對我微笑說：「我知道妳需要一點時間消化，但妳還沒看到最棒的地方。我快急死了。」

「帶我去看！」

他笑著拉我站起來。我們經過客廳，穿過走廊。他逐一打開屋內的每一扇門，告訴我有哪些房間，但沒有多加停留，讓我進去參觀。我們來到主臥室時，我終於弄清楚，一共有三間臥室、兩套衛浴和一間書房。

我都還沒時間好好欣賞主臥室有多漂亮，他就拉我穿過房間，走到一面掛著窗簾的牆壁前面。他轉過身面對我說：「這不是可以讓妳種東西的花園，但擺上幾盆植栽就很接近了。」他把窗簾往旁邊拉，打開一扇門，門後露出一個好大的陽台。我跟著他走出去，已經在腦中幻想可以擺哪些盆栽。

「從這裡俯瞰外面，是跟屋頂露台一樣的風景。」他說：「我們可以一直欣賞我們相遇那一晚見到的景色。」

我花了一點時間才理解，瞬間百感交集，哭了出來。萊爾把我拉入懷中，雙手緊緊環抱著我。

「莉莉，」他輕聲說，伸手摸過我的頭髮。「我不是想惹妳哭。」

我哭到一半，笑了出來。「我只是不敢相信我要住在這裡。」我掙脫他的懷抱，抬頭看他。

「我們很有錢嗎？你怎麼買得起這間屋子？」

他笑了。「莉莉，妳嫁給一名神經外科醫生，妳並不缺錢。」

他的話讓我笑了，然後又哭了一會兒。接著，我們家的第一個訪客到來，有人在敲我們的門。

「是亞麗莎。」他說：「她一直在走廊等我們。」

我跑到大門口，趕緊把門打開。我們互相擁抱，一起尖叫。我應該又哭了一下。

這一晚，我們一起在這間新公寓度過接下來的時光。萊爾點了中國菜外賣，馬歇爾下樓跟我們一起吃晚餐。我們還沒有桌子，也沒有椅子，所以四個人坐在客廳中央的地板上，直接用打包的容器吃。我們討論要怎麼布置，聊著我們打算如何敦親睦鄰，談到亞麗莎的預產期快到了。

這一切美好得超乎想像。

我等不及要跟媽媽分享了。

第二十二章

亞麗莎的預產期已經過了三天。

我們在新公寓住了一個禮拜。萊爾休假那天，我們成功把所有家當統統搬到新家。搬進新家的第二天，我跟亞麗莎一起採買家具，第三天就安頓妥當。昨天收到入厝後的第一封信件，是申請水電瓦斯的帳單，終於感覺我們正式搬進來住了。

我結婚了，嫁給一個很棒的老公，擁有一間超讚的房子，小姑正好是我最要好的朋友，而且我快要當舅媽了。

恕我直言……還有比這更好的生活嗎？

夜晚來臨，我闔上筆電，準備打烊休息。我很期待回到新家，所以最近都比平常早下班。我正要關上辦公室門的時候，萊爾正用他的鑰匙打開前門。他沒有關上門，雙手拿著一堆東西走進來。

他手上端著兩杯咖啡，腋下還夾著一份報紙，雖然一臉狂熱、腳步匆促，臉上卻掛著笑。「莉莉。」他說，朝我走近。他把一杯咖啡塞到我手中，從腋下抽出報紙。「有三件事。第一……妳看過報紙了嗎？」他把報紙遞給我，報紙已經反摺過來，他手指著一篇文章。「莉莉，妳中了，中了！」

我低頭看那篇文章，試著不要抱太大的期望。他可能在說別的事，完全不是我心裡想的那一件。我開始閱讀標題，我一讀就曉得，他說的**正是**我心裡所想的那件事。「我中選了？」

我之前收到通知，說我的花坊被提名為波士頓最佳商店。這個活動，報社每年舉辦一次，會頒獎給讀者票選出來的最佳商店。莉莉布隆花坊入圍了「波士頓最佳新商店獎」，這個獎頒給開店兩年內的商家。上星期，報社記者打電話給我，問了一連串問題，那時我就猜想可能得獎了。

報導標題寫著：**波士頓最佳新商店，讀者票選前十名出爐！**

我露出微笑，萊爾把我擁入懷中，抱起來轉圈，害我差點把咖啡灑出來。

他說有三個消息，如果他是從這件講起，那我實在不曉得另外兩件會是什麼。「第二件事是什麼？」

他把我放回地上站好。「我是從最棒的消息說起。我太興奮了。」他喝了口咖啡，接著說：「我錄取劍橋的訓練課程了。」

我臉上浮現大大的微笑。「你錄取了？」他點頭，抱著我又轉了一圈。「我真以你為榮。」我邊說邊親吻他：「我們都好成功。太噁心了。」

他笑出來。

「第三件事呢？」我問他。

他後退一點。「喔對，第三件事。」他隨興靠著櫃台，慢慢啜飲一口咖啡，輕輕把咖啡放回櫃台上。「亞麗莎正在生小孩。」

「什麼?!」我大喊。

「對。」他對著咖啡點頭。「所以我才帶咖啡因給妳。我們今晚不用睡了。」

我開始拍手、跳上跳下，慌忙地找出包包、外套、鑰匙、手機，摸著電燈開關。我們正要從門口離開時，萊爾衝回櫃台，抓起報紙塞到腋下。我一邊鎖店門，手一邊興奮得發抖。

「我們要當舅媽了！」我一邊說，一邊快步跑向我的車子。

我的玩笑話讓萊爾笑出來，接著他說：「莉莉，是『舅舅』。我們要當舅舅了。」

馬歇爾冷靜地來到走廊上。萊爾和我都興致勃勃，等他告知最新消息。這半個小時，裡頭一點動靜都沒有，我們還以為會聽見亞麗莎痛苦地慘叫，這樣我們就知道她生了。但一點聲響都沒有，連寶寶出生的哭聲都沒聽到。我用手摀著嘴，看見馬歇爾的表情，心頭一驚。

他的肩膀開始抖動，眼裡流出淚。「我當爸爸了。」他對著空氣揮拳。「我當『爸爸』了！」

他擁抱萊爾、擁抱我，接著說：「你們再等十五分鐘，等下就可以進去看她了。」

他關上門。萊爾跟我都大大鬆一口氣，我們看著彼此微笑。他問：「妳也以為發生最糟的事情嗎？」

我點點頭，擁抱他。「你當舅舅了。」我微笑著說。

他吻我的頭說：「妳也是。」

半小時後，我和萊爾站在床邊，看亞麗莎抱著小寶寶。小寶寶太完美了。雖然她還太小，看不出究竟像誰，但她真美。

「你想抱一抱你的外甥女嗎？」亞麗莎問萊爾。

他變得有些僵硬，似乎很緊張，但接著點點頭。她靠近萊爾，把小嬰兒放到萊爾的懷中，教他怎麼抱。他低頭緊張看著嬰兒，然後走到沙發坐下來。「你們取好名字了嗎？」他問。

「取好了。」亞麗莎說。

萊爾和我同時看向亞麗莎。她露出微笑，淚水在眼眶打轉。「我們用一個人的名字來替她命名。馬歇爾和我都覺得他對我們意義重大。我們把你的名字改了一下，打算叫她『萊儷』。」

我馬上轉頭看萊爾，他快速呼一口氣，似乎非常驚訝。他低頭看萊儷，臉上浮出微笑。「哇，」他輕聲說：「我不知該說什麼才好。」

我握了握亞麗莎的手，走過去坐在萊爾旁邊。有好多次，我都以為自己不可能更愛他了，結果再次證明我錯了。看他抱著剛出生的小外甥女的樣子，我的心裡好暖、好暖。

馬歇爾坐在亞麗莎身旁。「你們有沒有聽見，小莎莎生孩子有多安靜？一丁點聲音也沒有，她連止痛藥都沒用。」他伸手環抱亞麗莎，在她旁邊躺下。「我感覺好像在和威爾·史密斯拍電影《全民超人》，以為自己娶了一個超級女英雄。」

萊爾笑出聲。「小時候她海扁過我一、兩次。我一點也不驚訝。」

「不要在萊儷面前口無遮攔。」馬歇爾說。

「**海扁**。」萊爾對她輕聲說。

我們都笑了出來，萊爾問我想不想抱抱她。我迫不及待地伸出手，早就等著要抱她了。我把她摟入懷中，對於自己竟然已經那麼愛她，感到很驚訝。

「媽跟爸什麼時候過來？」萊爾問亞麗莎。

「他們明天中午會到。」

「那我先去睡個覺好了，剛才值了長班。」他轉回來看我。「妳要跟我一起回去嗎？」

我搖搖頭。「我想再待一下。你開我的車，我再叫計程車回家。」

他親吻我的頭側，把頭靠在我的頭上，跟我一起低頭看著萊儷說：「我覺得我們也該生個小寶寶。」

我抬頭看他一眼，不確定自己是否聽錯。

他眨了眨眼。「如果等一下妳回到家，我已經睡著，把我叫醒，我們就從今晚開始努力。」

他向馬歇爾和亞麗莎道別，馬歇爾送他出去。

我看向亞麗莎，她在微笑。「我就說他會想跟妳生小孩。」

我露齒而笑，走回她床邊。她挪動身體，讓位子給我。我把萊儷放回她懷中，我們在她床上緊緊挨著，看萊儷睡覺，彷彿那是我們此生見過最動人的事物。

第二十三章

三個小時後，我才回到家。已經十點多了。

萊爾離開後，我又陪了亞麗莎一小時，然後回辦公室把幾件事處理完，這樣接下來一、兩天都不用進辦公室了。萊爾休假時，我會盡量把假排在同一天。

我走進家門，屋內沒開燈，表示萊爾睡了。

我在搭車回家的路上，仔細想了想他剛才的話。我沒有料到這個話題會這麼早提出來。我今年快滿二十五歲，我自己的想法是，至少再過一、兩年再嘗試組織家庭。我還不確定自己是否準備好生小孩。不過，萊爾說願意生小孩，我真的很高興。

我打算弄點簡單的東西吃，再把他叫醒。我還沒吃晚餐，肚子快餓扁了。我打開廚房燈，大叫了一聲。我伸手撫胸，往流理台一倒，撐住身體。「我的老天，萊爾！你在做什麼？」

他背靠冰箱旁邊的牆壁，腳踝交叉站著，瞇著眼朝我的方向看。他正用手指翻轉某樣東西，目光注視著我。

我的視線落到他左側的流理台，看見一只應該才裝過蘇格蘭威士忌的空酒杯，他有時會喝威士忌助眠。

我把視線拉回他身上。他露出一抹神祕的笑，一看見他臉上的笑，我立刻全身發熱，我知道接下來將發生什麼事。這間公寓裡，即將變得到處都是亂丟的衣物，充斥熱烈的吻。搬進來後，這裡每個空間幾乎都已留下我們的足跡，只剩廚房尚未被我們征服。

我也對他露出微笑。我的心，仍因為猛然發現他待在這個黑暗的空間，不規律地跳動。他看向自己的手，我這才發現，他手上拿著那塊波士頓磁鐵。搬家時，我把它從舊公寓拿過來，吸在新家的冰箱上。

他把磁鐵放回冰箱上，手指輕敲。「這塊磁鐵哪來的？」

我看著那塊磁鐵，視線回到他身上。我不可能告訴他，那是亞特拉斯送我的十六歲生日禮物，那只會再次挑起我們的痛處。我滿心期待接下來的激情，實在不想在這時對他說出赤裸的真相。

我聳聳肩。「我不記得了。這個磁鐵很舊了。」

他一語不發盯著我看，站直身體，朝我走近兩步。我往後靠著流理台，呼吸緊促。他雙手撫上我的腰，在我的屁股和牛仔褲游移，接著一把將我拉近。他用嘴唇封住我的唇，一面吻我，一面把牛仔褲往下拉。

喔，他現在就要了。

他的嘴唇沿著我的脖子游移，我用力踢掉鞋子，他把我的牛仔褲整件扯掉。

晚餐晚點再吃就好，我得先征服這間廚房。

他再次親吻我，將我抬起，讓我坐到流理台上，自己站在我的雙膝中間。我可以聞到他口中散發的蘇格蘭威士忌味，還滿喜歡的。他用溫熱的雙唇吻過我的嘴，我開始呼吸沉重。他用手握住我的一把頭髮，輕輕往下拉，讓我抬起頭看他。

「赤裸的真相？」他對我耳語，視線看向我的嘴唇，彷彿就要一口把我吞下。

我點頭。

他的另一隻手慢慢從我的大腿往上移，直到最後無處可去。他讓我一直看著他的眼睛，將兩隻溫熱的手指伸進我體內。我急促吸了口氣，雙腿在他腰間收緊，我開始跟著他的手指緩緩擺動，輕輕呻吟。他始終用熱烈的視線，注視著我。

「莉莉，妳怎麼會有那塊磁鐵？」

什麼？

我覺得心臟好像要逆著跳動了。

他為什麼一直追問這個問題？

他的手指還在我體內抽動，仍然一副渴望跟我做愛的眼神，可是**他的手**，另一隻纏著頭髮的手，開始施力往下扯，我痛得皺臉瑟縮一下。

「萊爾。」我小聲說，聲音盡量維持冷靜，但其實我在發抖了。「我好痛。」

他停下手指的動作，仍然盯著我的雙眼。他緩緩抽出手指，手往上扣住我的咽喉，輕輕捏著。

他吻上我的唇，舌頭伸進我的嘴裡。我與他的舌交纏。我不曉得他在想什麼，暗自祈禱是自己反應過度。

他的身體抵住我。隔著他的牛仔褲，我感覺到他硬了。但他往後退開，雙手從我身上完全離開，背部緊貼在冰箱上，用目光掃視我的身體，彷彿想直接在廚房跟我做愛。我冷靜下來，**是我反應過度了**。

他伸手往後，從爐台旁拿起一份報紙，是他之前給我看獲獎商店報導的報紙。他把報紙拿起來，朝我丟過來。「妳讀過那篇報導了嗎？」

我大大鬆口氣。「還沒。」我說，視線落到那篇報導。

「大聲念出來。」

我抬頭看他一眼。我臉上掛著微笑，但胃裡有股焦慮。他現在不太對勁，他的舉動……我猜不透。

「你要我念那篇報導？」我問：「現在？」

我覺得奇怪，我現在半裸著身體，坐在廚房流理台上，手中拿著一份報紙。他點頭。「我要妳先脫掉衣服，**然後**大聲念出那篇報導。」

我注視著他，試圖猜測他的行為。也許那杯蘇格蘭威士忌讓他特別想鬧人。我們之間的性愛，多半是單純的做愛，但有時也很狂野，有些危險，就像他現在的眼神。

我把報紙放下，脫掉上衣，再拿起報紙，開始大聲念報導內容。但他往前走一步，對我說：

「不用整篇都念。」他把報紙翻過來，來到文章的中段，他指著一個句子。「念最後幾段。」

我低頭往下看，心裡更加困惑了。如果能把這個解決，然後到床上去……

「大家應該猜得到誰是囊括最多票數的店家。旅遊網站 TripAdvisor 統計，馬克森街上極具代表性的波比餐廳，去年四月甫開張，旋即成為這座城市評分極高的餐廳。」

我停下來，抬頭看萊爾。他又倒了一些蘇格蘭威士忌，啜飲一小口。「繼續念。」他說，對我手裡的報紙點頭示意。

我用力吞嚥，嘴裡突然分泌好多口水。我試著控制發抖的雙手，繼續讀報。「餐廳老闆亞特拉斯．柯瑞根是兩度獲獎的主廚，曾經加入海軍陸戰隊。許多人都曉得，經營有成的『波比』餐廳來自一句話的縮寫：『波』士頓什麼都『比』較好。」

我倒抽一口氣。

波士頓什麼都比較好。

我胃部緊縮，試著控制情緒，繼續讀下去。「但直到這次獲獎，主廚才終於透露店名背後真正的故事。『**這個故事說來話長**。』柯瑞根主廚表示：『**我用這個店名，向某個對我人生影響重大的人致敬。她對我來說意義深遠，直到今天還是**。』」

我把報紙放到流裡台上，喉嚨發出嘶啞的聲音說：「我不想讀了。」

萊爾快速上前兩步抓住報紙，帶著怒氣，大聲地從我停下的地方繼續念：「我問，那個女孩知道她是這間餐廳的名稱由來嗎？柯瑞根主廚會心一笑說：『**下一個問題**。』」

萊爾聲音中的怒氣令我反胃。「萊爾，別念了。」我冷靜地說：「你喝多了。」我推開他，靜靜地從廚房，朝通往主臥室的走廊走。一下子發生太多事，我不確定自己真能理解。

那篇報導並沒有說亞特拉斯講的是誰。亞特拉斯知道是我，**我也知道**那是我，可是萊爾怎麼可能把事情連在一起？

還有那塊磁鐵，他怎麼可能讀了那篇報導，就知道磁鐵是亞特拉斯送的？

他反應過度了。

我往臥室走，聽見他跟上來。我一推開房門，當場愣在原地。

一堆東西散在床上，有一個側面寫著「莉莉的物品」的搬家紙箱，東西全被翻了出來。原本裝在裡面的東西，信件……日記……空鞋盒……。我閉上眼，慢慢深呼吸。

他看過日記了。

完了。

他、看、過、日、記、了。

他伸出手臂，從背後環抱我的腰，一隻手往上撫摸，經過我的肚子，然後緊抓我一邊的胸部，另一隻手輕撫我的肩膀，把我脖子上的頭髮撥開。

我緊閉雙眼，他的手指在我皮膚上游移，往上觸摸到我的肩膀。他用手指緩緩摸著那顆愛心，一陣顫慄襲過我全身。他的嘴唇貼上我的皮膚，有刺青的那個地方。他用力咬下，我放聲大叫。

我試著抽身，但他緊抓著我，我怎麼推都推不動。他咬住我的鎖骨，強烈的痛感貫穿肩膀，一路流竄到我的手臂。我立刻放聲大哭，**不停地啜泣**。

「萊爾，放開我。」我求他：「拜託，請你走開。」他從背後扣住我的手臂，緊緊箝制我。他把我轉過來。我還是閉著眼睛，我太害怕了，不敢看他。他用力掐我的肩膀，把我推到床上。我試圖反抗，想把他推開，但是徒勞無功，他力氣比我大太多了。他覺得自己受了傷，怒火中燒。**現在的他，不是萊爾**。

我被推倒在床上，趕緊往後退到床頭板，想離他遠一點。「莉莉，為什麼他還在這裡？」他的聲音不像在廚房時那麼冷靜，他氣極了。「**到處都有他**。冰箱上的磁鐵有他。我在我們衣櫥的盒子裡發現的日記有他。妳身上該死的**刺青圖案**也有他。媽的，那是**妳身上我最喜歡的地方**！」

他來到床上。

「萊爾，」我央求他：「我可以解釋。」眼淚從我的太陽穴滑落，流進頭髮。「你在生氣。請不要傷害我，**拜託**。你先走開，等你回來，我再跟你解釋。」

他伸手抓住我的腳踝，用力拉，把我拉到他的身體下方。「莉莉，我不是生氣。」他的聲音冷靜得令人不舒服。「我只是覺得，我還沒有向妳證明我有多愛妳。」他的身體向我壓過來。他單手把我雙手的手腕高舉過頭，用力按在床墊上。

「萊爾，拜託。」我一面啜泣，一面想辦法用身上任何一個地方出力推他。「從我身上下去。**拜託**。」

完了，完了，完了。

「莉莉，我愛妳。」他的字字句句打在我臉上。「我從來都比他**還要**愛妳。妳為什麼**不懂**？」

我打從心底感到恐懼，一股憤怒漸漸湧上來。我緊閉雙眼，眼中所見，只有躺在舊家客廳沙發上哭泣的媽媽；爸爸強壓在她身上。一陣憤恨襲來，我開始尖叫。

萊爾試圖用嘴掩蓋我的尖叫聲。

我咬了他的舌頭。

他用額頭用力撞我的額頭。

瞬間，一片漆黑遮蔽雙眼，將我吞噬，所有疼痛跟著消逝。

我感覺到他低語的氣息，他對著我耳邊不知在咕噥什麼。我的心臟快速跳動，整個人還在發抖，眼淚不知怎麼還在流，我用力喘氣。他的話語衝擊我的耳朵，但我的頭還在抽痛，痛得我無法理解他在說什麼。

我試著睜開眼，但一陣刺痛傳來，感覺有東西流進我的右眼。我馬上曉得那是血。

我的血。

我漸漸聽懂他在說什麼。

「對不起，我很抱歉，我很抱歉，我很……」

他仍用一隻手把我的手按在床墊上，他也還壓在我身體上，沒有繼續強行進入我的身體。

「莉莉，我愛妳，我真的很抱歉。」

他的語氣慌張不已。他親吻我，嘴唇溫柔吻上我的臉和嘴。

他知道自己做了什麼，他又變回萊爾了。他知道自己剛才對我、對我們、對我們的未來，做了什麼。

我利用他正在恐慌，搖搖頭輕聲說：「沒關係，萊爾。沒關係。你剛才只是太生氣，沒關係。」

他熱烈吻我的嘴唇。我嚐到蘇格蘭威士忌的味道，就快吐了。他還在繼續咕噥他有多抱歉。房間裡的景象，再次在我眼前消失。

我的眼睛是閉著的。我們還躺在床上，但他的身體並沒有像剛才那樣完全壓制我。他側躺著，手臂緊扣我的腰。他的頭壓在我的胸口。我衡量周遭狀況，仍僵著身體不敢動。

他沒有動作，但我感覺得到他的氣息，那是睡著的沉重呼吸。我不曉得他是昏倒，還是睡著。我的最後一個記憶是他親吻我的嘴，我嚐到自己眼淚的味道。

我又靜靜躺了幾分鐘。這段清醒的時間，我的頭，每一分鐘都比前一分鐘更痛。我閉上眼，試著思考。

我的包包在哪裡？

我的鑰匙在哪裡？

我的手機在哪裡？

我花了整整五分鐘，才成功從他身體底下鑽出來。我不敢一次挪動太多，所以一次只移動兩、三公分，直到能翻身下地。當我感覺他的手不再碰觸我，我的胸口無預警地發出一陣嗚咽。我趕緊用手摀住嘴，努力站起來，跑出臥室。

我找到包包和手機，但我不知道他把我的汽車鑰匙放在哪裡。我在客廳和廚房狂找鑰匙，但幾乎什麼都看不見。剛才他用頭撞我，一定把我的額頭撞破了，因為有好多血流入眼睛，我的視線變得很模糊。

我慢慢把身體挪到門口地板，頭愈來愈暈。我的手指抖得很厲害，試了三次才按對手機的解鎖密碼。

我滑開螢幕，正要輸入電話號碼時，停下動作。我第一個念頭是打給亞麗莎和馬歇爾，但我不能打給他們，我不能在這個時候讓他們操心。亞麗莎幾個小時前才剛生完小孩。我不能這樣對待他們。

我可以打到警察局，但我無法判斷，打電話叫警察來會帶來什麼後果。我不想做筆錄。我知道，如果提告會對他的工作造成影響，我不確定自己是否想對他提告。我不希望亞麗莎生我的氣。我真的不曉得該怎麼辦。我沒有完全排除報警這個最終方案，只是現在的我沒有做那種決定的力氣。

我緊握手機，試著思考可以打給誰——**媽媽**。

我開始輸入她的電話號碼，但我想到，她接到這通電話會如何，就又哭了起來。我不能把她扯進這團混亂，她已經承受太多，而且萊爾會想辦法找到我。他第一個找的人一定是媽媽，然後才會找亞麗莎和馬歇爾，還有每一個我們認識的人。

我抹掉眼睛的淚水，開始撥亞特拉斯的電話號碼。

我有生以來，從來沒像現在這一刻這麼討厭自己。

我討厭我自己，因為那一天，當萊爾發現亞特拉斯的電話號碼藏在我手機殼裡，我謊稱我忘記電話號碼夾在裡面。

我討厭我自己，因為那一天，當亞特拉斯把電話號碼塞進我的手機，我打開手機看過。

我討厭我自己，因為我內心深處知道，有一天，我可能會需要它，所以**背了下來**。

「喂？」

他小心翼翼地詢問，他不知道這是我的電話號碼。我一聽見他的聲音就哭出來，我摀住嘴，試著平撫心情。

「莉莉？」他放大音量。「莉莉，妳在哪裡？」

我討厭我自己，因為他知道那是我的哭聲。

「亞特拉斯，」我壓低音量說：「我需要幫忙。」

「妳在哪裡？」他又問一次。我聽得出他聲音裡的慌張。我聽見他在走動並移動東西。他的手機傳來門用力關上的聲響。

「我傳簡訊給你。」我小小聲說。我怕得不敢繼續說話。我不想吵醒萊爾。我掛斷電話，用不知哪來的力氣穩住雙手，把地址和門禁密碼打在簡訊裡傳給他。然後又補傳一則訊息：**到了傳**

簡訊給我。請不要敲門。

我爬到廚房，找到我的褲子，努力套回身上。我在流裡台上找到上衣。我穿上衣服後，走到客廳，掙扎著要不要打開門，到樓下跟亞特拉斯碰面，但我害怕自己沒辦法一個人走到大廳。我的額頭還在流血，我覺得好虛弱，連站在門邊等人都沒辦法。我滑坐到地上，用顫抖的手緊握手機，盯著螢幕看，等他傳簡訊。

經過痛苦不堪的二十四分鐘，手機螢幕亮了。

到了。

我急著爬起來，用力打開門。有人伸手環抱我，我的臉埋進一個柔軟的處所。我哭了起來，不停地發抖，一直哭一直哭。

「莉莉。」他小聲對我說，我從沒聽過有人用如此悲傷的聲音喊我，他要我抬頭看他。他的藍眼珠掃視我的臉龐。我目睹接下來這一切。我看著他眼裡的擔憂消失，他迅速抬頭看向公寓大門。「他還在裡面？」

是憤怒。

我感受到他散發的怒意，他開始朝公寓門口走。我抓住他的外套。「不要。亞特拉斯，**拜託**不要。我只想離開這裡。」

我看見他停下腳步，痛苦朝他席捲而來。他很猶豫，不知道該聽我的好，還是該闖進去。最後他轉過身，用雙手環住我。他扶我走進電梯，穿過大廳。不知哪來的奇蹟，我們只遇到一個人，而且正在講電話，臉朝向另一邊。

終於走進室內停車場時，我又開始暈眩。我要他走慢一點，我感覺到他一隻手臂伸到我的膝蓋下方，將我抱起。我們終於上了車，然後車子駛離。

我知道我需要縫合傷口。

我知道他要帶我去醫院。

但我不知道，自己為什麼說出這些話：「別送我去麻州綜合醫院，帶我到其他醫院。」

不管怎樣，我不想冒險遇到萊爾的同事。我恨他，這一刻，我對他的恨更甚於我對爸爸的恨意，可是不知怎麼，恨歸恨，我仍然關心他的工作。

當我意識到這一點，我也很恨自己。這股恨意，不亞於我對他的恨。

第二十四章

亞特拉斯站在房間的另一端，看著護理師做事，眼神始終沒離開過我。護理師送完血液樣本後，馬上回來為我處理傷口。她還沒問太多問題，但任誰一看，都知道我遭受了暴力攻擊。我看見，她在幫我擦拭肩膀咬痕的血跡時，露出同情的表情。

她處理完傷口，回頭看一眼亞特拉斯，往右邊走一步，遮擋亞特拉斯的視線，再轉過身面對我。「我必須問妳幾個比較私密的問題。我要先請他離開，好嗎？」

直到那一刻，我才意識到，她以為傷害我的人是亞特拉斯。我馬上搖搖頭。「不是他弄的。」我告訴她：「請不要叫他離開。」

她鬆一口氣，點頭，拉了張椅子。「妳還有其他地方受傷嗎？」

我搖頭。她不可能幫我治療萊爾在我心裡留下的所有傷口。

「莉莉？」她柔聲說：「妳被強暴了嗎？」

淚水在我眼眶打轉，我看見亞特拉斯沿著牆壁轉過身，額頭抵著牆壁。

護理師等我再次看向她的眼睛，才繼續說：「這種情況，醫院有專設的『性侵害護理檢驗師檢查』。當然，由妳自己決定要不要檢查，不過依妳的情況看，我強烈建議妳檢查一下。」

「我沒有被強暴。」我說：「他沒有……」

護理師問：「莉莉，真的嗎？」

我點頭。「我不想檢查。」

亞特拉斯轉回來面對我，朝我走近，我從他的表情讀出一絲苦澀。「莉莉，妳需要做檢查。」他露出懇求的眼神。

我再一次搖頭。「亞特拉斯，我發誓……」我閉緊雙眼，低下頭：「我沒有在替他隱瞞。」我小聲說：「他想強暴我，但後來住手了。」

「如果妳想提告，妳會需要……」

「我不想檢查。」我用堅定的語氣又說一次。

這時有人敲門，醫生走進來，我終於不用再忍受亞特拉斯懇求的眼神。護理師向醫生簡述我的傷勢，然後站到一旁，讓醫生檢查我的頭部和肩膀。他用手電筒照向我的眼睛，又看了一次紀錄，對我說：「我希望可以進一步檢查，好排除腦震盪的可能性。不過依照妳現在的狀況，我不想幫妳做電腦斷層掃描，我們要改讓妳住院觀察。」

「為什麼你不想幫我做電腦斷層掃描？」我問他。

醫生站起來。「除非有致命的危險，否則我們不太會幫孕婦照X光。我們會追蹤妳有沒有併發症，如果沒其他的問題，就可以出院。」

我什麼都聽不進去。

什麼也聽不進去。

我的頭開始感覺到壓力，包括我的心臟、我的胃也是。我緊抓屁股下方檢查台的邊緣，一直盯著地上看，直到醫生和護理師離開診間。

他們走出去，把門關上。我依然維持相同的姿勢，一言不發呆坐著。我看見亞特拉斯朝我走近。他的腳快要碰到我的腳。他用手指輕輕觸碰我的背。「妳知道嗎？」

我快速呼出一口氣，然後用力吸進更多空氣。我開始搖頭。他低下身環抱住我。我哭得好用力，連我都不知道自己能哭得這麼用力。他一直抱著哭泣的我。他抱著我，陪我發洩這股怨恨。

我是自找的。

我允許自己發生這種事。

我跟我媽媽一**樣**。

「我想離開這裡。」我低聲說。

亞特拉斯退開一步。「莉莉，醫生還要觀察妳的狀況。我覺得妳應該留下。」

我抬頭看他，搖著頭。「我得離開這裡。**拜託你**，我想離開。」

他點點頭，幫我穿上鞋子。他脫下外套把我裹住，然後我們一起悄悄離開醫院。

他在車上一句話也沒說。我盯著車窗外，累得哭不出來，震驚到說不出話，我覺得自己被淹沒了。

游下去。

亞特拉斯不是住在公寓大廈。他住在一間透天房屋，位於威爾斯利，是波士頓外圍的一個小型郊區。房子看起來很昂貴，每一間都美輪美奐、占地廣闊，而且花園修剪得很整齊。車子駛進車道前，我在想，不知道他跟名叫「凱西」的女孩結婚了嗎？我在想，當她知道老公把以前愛過的女生帶回家，而這個女生才剛被自己的丈夫攻擊，不知她會怎麼想？

她會同情我。她會好奇我怎麼不離開他。她會好奇我怎麼會落到這步田地。她心中的好奇，就跟我以前看見媽媽身在相同的處境，心中萌生的不解一樣。人們花太多時間猜測女人為什麼不離開，大家怎麼不想，男人為什麼要動粗？那不才是我們該怪罪的對象嗎？

亞特拉斯把車子停進車庫，裡面沒有別的車子。我沒有等他扶我下車，就打開車門自己走下去，跟著他進屋。他在警報器上輸入一組密碼，然後打開幾盞燈。我環視廚房、餐廳、客廳。屋內每一樣東西都是用昂貴的木材和不鏽鋼做的，廚房漆著能帶給人平靜的藍綠色，那是大海的顏色。假如我現在沒有傷得這麼重，我會對著這個空間微笑。

亞特拉斯游下去了，看看他現在的成就。他一路天殺地游到了加勒比海。

他走到冰箱，拿出一瓶水，然後拿著水朝我走來。他把水瓶的蓋子打開，遞給我。我喝了一口，看著他打開客廳的燈，接著打開走道燈。

「你自己住在這裡嗎？」我問。

他一面點頭，一面走回廚房。「妳肚子餓不餓？」

我搖搖頭。即使很餓，現在也吃不下。

「我帶妳去房間。」他說：「如果妳想沖洗，裡面有淋浴間。」

我需要。我想把嘴裡的蘇格蘭威士忌味洗掉。我想把我身上沾到的醫院消毒味洗掉。我想把人生中過去這四個小時洗掉。

我跟著他穿過走廊，來到客房。他把燈打開。床上還沒鋪床單，上頭擺著兩個箱子，還有一些箱子靠著牆壁堆放。有一面牆邊擺了一張大椅子，面對著門口。他往床邊走，把箱子抬到牆邊，跟其他箱子疊在一起。

「我才剛搬進來幾個月，還沒有多少時間好好布置。」他走向收納櫃，打開一個抽屜。「我幫妳鋪床。」他拿出床單和枕頭套，開始鋪床。我走進浴室，關上門。

我在浴室待了三十分鐘。有些時刻，我只是盯著鏡中的自己看。有些時刻，則是在淋浴間沖澡。其他時間，我想起這幾小時發生的事，忍不住扶在馬桶上嘔吐。

我裹著大毛巾，打開浴室門。亞特拉斯已經不在房內。剛鋪好的床上，擺了摺好的衣服，是一條對我來說過大的男性睡褲，和一件長度超過我膝蓋的T恤。我把睡褲的束繩拉緊綁好，鑽到床上，把檯燈關掉，拉起被子蓋住身體。

我用力哭，沒發出一點聲音。

第二十五章

我聞到烤吐司的味道。

我在床上伸懶腰，露出笑容。萊爾知道我最喜歡烤吐司了。

我倏地睜開眼，現實猛然朝我迎面襲來。我意識到自己身在哪裡、為什麼在這裡，而且意識到我會聞到烤吐司的味道，並不是貼心的好老公幫我做好早餐，拿到床邊讓我享用，於是我又緊緊閉上眼睛。

我瞬間又想哭了。我趕緊逼自己下床，到廁所盥洗，把注意力放在空蕩蕩的胃，並告訴自己先吃東西再哭。我得吃點食物，才有東西可以吐。

我走出浴室，回到房間，才發現那張大椅子被轉動過，現在它不是面對房門，而是面對著床。上面隨意掛著一張毯子，昨天亞特拉斯顯然在我睡覺的時候，在這裡坐了一晚。

他可能擔心我有腦震盪吧。

我走進廚房時，亞特拉斯人在冰箱、爐台、流理台來回穿梭。十二個小時以來，我第一次產生一絲痛苦之外的感受——我想起他是一名廚師，而且是**很厲害**的廚師，而這位廚師正在替我準備早餐。

我走進廚房。他抬頭看我一眼。「早安。」他說，小心不讓自己有過多的語調轉折。「希望妳肚子餓了。」他把一個空杯子和一罐柳橙汁從流理台推過來，再次轉身面對爐台。

「我肚子餓了。」

他轉過頭看我一眼，對我露出隱約的微笑。我倒了一杯柳橙汁，走到廚房另一邊的用餐區。桌上擺著一份報紙，我拿起報紙，看到報紙上介紹波士頓最佳商店的報導，雙手立刻抖了起來，我趕緊把報紙放回去。我閉上眼，慢慢啜一口柳橙汁。

幾分鐘後，亞特拉斯把一個餐盤放到我面前，坐到我對面的位子。他把自己那份早餐拉到自己面前，用叉子切開薄餅。

我低頭看著我的餐盤，有三片淋了糖漿的薄餅，一旁用鮮奶油裝飾。柳橙和切片草莓則排在盤子右側。

擺盤漂亮得讓人捨不得吃，但我實在太餓，顧不了那麼多。我吃了一口，閉上眼，試著不要明顯表現出那是我吃過最好吃的早餐。

我終於允許自己承認，他的餐廳確實有得獎的實力。儘管我想方設法說服萊爾和亞麗莎不要再去光顧，但那是我去過最棒的餐廳。

「你是在哪裡學做菜的？」我問他。

他拿起咖啡杯，喝一口。「海軍陸戰隊。」他說完，把咖啡杯放回桌上。「我第一次服役時，受過一段時間的訓練，後來再次入伍，就成了軍隊廚師。」他用叉子輕敲盤子邊緣。「好吃嗎？」

我點頭。「很好吃。但你說錯了，你從軍前就很會做菜。」

他露出微笑。「妳記得我烤的餅乾？」

我又點了點頭。「那是我吃過最好吃的餅乾。」

他靠回椅子。「我自己學了點基本料理知識。小時候，我媽媽都上午晚班，所以我想吃晚餐就得自己弄，要嘛自己煮，要嘛餓死。我在鄰居的二手清倉拍賣買了一本食譜，一年內做完食譜上的每一道料理，那時我才十三歲。」

我露出微笑，被自己還能微笑嚇了一跳。「下一次，有人問你在哪裡學做菜，你就說『這個故事，別說從軍那個版本。」

他搖搖頭。「只有妳知道我十九歲以前的事，我不會告訴其他人。」

他開始告訴我在軍中當廚師的事情，說他如何盡量存錢，好在退伍後自己開餐廳。他先從一間小咖啡店開始經營，把咖啡店經營得有聲有色，一年半前才開了波比。他謙虛地說：「我生意經營得還可以。」

我快速環視他的廚房，然後視線回到他身上。「看起來不只是『還可以』。」

他聳聳肩，又吃下一口食物。我們把早餐吃完，過程中我沒再說一句話，因為我想到他的餐廳，想到餐廳的名字，還有他受訪的內容。當然，腦中想起那些事，也引我回想起萊爾用憤怒的聲音，對我大聲念出報導的最後一句話。

我想，亞特拉斯應該看出我的態度轉變，但他收拾餐桌時一句話也沒說。

他再次坐下，這一次坐到我身旁。他把手放在我的手上安撫我。「我得去工作幾小時。」他說：「我不希望妳離開這裡。莉莉，妳要留在這裡多久都可以，只不過……請妳今天別回家。」

我聽出他話裡的擔憂，便搖頭說：「我不會回家，我會留在這裡。」我告訴他：「我答應你。」

「在我離開前，妳還需要些什麼嗎？」

我搖頭。「不用，謝謝。」

他起身拿了外套。「我盡量快一點。午餐時間過後，我就回來。到時幫妳帶點吃的，好嗎？」

我勉強露出微笑。他打開抽屜，拿出紙筆，離開前在紙上寫了一些字。他走了之後，我起身走到流理台看他寫了什麼。他寫了設定警報器的步驟，寫了自己的手機號碼，不過那支號碼我已經背下來。他還寫了家裡的地址，以及工作地點的電話和地址。

在紙條最下面，有一小行字，他寫著：**莉莉，游下去**。

•••

親愛的艾倫：

嗨，是我，莉莉．布隆。嗯……嚴格來說，我現在是莉莉．金凱德。

我知道我好久沒寫信給妳。眞的是好久好久了。在亞特拉斯發生那樣的事情後，我眞的沒辦法再次打開日記本。我甚至不敢在放學後看妳的節目，因爲一個人看妳的節目會讓我很傷心。事實上，光是想起妳，都會令我沮喪起來。每當我想起妳，我就想起亞特拉斯。坦白說，我不想要想起亞特拉斯，所以我必須把妳從生活中一起抹掉。

對此，我很抱歉。我相信妳一定沒像我想念妳那麼的想念我，但有時候對你意義最重大的事，也會帶來最大的傷害。爲了克服心中的傷痛，你不得不切斷與傷痛相關的一切聯繫。妳是我的傷痛的延伸。我大概是想切斷與傷痛的聯繫吧。我只是想試著減輕一些痛苦。

但我相信妳的節目一定跟以往一樣精采。我聽說妳偶爾還是會在節目開頭跳舞，但我現在已經長大，懂得欣賞了。我想那是人成熟的重要象徵——懂得欣賞對他人有意義的事物，即便對你而言並不是特別重要。

我想也許該向妳說一說我的近況了。我爸爸過世了。我現在二十四歲，有大學學位，做過一陣子行銷工作，現在自己經營一間店，是一間花坊。人生目標達成，萬歲！

我也結婚了，不過對象不是亞特拉斯。

還有……我住在波士頓。

我知道。妳很驚訝吧。

上次寫信給妳的時候，我才十六歲。當時我的狀況非常糟，因爲我很擔心亞特拉斯。現在我不再擔心亞特拉斯了，但我自己陷入非常糟糕的處境，比我上次寫信給妳時還慘。

抱歉，我好像不會在發生好事時寫信給妳。妳總是聽到我說一些人生中的爛事，但朋友不就是這樣嗎？

我連從何說起都不曉得。我知道，妳不清楚我現在的生活，也不認識我先生萊爾。我跟先生會一起做一件事，就是當一人要求說「赤裸的眞相」，另一人一定要百分之百坦承，說出心中眞正的想法。

好……我們就來說「赤裸的眞相」吧。

請做好心理準備。

我愛上一個會對我施加肢體暴力的男人。世界上有這麼多人，我不曉得自己爲何偏偏愛上這樣的人。

小時候，我有好多次在心裡想，不曉得爸爸傷害媽媽後的那些日子，媽媽的心裡是怎麼想的。她怎麼還能愛一個對她動手的男人？愛一個一再毆打她的男人？愛一個一再承諾不再動手，卻又一再動手的男人？

我好討厭我現在竟能同理她的感受。

我已經在亞特拉斯家裡的沙發上，坐了超過四小時。我一直在和自己的感受拔河。我無法控制，也無法理解自己的感受。我不知道該如何消化這些感受。我想，也許我該一如既往將感受寫在紙上。艾倫，對不起。接下來，要請妳聽我大吐苦水。

如果非要形容，我會說這種感覺就像有人死掉。不是隨便一個人死掉，而是一個「特別的人」死了——某個全世界妳最親近的人，某個妳光是想像他過世就會流淚的人。

就是這種感覺。我的感覺像是萊爾死了。

悲傷至極、痛不欲生，感覺好像失去我最要好的朋友、我心愛的人、老公、命脈，但跟面對某人死亡，有個地方不同，就是它摻雜另一種情緒，那是眞正的死亡不見得會帶來的感受。

就是恨。

艾倫，我眞的很生他的氣，沒有詞彙能形容我有多恨他。但不知怎麼，我在這股恨意裡，竟有餘力不停地尋找理由。我開始想一些諸如此類的事：「可是我不該留著那塊磁鐵。我應該一開始就告訴他刺青的由來。我不該留著那些日記。」

找理由是最難受的部分。它一點一滴吞噬著我，削弱恨意給我的力量。找理由迫使我去想像我們共同的未來，想像我能如何避免再次激怒他——我不會再背叛他，我再也不對他隱瞞祕密，我不會再給他那種反應的理由。我們只要從現在一起努力就行了。

同甘共苦、禍福與共，不是嗎？

我知道這些都是我媽媽曾經有過的念頭。可是我們之間有個地方不一樣，就是她要擔心的比我多。她不像我有支持開銷的穩定收入；她沒有離開爸爸的資源，也無法給我一個像樣的家。她不希望把習慣生活中有雙親的我，從爸爸身邊帶走。我能想像她應該有一、兩次想要離開，結果被自己找的理由給狠狠打敗。

我到現在都無法眞的去思考「生下這個男人的小孩」這件事。我的身體有了一個我們共同創造的生命。不論留下或離開，都不是我希望孩子承擔的選擇。要讓我的孩子在破碎的家庭，還是充滿暴力的家庭長大？我得知這個寶寶的存在才不過一天，就辜負了這個孩子的人生。

艾倫，我好希望妳可以回信給我。我好希望妳現在可以爲我講一些笑話，因爲我的心好需要聽一聽。我從來沒這麼孤單，從來沒這麼支離破碎，這麼生氣，這麼傷心。

局外人經常想不透，爲什麼遇到這種事情，女人還會回到施暴者身邊？我曾經在某篇文章讀到，有八成五的女性會再度落入暴力的情境。當時，我還沒意識到自己有著相同的境遇。我聽見這個統計數字時，心想，那是因爲那些女人很愚笨，因爲她們很懦弱。我不只一次這樣看待自己的媽媽。

可是有時候，女人回到那些男人身邊，原因只是她們還愛著對方。艾倫，我愛我的老公，他有好多我愛的地方。我好希望，切斷對那個傷害我的人的感情，可以像我以前認爲的那麼容易。不讓你的心原諒某個你愛的人，其實比直接原諒他們困難許多。

現在，我自己也是統計數字的一個案例。現在，要是其他人知道我掉入這樣的處境，必定會萌生，我對像我這樣的女性所抱持的想法。

「在他那樣對待她以後，她怎麼還能愛他呢？她怎麼還有想再接納他的念頭？」

當我們知道某個人被施暴，腦中第一個跑出來的竟是這樣的想法，這讓我很難過。我們不是應該多譴責施暴者，而不是批評仍然愛著施暴者的一方？

我想到在過去比我更早陷入相同狀況的人，以及將來在我之後落入這般處境的人。在被愛我們的人施暴之後的日子裡，腦中是否迴盪相同的話？「從今爾後，不論禍福，不論貧富，不論疾病與健康，至死不渝。」

也許，我們不該像某些夫妻，緊抓著那些誓詞不放。

不論禍福？

該、死、的、屁、話。

——莉莉

第二十六章

我躺在亞特拉斯家客房床上，盯著天花板。那是一張普通的床，不過真的很舒服。我覺得自己好像睡在一張水床上，也很像一艘在海上漂流的木筏，而我在海上，翻過一道又一道的巨浪——每一道都挾帶不同的感受和事物。一些承載悲傷，一些承載憤怒，一些承載淚水，一些帶來睡意。

有時候，我會把兩隻手放到肚子上，這時會有一道承載愛的小小波浪向我捲來。我不知道自己怎麼已經這麼愛肚子裡的生命，但真的是這樣。我會去想，不知道寶寶是男生還是女生，要取什麼名字才好。我會去想，不知道寶寶長得像我，還是萊爾。此時，會有另一道承載憤怒的浪襲來，拍落那道帶來愛的小波浪。

我覺得，發現自己懷孕時那種為人母該有的喜悅，遭人剝奪。我覺得，昨天晚上萊爾把這股喜悅奪走，這也是我應該恨他的理由。

恨人好累。

我逼自己下床，走進淋浴間。今天我大部分時間都待在房間。亞特拉斯幾個小時前回到家。我聽到他打開房門查看我好不好，但我假裝還在睡覺。

我覺得自己待在這裡很奇怪。亞特拉斯正是萊爾昨晚對我發脾氣的原因。我需要有人幫忙時，卻還是找上他？待在這裡，讓我滿心愧疚。可能也有一點羞愧吧——彷彿我打電話給亞特拉斯，證明了萊爾確實有理由對我生氣。但我現在真的沒有其他地方可去。我需要幾天的時間消化這些事。如果我去住旅館，萊爾可以循著刷卡紀錄找到我。

如果待在我媽媽家、亞麗莎的家、露西的家，他都可以找到我。他甚至見過戴文一、兩次，也非常可能去他家找人。

但我覺得他不會找上亞特拉斯，至少目前不會。我相信，要是我整整一個星期不接他的電話，也不回簡訊，他一定會想盡辦法到處找我，但現階段，我認為他還不會找來這裡。

也許，那是我待在這裡的原因。在我所有能去的地方，我覺得這裡最安全，而且亞特拉斯家有警報系統，就這樣吧。

我望了一眼床頭櫃的方向，查看手機。我略過萊爾傳來的所有未讀訊息，打開亞麗莎的簡訊。

亞麗莎：莉莉舅媽！我們今天晚上要回家囉。明天下班回家，來看我們吧。

她傳來一張她和萊儷的照片，我看著照片露出微笑，接著哭了出來。該死的情緒。

我等眼淚乾了，才走到客廳。亞特拉斯坐在廚房餐桌旁，用筆記型電腦工作。他抬頭看我，露出微笑，把筆電闔上。

「嘿。」

我勉強擠出笑容，往廚房裡面看。「你有吃的嗎？」

亞特拉斯馬上站起來。「有。」他說：「有吃的。妳坐一下，我幫妳準備。」

我在沙發坐下，他在廚房張羅。電視開著，但開了靜音模式。我取消靜音，點開數位錄放影機。他錄了幾個節目，其中《艾倫秀》吸引到我的目光。我微笑著點選尚未播放的最新一集，按下播放鍵。

亞特拉斯拿著一碗義大利麵和一杯冰水給我。他瞄了電視一眼，在我旁邊的沙發位子坐下。

接下來三小時，我們把一整個星期的集數都看完了。我大笑了六次，感覺真好，但我後來去上廁所，回客廳後，又感受到那股沉重的壓力。

我坐回亞特拉斯旁邊的沙發位子。他背靠著沙發，雙腳翹在茶几上。我自然地靠向他，而他就像十幾歲時那樣，把我拉向他的胸膛。我們就那樣靜靜坐著，他用拇指輕撫我的肩膀外側，我知道，他雖然沒開口，但他用這樣的方式對我說，他在這裡陪著我，說他替我難過。自從昨晚他把我接回家，這是我第一次想開口聊一聊。我把頭靠在他的肩膀上，兩手放在自己腿上。我坐立難安，用手擺弄那條對我尺寸過大的褲子的束腰繩。

「亞特拉斯？」我說，聲音小到幾乎聽不見。「那天晚上在餐廳對你發脾氣，我很抱歉。你是對的。在我內心深處，我知道你是對的，但我不想相信。」我抬起頭看向他，露出可憐的笑容。「你現在可以說：『就告訴妳了吧。』」

他眉毛皺在一起，彷彿我的話刺傷了他。「莉莉，我不想說中這件事。我每天都祈禱自己錯看他了。」

我的臉皺了一下。我不該對他說出那樣的話。我很瞭解亞特拉斯，他不可能會有「就告訴妳了吧」的想法。

他捏一捏我的肩膀，靠過來親了親我的頭頂。我閉上眼，沉浸在他帶給我的熟悉感——他的味道、他的觸摸、他的安慰。我始終不懂，怎麼有人能如此堅毅，又能予人寬慰，而他在我眼中始終是這樣的人。彷彿他能承受任何磨難，但不知怎麼，依然能感受他人身上的重擔。

無論我怎麼努力嘗試，始終無法完全放下他；我不喜歡這樣的狀態。我想起，自己因為亞特拉斯的電話號碼，跟萊爾吵架。想起因為磁鐵、那篇報導、萊爾在我日記裡讀到的過往，還有刺青引起的爭執。要是我真的放下了亞特拉斯，把過去完全拋開，就不會發生那些事，就不會有事情能讓萊爾對我發那麼大的脾氣。

出現那些想法之後，我用手摀住臉，感到很難過，因為一部分的我竟想把萊爾的反應，怪罪到自己沒跟亞特拉斯斷乾淨。

沒有藉口，沒有。

我被迫站上另一道浪頭。這道浪承載著全然、徹底的困惑。

亞特拉斯可以從我的安靜，感受到我的改變。「妳還好嗎？」

不好。

我不好，因為直到這一刻我才明白，他沒來找我，讓我到現在都感覺很受傷。如果他遵守約定來找我，我就不會認識萊爾，我就不會**陷入這個困境**。

對，我一定是昏頭了。怎麼能把事情怪到亞特拉斯頭上？

「我覺得今晚就到此為止吧。」我低聲說，從他身邊離開，站起來。亞特拉斯也站起來。

「明天我大部分的時間都不在家。」他說：「我回到家時，還會見到妳嗎？」

他的問題讓我一陣尷尬。當然了，他希望我能自己搞定所有事情，找個地方待。我現在怎麼還在這裡？「不會。不會，我可以去住旅館。沒關係的。」我轉身朝走廊走，他伸手搭住我的肩膀。

「莉莉，」他說，把我轉過去：「我不是要妳離開。我只是要確定妳還會待在這裡。妳需要住多久都可以。」

他的眼神好真誠。如果不是覺得有點不妥，我好想伸手抱他。由於我還沒準備好離開，在不得不想出下一步之前，我想多待個幾天。

我點頭。「明天我得去花店工作幾小時。」我告訴他：「我有一些事情要處理。如果你真的不介意，我想再多待幾天。」

「莉莉，我不介意。我希望妳多待幾天。」

我勉強擠出笑容，然後朝客房走。在我不得不面對一切之前，至少他給了我一個緩衝的空間。

他在這個時刻出現在我的生命裡，大大攪亂了我的心，但儘管如此，我也從未如此慶幸生命裡有他。

第二十七章

我朝門把伸出去的手在顫抖。我從未如此害怕走進自己的花店，但話說回來，我也從未像此刻這般緊張不安。

我走進室內。裡頭是暗的，我屏住呼吸，打開電燈開關。我慢慢地往辦公室走，小心翼翼推開門。

他不在這裡，但無論我走到哪，都有他的影子。

我在書桌前坐下，打開手機。這是我昨晚入睡後，第一次打開手機。我想讓自己不必擔心萊爾究竟有沒有試圖聯絡我，好好地睡一覺。

手機打開，有二十九封來自萊爾的未讀簡訊。去年，萊爾為了找到我住哪一間公寓，正好敲了二十九扇門。

真是諷刺，我哭笑不得。

接下來這一天，我都這樣度過。每次門被打開，我都回頭瞄一眼，抬頭看門口。我心想，不知他是不是毀了我，不知我對他的恐懼會不會有消失的一天。

我趕著沒做完的文書工作，他一通電話都沒打來，半天就這樣過去。午餐過後，亞麗莎打了通電話給我。我從她的聲音能聽出，她不曉得萊爾跟我吵架。我讓她聊了一下小寶寶，然後假裝有客人來，就把電話掛斷。

我打算等露西午餐回來就離開店裡。她再半小時就回來了。

三分鐘後，萊爾從大門走進來。

只有我一個人在店裡。

我一看見他，整顆心都涼了。我站在櫃台後面，一隻手放在收銀機上，因為離釘書機比較近。我知道釘書機對神經外科醫生的手臂沒多大威脅，但我手邊有什麼就用什麼。

他慢慢朝櫃台走過來。自從那一晚他在床上把我壓在身下，我第一次見到他。我整個人馬上被帶回到那一天的那一刻。我被一股強烈得有如當時的情緒給吞沒。他走近櫃台，恐懼和憤怒同時向我襲來。

他舉起手，把一串鑰匙放在我面前的櫃台。我看向那串鑰匙。

「我今晚要去英國了。」他說：「我要離開三個月。我把帳單繳清了，我不在的時候，妳不用操心。」

他的聲音很鎮定，但我看見他脖子的血管在跳動，那些血管證明，他盡了很大努力才表現得這麼鎮定。「妳需要時間。」他用力吞了吞口水。「我也想給妳時間。」他臉部扭曲，把我們家的鑰匙推到我面前。「莉莉，回家吧。我不會在家，我答應妳。」

他轉身往大門走。我發現，他甚至沒有嘗試向我道歉。我可以理解，也沒有生氣。他知道，道歉也無法撤銷他做過的事。他知道現在對我們兩個而言，最好的作法就是分開。

他知道自己犯下多大的錯……但我還是覺得，有必要把刀子刺深一點。

「萊爾。」

他回頭看我，彷彿我們之間被他放了一塊盾牌。他沒有完全轉過來，僵在原地，等著聽我要說什麼。他知道我要說出口的話會傷到他。

「你知道這整件事最糟的地方在哪裡嗎？」我問。

他不發一語，只是盯著我看，等我解答。

「你發現我的日記的時候，其實只要叫我對你說出赤裸的真相就好。我會對你坦承，但你沒有，你選擇不找我幫忙，現在我們接下來的人生，都要承載你的行動造成的後果。」

我的話語，每一個字都讓他臉部扭曲。「莉莉。」他轉過來面對我。

我舉起手阻止他繼續說。「別說了，你可以離開了。祝你在英國過得開心。」

我可以看出他內心在天人交戰，他知道，無論他多想央求我原諒他，他都無法在這一刻，從我身上獲得一絲寬恕。他知道，縱使萬般不情願，他也只能選擇轉身，從大門離開。

當他終於勉強自己走出去，我跑過去把門鎖上。我滑坐到地上，雙手抱膝，把臉埋在膝蓋上。我抖得好厲害，甚至能感覺牙齒互相碰撞，發出喀喀聲。

我不敢相信，那個男人，有一部分正在我的身體裡成長。我不敢去想，有一天我必須向他坦承這件事。

第二十八章

萊爾今天下午把鑰匙拿來給我之後，我開始天人交戰，不知該不該回去我們的新公寓。我甚至叫計程車停在那棟大樓外，但無法勉強自己下車。我知道如果我今天回去，我很可能會在某一刻碰到亞麗莎。我還沒準備好，要怎麼向她解釋我額頭上的縫合線。我還沒準備好，見到那間萊爾用刺人的話傷害我的廚房。我還沒準備好，走進我整個人被毀掉的那間主臥室。

所以我沒有回自己家，而是搭計程車，來到亞特拉斯的家。那裡感覺像是我現在唯一的避風港。我躲在這裡面，不必面對其他事。

亞特拉斯今天傳了兩次簡訊問我過得好不好，所以七點前幾分鐘、我收到簡訊時，自然以為是他傳來的簡訊。結果不是，是亞麗莎。

亞麗莎：妳下班回家了嗎？上來找我們吧，我已經覺得無聊了。

我讀著她的簡訊，心往下一沉。她並不知道我和萊爾之間的事。我心想，不知道萊爾會不會連今天去英國都沒告訴她。我用拇指輸入要說的話，接著刪除，然後又輸入幾個字，猶豫該找什麼當我不在家的藉口。

我：我不行過去。我現在在急診室。我工作時，頭撞到花坊儲藏室的層架，正在縫傷口。

我討厭對她說謊，但那樣我就不必再解釋額頭上為何有傷，也不必解釋為何我現在不在家。

亞麗莎：天啊！妳自己一個人嗎？萊爾不在，馬歇爾可以過去陪妳。

好，所以她知道萊爾去英國了。很好，而且她以為我們相安無事。很好，那就表示，我至少還有三個月，不必急著現在告訴她真相。

看看我，我就像我媽媽，正在遮掩問題。

我：不用，我沒事。等馬歇爾來，醫師都縫好了。我明天下班過去找妳，替我親一親萊儷。

我鎖上手機螢幕，把手機放到床上。天已經黑了，所以有人把車開進車道時，我立刻看到車頭的燈光。我馬上知道那不是亞特拉斯的車，因為他會開屋子旁邊的車道，把車停入車庫。我的心開始狂跳，恐懼襲來。那是萊爾嗎？他發現亞特拉斯住在這裡了？

幾分鐘後，大門傳出一陣響亮的敲門聲。有人正大力敲門，門鈴聲跟著響起。

我踮起腳尖走到窗戶邊，稍稍把窗簾拉開，好看見外面。我看不清是誰在門外，但車道上停著一輛貨卡。那不是萊爾的車。

會是亞特拉斯的女朋友凱西來了嗎？

我拿起手機，穿過走廊，朝客廳移動。敲門聲和門鈴聲還是同時在響。不管那是誰在敲門，還真沒耐心。如果是凱西，我已經覺得她很煩人了。

「亞特拉斯！」有個男人大喊：「趕快開門啦！」

另一個聲音，也是男人的聲音，大喊：「我的蛋蛋要凍僵了！都縮成葡萄乾了啦。快開門！」

我沒有把門打開，讓他們知道亞特拉斯不在家，而是先傳簡訊給亞特拉斯，希望他就快要把車開進車道，自己處理這件事。

我：你在哪裡？你家門口有兩個男的，我不知道該不該讓他們進來。

在我等待的時候，門鈴又被按了好幾下，但亞特拉斯沒有馬上回我。最後我走到門口，沒有拿掉栓門鍊，只轉開門鎖，把門打開幾公分。

有一個很高的男人，一百八十三公分左右，雖然臉孔很年輕，頭髮已經灰白，黑髮摻雜幾縷白髮。另一個人矮好幾公分，一頭黃褐色頭髮，有一張嬰兒臉。兩人看起來都是二十幾歲、快三十歲，也可能三十歲出頭。高個子露出一副困惑的表情。「妳是誰？」他問，從門縫向內張望。

「我叫莉莉。你是誰？」

矮個子擠到高個子前面。「亞特拉斯在家嗎？」

我不想告訴他們亞特拉斯不在家，因為那樣他們就知道我一個人在這。這個星期，我不太能信任男性族群。

我手上的電話響起，我們三個都無預警被嚇一跳，是亞特拉斯打來的。我滑開通話鈕，把手機拿到耳朵旁。

「喂？」

「莉莉，沒關係，他們是我的朋友。我忘記今天是禮拜五。我們週五都會一起玩撲克牌。我現在打給他們，請他們離開。」

我把視線拉回到他們身上，他們就站在原地盯著我看。讓亞特拉斯覺得，由於我在他家借住，他必須取消原本的計畫，我很過意不去。我關上門，解開門鍊，再次把門打開，示意他們進來。

「亞特拉斯，沒關係，沒關係。你不需要取消原本的計畫，反正我要去睡了。」

「沒關係，我在路上了。我請他們離開。」

那兩個男人走進客廳，我的手機還貼在耳朵旁。

「晚點見。」我對亞特拉斯說，結束通話。接下來幾秒鐘，我和那兩位男性互相打量，有點尷尬。

「你們的名字是？」

「我叫達倫。」高個子說。

「我叫布萊德。」矮個子說。

「我叫莉莉。」我告訴他們，儘管我稍早已經說過了。「亞特拉斯很快就回來。」我走過去關門，他們似乎稍微放鬆一點。達倫朝廚房走，自己打開亞特拉斯的冰箱。

布萊德脫下外套，把外套掛起來。「莉莉，妳會玩撲克牌嗎？」

我聳聳肩。「好多年沒玩了，但我念大學的時候，會跟朋友一起玩撲克牌。」

他們兩個一起走到餐廳桌子旁邊。

「妳的頭是怎麼了？」達倫一面坐下，一面問我。他隨意地問出口，彷彿沒想過那可能是個敏感話題。

我不曉得，為什麼我突然有股衝動想把赤裸的真相告訴他，也許我只想看看，別人發現我被自己的老公打會有什麼反應。

「我老公弄的。兩天前的晚上，我們吵了一架，他用頭撞我。亞特拉斯帶我去急診室。他們幫我縫了六針，還告訴我，我懷孕了。現在我躲在這裡，思考接下來該怎麼辦。」

可憐的達倫僵在原地，坐也不是，站也不是。他不知該如何回應。我從他臉上的表情判斷，他應該認為我瘋了。

布萊德拉出他要坐的椅子坐下，用手指著我說：「妳應該要買點羅丹與菲特的產品，微針滾輪精華液套組對除疤非常有效。」

不知為何，我立刻因為他的臨場反應笑了出來。

「布萊德，我的老天！」達倫說著，終於一屁股坐進椅子。「你竟然比你老婆還認真搞這些亂七八糟的直銷。你真像個活人廣告，隨時都能講上一點。」

布萊德舉手捍衛自己。「什麼？」他無辜地說：「我沒有要賣產品給她。我只是實話實說，那些產品很有效。如果你拿來擦那些討人厭的痘痘，你就會知道多有效。」

「去你的。」達倫說。

「感覺你一直不想脫離青春期。」布萊德咕噥：「三十歲還長青春痘，一點也不酷。」

布萊德拉出他旁邊的一張椅子，達倫正在洗牌。「莉莉，請坐。我們有個蠢朋友上星期結婚了，現在他老婆不讓他加入我們的撲克之夜。妳可以替補他的位子，直到他離婚為止。」

我今晚只想躲在自己的房間，但這兩人讓我很難脫身。我在布萊德旁邊的位子坐下，把手伸向桌子中間，對達倫說：「把牌給我。」他洗牌的樣子，好似獨臂嬰兒。

他揚起眉毛，把整疊撲克牌從桌子另一端推過來給我。我不太會玩牌，但我可是洗牌高手。

我把牌分成兩疊，靠在一起，雙手拇指按住撲克牌的邊緣，看著一張一張撲克牌完美交疊。達倫和布萊德目不轉睛盯著撲克牌。這時又傳來敲門聲。這一次，門直接被人打開。一個男人穿著看起來很貴的粗花呢外套，走了進來。他的脖子上圍著一條圍巾。他一進來就甩上門，開始脫圍巾，朝廚房走來，對著我點了點下巴，問道：「妳是誰？」

他的年紀比另外兩人都大，大概四十五歲上下。

亞特拉斯的朋友圈還真有意思。

「這是莉莉。」布萊德說：「她嫁給一個渾球，才剛發現她懷了渾球的小孩。莉莉，這是吉米，一個自命不凡、目中無人的傢伙。」

「自命不凡跟目中無人是一樣的意思，蠢蛋。」吉米說。他拉出達倫旁邊的椅子，朝我手中的撲克牌點點頭說：「亞特拉斯把妳安插在這裡，是想要騙我們的錢嗎？一般人怎麼可能像妳那樣洗牌？」

我露出微笑，開始發牌。「這個嘛，我們玩一輪就知道了。」

我們進行到第三輪下注時，亞特拉斯終於回到家。他關上門，環視我們四個人。亞特拉斯開門前，布萊德才剛說完某件好笑的事，所以亞特拉斯和我對到眼的時候，我正哈哈大笑，笑到一半。他朝廚房點點頭，就進了廚房。

「棄牌。」我說，把牌放到桌上，起身跟過去。我走到廚房時，他站在餐桌邊那幾個人看不見的地方。我走向他，身體靠著流理台。

「妳想要我請他們離開嗎？」

我搖搖頭。「不用，別那麼做。我其實跟他們玩得滿開心的。可以轉移注意力。」

他點頭，我無法忽略他身上散發的香草味。迷迭香的味道特別濃郁，讓我好想親眼看看他在餐廳工作的樣子。

「妳肚子餓不餓？」他問。

我搖搖頭。「不太餓。我幾個小時前把剩下的義大利麵吃掉了。」

我兩手按在身體兩側的台面上。他往前一步靠近我，一手放在我的手上，拇指輕輕摩擦過我的手背。我知道他這麼做只是為了讓我安心，可是他碰觸到我的時候，感覺實在太強烈，一股暖流往上竄至胸口，我立刻往下看著我們交疊的手。亞特拉斯的輕撫動作暫停了一秒，彷彿他也感受到這股暖流。他把手抽走，往後退一步。

「抱歉。」他低語，轉到冰箱那邊，假裝找東西，顯然不想讓我因為剛才的事而尷尬。

我走回餐桌，拿起下一回合的牌。幾分鐘後，亞特拉斯走過來，在我旁邊的位子坐下。吉米替大家重新洗牌。「所以，亞特拉斯，你跟莉莉是怎麼認識的？」

亞特拉斯一次一張，拿起他的牌。「我們都還是孩子的時候，莉莉救過我一命。」他用平淡的口吻訴說，往我這邊看，眨了眨眼。他眨眼的動作，教我滿心愧疚，尤其在這樣的情境。**我的心，為何這樣對我？**

「噢，真甜蜜。」布萊德說：「莉莉救了你一命，現在換你救莉莉一命。」

亞特拉斯放下撲克牌，瞪著布萊德看。「你說什麼？」

「放輕鬆。」布萊德說：「莉莉跟我很熟了，她知道我在開玩笑。」布萊德看著我說：「妳的人生現在或許一團糟，但有一天會好轉的。相信我，我是過來人。」

達倫笑了，對布萊德說：「你曾經被人揍過、懷孕，還躲在另一個男人家裡？」

亞特拉斯把牌重重摔在桌上，把椅子往後推，大聲喝斥達倫：「你有什麼毛病？」

我伸出手，安撫地捏了捏他的手臂。「放輕鬆。」我說：「你還沒回來的時候，我們已經打成一片了。我不介意他們拿我的事情開開玩笑，那真的可以幫我卸掉一些沉重感。」

他一手無力地梳過頭髮，搖了搖頭。「我真的不懂。」他說：「妳才跟他們單獨相處了十分鐘。」

我笑了。「你可以在十分鐘瞭解一個人很多事。」我試著轉移話題：「那你們幾個是怎麼認識的？」

達倫身體往前傾，指著自己。「我是波比餐廳的副主廚。」然後指著布萊德：「他是洗碗工。」

「暫時而已。」布萊德插話：「我正在努力升職。」

「你呢？」我問吉米。

他嘻嘻笑，「妳猜猜看。」

根據他的穿著，以及他被形容成自命不凡、目中無人，我猜他是……「領班？」

亞特拉斯笑了。「吉米其實是泊車小弟。」

我回看了吉米一眼，揚起眉毛。他扔進三個籌碼說：「沒錯，我幫人停車賺小費。」

「別被他騙了。」亞特拉斯說：「他是泊車小弟沒錯，但他是有錢到太無聊了，才來工作。」

我露出微笑，這讓我想起亞麗莎。「我也有這樣的員工。她工作只是因為無聊，但卻是我們花坊最優秀的員工。」

吉米咕噥：「就說嘛。」

輪到我，我看看手上的牌，扔進三個籌碼。亞特拉斯的手機響了。他從口袋拿出手機。我又放進另一個籌碼，把賭注加高。這時亞特拉斯從桌邊起身，表示要先接聽電話。

「棄牌。」布萊德說完，把撲克牌蓋在桌子上。

我看見亞特拉斯匆匆往走廊走。我不禁想，跟他講電話的人不知是不是凱西，還是他有其他對象。我知道他的工作，也知道他至少有三個朋友，但我不清楚他的感情生活。

達倫攤牌，他手上的牌是鐵支。我則亮出我的同花順，在達倫的哀號聲中，我拿走桌上所有的籌碼。

「所以凱西通常不會參加撲克之夜嗎？」我問，想要瞭解更多亞特拉斯的事——我不敢直接問他本人。

「凱西？」布萊德問。

我把贏來的籌碼堆在面前，點頭說：「那不是他女朋友的名字嗎？」

達倫笑了。「亞特拉斯沒有女朋友。我認識他兩年了，他從沒提過哪個叫凱西的女生。」他重新發牌，但我還在試著消化他剛才釋出的訊息。我拿起第一張和第二張。這時候，亞特拉斯走了進來。

「嘿，亞特拉斯，」吉米說：「凱西是誰啊？我們怎麼從沒聽你說起這個人？」

糟了。

我羞愧得無地自容，緊緊捏著手中的牌，避免抬頭看亞特拉斯，但屋內瞬間安靜下來。要是我真的**不看他**，會更顯得此地無銀三百兩。

他盯著吉米看。吉米盯著他看。布萊德和達倫盯著我看。

亞特拉斯雙唇緊閉了一會兒，接著開口：「沒有誰是凱西。」我們四目相接，但只持續短短一秒。但就在那一秒鐘，我看到他臉上的表情寫得清清楚楚。

從來就沒有凱西這個人。

他是騙我的。

亞特拉斯清了清喉嚨說：「幾位，聽著，今晚只能玩到這裡了。這個星期過得很……」他用手摩擦嘴唇。吉米站了起來。

他捏了捏亞特拉斯的肩膀說：「下個星期繼續。來我家。」

亞特拉斯感激得點點頭。他們三個開始收拾撲克牌和籌碼。我僵在那裡，緊捏著撲克牌。布萊德只好帶著歉意，把我手中的撲克牌抽走。

「莉莉，真的很高興認識妳。」布萊德說。我不知從哪擠出力氣微笑並站起身。我逐一和他們擁抱道別。他們都走出去、大門關上後，屋子裡就只剩我跟亞特拉斯。

沒有凱西。

這間屋子裡本來就沒有凱西，因為凱西並不存在。

現在是在演哪一齣？

亞特拉斯還站在桌子旁邊，沒有移動，我也沒有。他雙手抱胸，定定站在那裡，頭微微向下傾斜，眼睛隔著桌子直直盯著我看。

他為什麼要騙我？

我在餐廳遇見亞特拉斯的時候，我和萊爾根本還沒正式交往。該死的，我很清楚，要是亞特拉斯那天晚上隨便給我一個理由，讓我相信我們之間有可能，我一定會毫不猶豫選擇他，而不是萊爾。那時候我跟萊爾根本還**認識不深**。

但亞特拉斯什麼都沒說，他騙我他和女友已經交往一年。為什麼？如果他不是想打消我跟他在一起的念頭，為什麼要那麼做？

也許，從以前到現在都是我誤會了。也許，他從一開始就沒愛過我，他知道只要編織一個凱西出來，我就不會去糾纏他。

然而，我卻在這裡，借住他家、跟他的朋友互動、吃他的食物、用他的淋浴間。

我感覺有淚水刺痛我的眼睛，此時此刻，我絕對不要站在他面前哭泣。我繞過桌子，趕緊從他旁邊走出去，但我沒走幾步，手就被他抓住。「等一下。」

我停下腳步，臉依舊轉開。

「莉莉，請告訴我妳在想什麼。」

他就在我身後，仍握著我的手。我抽出手，走到客廳另一邊。

我轉身面對他，眼淚這才從臉頰滑落。「你為什麼都不回來找我？」

他的表情看起來，似乎沒料到我會說出這些話。他伸手抓了抓頭髮，走向沙發坐下來。他先深深吐口氣，讓自己冷靜下來，然後用小心謹慎的眼神看著我。

「莉莉，我找過妳。」

我屏住呼吸。

我在腦中思考他的回答，靜靜站著，動也不動。

他來找過我？

他兩隻手在前方交握。「我第一次從海軍陸戰隊退伍後，曾經回去緬因州，試圖找妳。我到處問人，得知妳念哪一間大學。我不確定再次出現在妳面前會如何，那時我們已經是完全不同的兩個人。從我們最後一次見面算起，已經過了四年。我知道那四年很可能讓我們改變很多。」

我感覺雙膝發軟，於是走到他旁邊的椅子慢慢坐下。**他來找過我？**

「我那一整天都在你們學校四處找妳。後來，終於在快要傍晚的時候發現妳的縱影。妳和一群朋友坐在學校中庭。我看妳看了好久，努力想要鼓起勇氣上前跟妳說話。妳笑得很開心。我從來沒看過妳這麼有活力。我從來沒有像那天看見妳時，那麼替某個人感到開心。只要知道妳過得好，我就……」

他停頓一會。我雙手緊緊交疊抱著肚子，我的胃在翻攪。聽到我曾經離他這麼近，卻完全不知情，實在好難受。

「我開始朝妳走去，這時有一個人從妳身後出現，是個男生。他在妳旁邊往地上一跪。妳一見到他就露出微笑，伸手抱他，然後還吻了他。」

我閉上雙眼。**他只是一個跟我約會六個月的男生，他給我的感覺，遠遠比不上亞特拉斯曾經給我的感受。**

他急急吐一口氣。「之後，我就離開了。我看見妳那麼開心，同時感受到一個人所能感受最糟糕也最美好的感覺。我認為當時的我還配不上妳。除了愛，我什麼都沒辦法給妳，而且在我心裡，妳值得更好的。隔天，我又簽了一個梯次，再次加入海軍陸戰隊。而現在……」他懶洋洋地把雙手往上一揮，彷彿人生中沒有任何值得誇耀的事。

我雙手掩面，想冷靜一下。我靜靜哀悼，要是事情不是如今這般，可能會如何發展，或哪些事可能不會發生。我用手指摸肩膀上的刺青，不禁想，不知道我還能不能把那個空洞填滿。

不知道亞特拉斯是否有過，我紋上這個圖案時，內心的空氣流光的感受。

我還是不懂為什麼我們在他的餐廳偶遇時，他要騙我。如果他真的有著跟我一樣的感受，他為什麼要編出那樣的故事？

「你為什麼要騙我你有女友？」

他用手摩擦著臉。我還沒聽見他回答，就從他臉上看到了後悔。「我那樣說是因為……妳那天晚上看起來好快樂。我眼見妳跟他道別，我的心好痛，但又感到鬆口氣，因為妳似乎過得很好。我不想讓妳擔心。我不知道……也許我有一點嫉妒。莉莉，我不曉得。我一說出口，就後悔自己騙了妳。」

我用手摀著嘴。我的思緒快速奔馳，一如心臟撲通狂跳。我立刻開始思考各種可能性。**要是他當時對我說實話，會怎麼樣？要是他對我說出自己的感受，會怎麼樣？現在的我們會怎麼樣？**

我想質問他為什麼要那麼做，為什麼沒有爭取。但我不需要真的問出口，因為我已經知道答案。他以為自己給了我我想要的東西，因為他只希望我過得快樂，而基於某些愚蠢的理由，他從不認為我在他身邊可以得到快樂。

如此體貼的亞特拉斯。

我想得愈深，就愈感覺自己無法呼吸。我想到亞特拉斯，想到萊爾，想到今晚，想到前天晚上，情緒排山倒海而來。

我站起身，勉強走回客房，拿起手機，抓了我的包包，走回客廳。亞特拉斯還在原地。

「萊爾今天去英國了。」我說：「我覺得我應該回家了。你可以載我回去嗎？」

他的眼中浮現悲傷的神情，這讓我瞭解現在離開是對的。我們都沒有斷了這份感情。我不知道我們是否會有斷了的一天。我開始想，也許這份感情永遠不可能斷掉。我還在消化生命中發生的種種；此時此刻，若是繼續待在這裡，只會讓自己掉入更糟糕的困境。我必須盡可能減少心頭的混亂，而現在，我對亞特拉斯的感情最令我困惑。

有好一會兒，他雙唇緊閉，然後點點頭，拿起鑰匙。

開車前往我家的途中，我們都沒有講話。他不是只放我在路邊下車。他把車開進停車場停好，從車內走出來說：「如果妳願意讓我陪妳上去，我會比較安心。」

我點點頭。我們一起搭電梯上七樓。這一路上，我們兩個都沉默不語。他陪著我一直走到家門口。我伸手到包包撈鑰匙，我試了三次都打不開門，才發現自己的手在抖。亞特拉斯冷靜地接過鑰匙。我往旁邊退開一步，讓他幫我把門打開。

「妳想要我先進去確認一下有沒有人嗎？」他問。

我點頭。我知道萊爾不在裡面，他正在前往英國的途中，但我還真的有點害怕自己一個人踏進這間公寓。

亞特拉斯先進去開燈。他進去以後，在屋內轉了一圈，把所有的燈打開，然後走到每一間房間查看。他回到客廳，他把雙手插進外套口袋，深吸一口氣後，對我說：「莉莉，我不知道我們接下來會如何。」

他知道，只是他不希望這件事發生，因為我們都知道向對方道別，對我們來說有多難受。

我撇開視線不看他，因為看見他臉上此時此刻的表情，令我心如刀割。我雙手抱胸，盯著地板看。「亞特拉斯，我還有很多事情要解決，**很多事**。我恐怕無法在生命中有你的時候解決。」

我抬起目光，再次迎向他的眼睛。「希望你不會感覺被冒犯，因為這其實是稱讚。」

他靜靜盯著我看了一會兒，對我說的話一點也不感覺驚訝。但我看得出，他有很多話想說。有很多話，我也希望自己能說出口，但我們都明白，現在不是討論我們的未來能夠如何的好時機。我結婚了，肚子裡懷著另一個男人的小孩。亞特拉斯現在正站在那個男人買給我的公寓客廳。我認為，關於我們許久以前就該對彼此說出口的話，並不適合在這個時空環境講出來。

他朝門口的方向看了一下，彷彿正在思考該離開，還是該開口說些什麼。我發現，在他凝視我之前，他的下巴抽動一下。「如果有需要，我希望妳會打電話給我，」他說：「但請在有緊急狀況的時候打給我。莉莉，我無法跟妳像普通朋友一樣輕鬆往來。」

我被他的話嚇了一跳，但很快鎮定下來。雖然沒料到他會坦承這一點，但是他說的一點也沒錯。自從我們相識的那一天，我們的關係就完全不像普通朋友那般輕鬆。我們不是全部的心都放在對方身上，就是完全不聯絡。所以他從軍期間才會和我斷絕往來。他知道我們不可能只是普通朋友。那樣對我們來講，太痛苦了。

顯然至今未曾改變。

「亞特拉斯，再見。」

再次把這幾個字說出口，讓我像第一次被迫和亞特拉斯道別一樣，心都碎了。他皺一下臉，轉身朝門口走去，彷彿急著離開。他關上門後，我走過去把門鎖上，頭抵著門。

兩天前，我問自己，人生還能更美好嗎？而現在，我問自己，人生還能更糟嗎？

這時候，門上突然傳來敲門聲，嚇得我往後跳。亞特拉斯十秒前才離開，我知道是他在敲門。我解鎖開門，突然靠上一個柔軟的東西。亞特拉斯不顧一切地用雙手緊緊環抱我，用雙唇親吻我的頭側。

我閉緊雙眼，最後忍不住讓眼淚落下。這兩天來，我為萊爾流了好多淚，也不知道自己怎麼還能為亞特拉斯落淚。但我真的哭了，哭得像個淚人兒。

「莉莉，」他輕聲說，仍緊緊摟著我。「我知道這絕不是妳現在需要聽見的話。可是我還是得說出口，因為我已經有太多次，沒說出真心話就離開妳。」

他往後退，低頭看著我。他看見我的眼淚，舉起雙手捧住我的臉。「將來……如果出現奇蹟，妳覺得自己還能愛上某個人……請愛上我。」他的雙唇吻上我的額頭。「莉莉，妳依然是我最喜歡的人，永遠都是。」

他放開我，連答案都不需要，就離開了。

我再次關上大門，滑坐到地板上。我的心想要就這樣放棄。我不怪它。它這兩天經歷了兩次錐心刺骨的痛。

我有預感，這兩次心痛都要好久好久以後，才會開始痊癒。

第二十九章

亞麗莎一屁股坐在我和萊儷旁邊的沙發上說：「莉莉，我想死妳了。我想一個星期回去工作個一、兩天。」

我笑出來，她的話讓我有些驚訝。「我就住在樓下，幾乎每天都來找妳。妳怎麼會想念我？」

她嘟著嘴，把腿縮到沙發上。「好吧，我不是想念妳，是想念上班。有時候，我好想離開這間屋子。」

她生完萊儷已經六個星期，我相信她是可以回來上班，但我真的沒想到她有了萊儷，還想回來工作。我彎身親了親萊儷的鼻子。「妳要帶萊儷來上班嗎？」

亞麗莎搖頭。「不要，妳那邊事情太忙，我不可能照顧她。我上班的時候，馬歇爾可以照顧她。」

「妳是說，你們沒有負責照顧她的『人』？」

馬歇爾正好經過客廳，聽見我的話。「莉莉，噓！別在我女兒面前用千金小姐的口吻說話，那是褻瀆。」

我笑了。這就是我一週有好幾晚都會過來的原因。這是我唯一會笑的時候。萊爾去英國六個星期了。沒人知道我們之間發生什麼事。萊爾沒有告訴任何人，我也沒說。包括我媽媽在內，每個人都相信萊爾只是到劍橋研習，我們之間沒有任何變化。

我也沒有把懷孕的事告訴別人。

我已經做了兩次產檢。發現在我得知自己懷孕的那天晚上，我其實已經懷孕十二週，所以我現在懷孕十八週。我還在試著理解這件事。我從十八歲開始服用避孕藥，顯然有幾次忘了服用，讓我付出代價。

我的身形開始有懷孕的樣子。還好現在天氣冷，容易藏肚子。套件寬鬆的大毛衣和外套，就不會引人起疑。

我知道我很快必須說出來，我覺得應該先讓萊爾知道，但又不想在分隔兩地時，打電話告訴他。他再六週就要回來了。如果在那之前，我夠低調不讓人發現，就可以好好思考該怎麼做。

我低頭看萊儷。她仰著頭，對我微笑。我對她扮鬼臉，逗她繼續笑。有好幾次，我好想告訴亞麗莎我懷孕了，但我還不想讓她哥哥知道，所以一直難以啟齒。就算自己快憋死了，我也不能強迫她守住祕密。

「萊爾不在身邊，妳還好嗎？」亞麗莎問：「妳準備好迎接他回家了嗎？」

我點頭，但沒接話。每次亞麗莎提到他，我都輕描淡寫地帶過。

亞麗莎往沙發椅背一靠，開口說：「他還喜歡劍橋嗎？」

「喜歡呀。」我說，對著萊儷吐舌頭。她對我咧嘴笑。我心想，不知道我的寶寶會不會長得跟她很像。希望如此。我覺得萊儷真的好可愛，也許我是有一點偏心。

「他終於弄懂那邊的地鐵了嗎？」亞麗莎笑著問：「我發誓，我每次跟他講話，他都在找路。他弄不清楚該搭A線還是B線。」

「是啊。」我對她說：「他終於弄懂了。」

亞麗莎從沙發上坐直。「馬歇爾！」

馬歇爾走進客廳。亞麗莎從我手中接過萊儷，把萊儷交給馬歇爾，對他說：「請你幫她換尿布好嗎？」

我不懂她為什麼要叫馬歇爾幫萊儷換尿布。我剛才已經幫她換過了。

馬歇爾皺起鼻子聞了聞，從亞麗莎的臂彎中抱起萊儷。「妹妹，妳臭臭了嗎？」

父女倆穿著相同款式的連身衣。

亞麗莎抓起我的手，用力把我從沙發拉起來，速度快得害我叫出聲。

「妳要帶我去哪裡？」

她沒有回答，只是帶著我朝她的臥室走。等我們一進去，她就把門甩上。她來回踱步幾回，然後停下來面對我。

「莉莉，妳最好告訴我，現在到底是什麼狀況！」

我嚇得倒退一步。**她在說什麼？**

我馬上用手遮肚子，我猜她可能發現了，但她沒有看我的肚子。她往前站一步，一隻手指戳著我的胸口。「笨蛋，英國劍橋『根本』沒有地鐵！」

「什麼？」我搞不懂這是什麼情況。

「我騙妳的！」她說：「妳已經不對勁好一陣子了。莉莉，妳是我最要好的朋友，而且我很瞭解自己的哥哥。我每個星期都跟他講電話，他也跟之前不一樣。你們之間不對勁，我現在就要知道你們是怎麼一回事！」

要命，我就知道這遲早會發生。

我慢慢伸手摀住嘴，不確定該把哪些事告訴她，以及該透露**多少**。直到這一刻我才曉得，一直無法跟她談這件事，讓我難受得要命。她這麼瞭解我，其實讓我稍微鬆口氣。

我走向她的床邊，坐下來。「亞麗莎，」我輕聲說：「妳先坐下來。」

我知道，她聽了之後會跟我一樣傷心。她走到床邊，在我旁邊坐下，拉起我的雙手。

「我其實不曉得該從何說起。」

她握了握我的手，但沒有說話。接下來十五分鐘，我把事情原委全告訴了她。我講了我跟萊爾吵架的事，還有亞特拉斯把我接走、送去醫院，也告訴她我懷有身孕。

我告訴她，這六個星期，我每天晚上都是哭著睡著，因為我從來沒像現在這麼孤單害怕。

我講完之後，我們都哭了。對於我陳述的事情，她沒有什麼回應，只是偶爾吐出一句「**天啊**，

莉莉」。

她其實也不需要回應什麼，因為萊爾是她哥哥，我知道她會希望我考量到萊爾小時候的經驗，就像上次那樣。我知道，她會希望我跟他一起想辦法解決這件事，因為他是她的哥哥。我們應該成為一個快樂的大家庭。我很清楚她心裡想些什麼。

她有好長一段時間沒開口說話，努力理解我剛才告訴她的每一件事。最後她抬起視線，看向我的眼睛，緊握我的雙手。「莉莉，我哥哥是『愛妳的』。他非常愛妳。妳改變了他的一生，讓他成為我從來不敢想像他會成為的人。身為他的妹妹，我非常希望妳可以想辦法原諒他。但身為妳最要好的朋友，我得對妳說，要是妳再次接受他，我就不理妳了。」

我花了一段時間才理解她的話。聽懂以後，我開始啜泣。

她也開始啜泣。

她伸手抱我。我們為了我們對萊爾共同的愛而哭泣，也為了此時此刻我們有多怨恨他而哭泣。我們可憐兮兮地一同啜泣了好幾分鐘。然後她放開我，走向抽屜櫃，拿回一盒面紙。我們一起擦眼淚、吸鼻涕。我說：「妳是我最棒的朋友。」

她點點頭。「我知道。現在我要成為最棒的姑姑了。」她把鼻子擦乾淨，然後又吸起鼻涕。但她現在露出微笑。「莉莉，妳肚子裡有『小寶寶』了。」她興奮地說，這是我頭一次可以跟其他人分享懷孕的喜悅。「我也不想這麼說，但我發現妳胖了。我還以為妳是因為萊爾在外地，心情不好而吃多了呢。」

了出來。

她走到更衣室後方，開始把要給我的衣物拿出來。「我有好多孕婦裝可以給妳。」我們開始挑選合適的衣服。她從高處取出一個行李箱，打開後，把衣服丟進去，塞到都快滿了出來。

「我不能穿妳這些衣服。」我對她說，拿起一件標籤都還沒剪掉的上衣。「這些都是設計師款，我會弄髒的。」

她笑了出來，繼續把那些衣服塞進行李箱。「妳不需要還我。如果我又懷孕，只要叫人再買給我就好了。」她把一件上衣從衣架拿下來交給我。「妳試穿看看這一件。」

我脫掉上衣，開始套那件孕婦裝。穿好以後，我看向鏡子。

我看起來……就像一名孕婦，**完全藏不住的那種**。

她把一隻手放在我的肚子上，跟我一起看著鏡子。「妳知道是男生，還是女生了嗎？」

我搖搖頭。「我不是很想知道。」

「希望是女生。」她說：「這樣我們的女兒就可以變成姊妹淘。」

「莉莉？」

我們同時轉過身，發現馬歇爾站在門口。他的眼睛盯著我的肚子。他看到亞麗莎的「手」放在我的肚子上。他歪著頭，手指著我。

「妳……」他困惑地說：「莉莉，妳有了……妳知道自己懷孕了嗎？」

亞麗莎冷靜地走到門邊，把手放在門把上。「有些事情，如果你還想要我當你老婆，就永遠不要大嘴巴講出去。這就是其中一件。懂嗎？」

馬歇爾抬起眉毛，往後退一步。「是的。好，收到。莉莉沒有懷孕。」他親了親亞麗莎的額頭，視線轉回我這邊。「莉莉，我沒有要恭喜妳喔。妳什麼事都沒發生。」亞麗莎把他一路推出門外，然後關上門，轉身面對我。

「我們來規畫產前派對。」她說。

「不行，我得先告訴萊爾。」

她不以為意地揮手。「辦產前派對又不需要他。我們先自己規畫，到時再告訴他。」

她拿出筆電。這是我知道自己懷孕之後，第一次因為這件事而開心。

第三十章

儘管有時候我好想搬離這間公寓，但只要搭電梯，就能從亞麗莎的住處回到家，還真方便。我到現在都覺得那是一個陌生的家。在我跟萊爾分開、萊爾去英國研習之前，我們只在這間公寓住了一個禮拜。我都還沒機會培養家的感覺，就對這裡產生些許陰影。從那一晚到現在，我都無法在我們的臥室睡覺，一直睡在客房內我從前使用的舊床上。

目前還是只有亞麗莎和馬歇爾知道我懷孕。從我告訴他們到現在，只過了兩個星期，我的孕期已經來到第二十週了。我知道應該告訴媽媽，但萊爾再過幾週就要回來，我覺得應該在其他人發現以前先告訴他。前提是我得在萊爾回美國前，藏住大肚子，不被媽媽發現。

也許，我應該先做好打長途電話告訴他的心理準備。我已經兩星期沒跟媽媽見面了，這是她搬來波士頓之後，我們最久沒見面的一次，要是我再不趕緊動作，她肯定會出現在我家門口，殺個我措手不及。

我發誓，光是這兩週，我的肚子就大了一倍，熟人見了絕對藏不住。目前花坊的人都沒問起我的肚子。我想，我還處在大家猜測「她是懷孕，還是單純變胖？」的交界點。

我正要開鎖進入公寓時，大門被人從另一邊打開。我急著披上外套藏住肚子，不讓門後的人看見，但我還沒來得及穿上，萊爾就看到我了。我穿著亞麗莎給我的上衣，他盯著我的衣服看，明眼人一看就知道我身上穿的是孕婦裝。

是萊爾。

萊爾在這裡。

我的心開始撞擊著我的胸膛。我的脖子開始發癢，於是我舉起手，把手放在脖子上。我的手掌感受到心臟的劇烈跳動。

我害怕他，所以心臟狂跳。

我怨恨他，所以心臟狂跳。

我想念他，所以心臟狂跳。

他慢慢將眼神從我的肚子移到我的臉上。他臉上顯露受傷的表情，彷彿剛才我對著他的心臟刺進一刀。他往公寓裡面後退一步，雙手摀住嘴。

他開始困惑地搖頭。我看到他一臉被人背叛的表情。他勉勉強強才從口中擠出我的名字：

「**莉莉？**」

我僵在原地，一隻手保護肚子，一隻手仍貼著胸口。我害怕得不敢移動，也不敢說話。我要先弄清楚「他」會如何反應，才能反應。

他看見我眼裡的恐懼，看見我小口小口地喘氣，幾乎無法吸氣。他一隻手掌攤開、往上舉，要我放心。

「莉莉，我不會傷害妳。我只是來這裡跟妳談一談。」他把門打得更開，指著客廳。「妳看。」他往旁邊一站，我的視線落在他身後站著的人身上。

現在**換我**感覺被人背叛。

「馬歇爾？」

馬歇爾馬上舉起手辯解。「莉莉，我事先不曉得他要提早回來。萊爾傳簡訊找我幫忙。他特別交代我，不要告訴妳和小莎莎。拜託妳不要讓她跟我離婚，我只是無辜的旁觀者。」

我搖著頭，試圖理解眼前的景象。

「我要他過來找我，這樣妳跟我講話可以自在一些。」萊爾說：「他是為了妳，不是為了我而來的。」

我看了馬歇爾一眼，他點點頭，我也安心地走進家裡。萊爾仍有些震驚，我可以理解。他不停看向我的肚子，又快速移開視線，彷彿看著我令他難受。他兩手抓過頭髮，看著馬歇爾，指了指走廊。

「我們在房間裡講。如果你聽見我在……如果我開始大吼……」

馬歇爾知道萊爾要他做什麼。「我哪兒也不去。」

我跟著萊爾走進臥室，不禁好奇那是什麼感覺——不曉得自己在怎樣的狀態下會情緒失控，或者反應會有多糟糕，甚至完全無法控制自己的情緒。

有那麼片刻，我替他感到一絲難過。可是當我看到我們的床，想起那天晚上，難過便消失無蹤了。

萊爾掩上門，沒有完全關上。從我上次見到他，這兩個月，他的樣子似乎老了整整一歲。他長出眼袋和抬頭紋，姿態萎靡。假如後悔這種情緒能夠幻化成人形，一定就是萊爾這個樣子。

他再次看向我的肚子，慢慢往前一步，又往前一步，小心翼翼——他是該如此。他戰戰兢兢地伸出一隻手，問能不能碰我。我輕輕點頭。

他又往前站一步，把手掌穩穩放到我的肚子上。

我透過上衣感覺到他手心的溫度，倏地閉上雙眼。雖然心裡對他有怨，但那不表示我對他沒感情了。某個人傷害了你，並不表示你對他們的愛會立即停止。最令你受傷的不是對方的行為，而是那份愛。假如行動當中沒有絲毫的愛，傷痛會容易承受一些。

他摸著我的肚子，我再次張開眼睛。他搖搖頭，彷彿無法理解此刻的事情。我看著他慢慢在我面前跪下來。

他伸手環抱我的腰，雙唇貼上我的肚子。他雙手緊摟我的下背，額頭貼著我。

這一刻，我對他的感受難以形容。一如所有母親期盼孩子擁有父愛，看見他已經愛著我們的孩子，感覺很美好。始終無法與人分享喜悅很難受。不論我對他的怨恨有多深，都很難不**和他**分享這份喜悅。我伸手摸他的頭髮，他把我抱向他。一部分的我，想對他尖叫，像我那天晚上應該打電話報警。一部分的我，能體會那個抱著哥哥、眼睜睜看哥哥死去的小男孩的感受。一部分的我希望自己不曾遇見他，一部分的我希望可以原諒他。

他鬆開環在我腰間的手，一隻手撐著旁邊的床墊起身，坐到床上。他的手肘靠在膝蓋上，雙手在嘴前交握。

我在他身旁坐下，心裡很清楚我們必須談一談，但我並不想談。「赤裸的真相？」

他點頭。

我不知道應該要由誰起頭。現在的我沒什麼好對他說的，所以我等他先開口。

「莉莉，我不曉得該從何說起。」他雙手撫過臉頰。

「不如你先說：『**對妳動手，我很抱歉**。』」

他與我視線交會，肯定地睜著眼。「莉莉，妳不懂。我真的『很』抱歉。妳不知道，我瞭解到自己對妳做出那樣的事情後，這兩個月是怎麼過的。」

我咬緊牙根，感覺手指緊握身旁的毯子。

我不知道「他」這段時間是怎麼過的？

我慢慢搖頭。「萊爾，是『你』不懂。」

我站起身，心中湧出一陣憤怒和怨恨。我轉過身，指著他說：「『你』才不懂！你**不曉得**你讓我經歷那種事以後，我的日子是怎麼過的！害怕自己將命喪心愛的男人之手？一想到你對我做的事，就噁心想吐？萊爾，『你』才不懂！**你什麼都不懂。去你的！去你的**竟然這樣對我！」

我大力吸一口氣，被自己嚇了一跳。洶湧的怒意朝我襲來。我擦掉眼淚，轉過身來，無法正眼看他。

「莉莉，」他說：「我沒有……」

「不！」我大吼，再次轉過來：「我還沒說完！等我講完，你才有資格說你的真心話！」

他用手抓下巴，彷彿要擠出心中的壓力。他低垂視線看著地板，無法直視我的怒火。我朝他走近三步，往地上一跪，兩手放到他腿上，強迫他在我說話時直視我的雙眼。

「沒錯，我留著亞特拉斯送我的磁鐵，那時我們年紀還小。沒錯，我留著那些日記本。對，我是沒有告訴你刺青的由來。沒錯，我或許應該告訴你。而且沒錯，我依然愛著他，我也會一直愛著他，直到生命的終結，因為他是我生命中非常重要的一部分。沒錯，我知道那會讓你很受傷。可是那些都不是你可以那樣對待我的理由。就算你走進我的房間，當場把我們捉姦在床，你**也沒有**權利對我動手，你這個可惡的王八蛋！」

我撐著他的膝蓋再次站起，大喊：「**換你**說了！」

我在房內不停地來回走動。我的心臟劇烈跳動，好像要跳出來了。我真希望能給它一個出口。如果可以，我現在就會讓這天殺的心臟自由。

我又來回走了幾分鐘。萊爾的沉默和我的憤怒最後交融成了痛楚。

我哭得好累。我不想再去感受了。我絕望地倒在床上，對著枕頭哭泣。我把臉緊緊埋進枕頭，快要不能呼吸。

我感覺到萊爾在我旁邊躺下。他一隻手輕柔地放在我的頭後方，試著緩和他對我造成的痛苦。我閉著眼，臉依然埋在枕頭裡，我感覺到，他正緩緩把頭靠向我的頭。

「我的真心話就是，我真的無話可說。」他靜靜地說：「我永遠無法收回我對妳做的一切。而且就算我承諾不會再犯，妳也不會相信。」他對著我的頭一吻。「莉莉，妳是我的全世界。**全世界！**那天晚上，當我在這張床上醒來，發現妳不在的時候，我知道妳永遠不會回到我身邊了。我是來告訴妳，我真的非常、非常抱歉。我是來告訴妳，我接受了明尼蘇達州的工作。我是來向妳道別的。可是莉莉……」他的雙唇再次吻上我的頭，接著他劇烈呼一口氣。「莉莉，但我現在辦不到了。妳的身體裡有一部分的我，我已經愛上這個寶寶了，這份愛勝過世上任何事物。」他的聲音顫抖，手更用力地抓著我說：「莉莉，請妳不要剝奪我的愛，**拜託妳**。」

他聲音裡的痛苦在我心中蔓延開來。我抬起滿是淚痕的臉看他，他絕望地把嘴唇貼上我的嘴，然後往後退開。「莉莉，拜託。我愛妳，**幫幫我**。」

他的唇再次短暫貼上我的。我沒有把他推開，接著他第三次貼上來。

然後，第四次。

他的嘴唇第五次貼上我的嘴唇時，就沒離開了。

他伸手環抱我，把我拉向他。我的身體又累又虛弱，但還記得他。我的身體記得他的身體可以緩和所有的情緒。我的身體記得存在於他身體裡的溫柔，它渴求這份溫柔兩個月了。

「我愛妳。」他在我的唇畔輕聲低語。他的舌頭輕柔地滑過我的舌頭，這實在太不對、太美好、太痛苦了。在我意識到之前，我已經躺下，他爬到我身上。他的撫觸是我唯一需要，也是唯一不該要的。

他把一隻手伸進我的頭髮，我一瞬間被拉回那天晚上。

我在廚房裡，他的手用力扯著我的頭髮，好痛。

他把我臉上的頭髮撥開，我一瞬間被拉回那天晚上。

我站在門口，他的手在我肩膀游移，下一秒，他的下巴狠狠出力咬我。

他溫柔地把額頭靠在我的額頭上，我一瞬間被拉回那天晚上。

我就在這張床上，被他壓著，他用頭猛力撞我，害我頭上縫了六針。

我的身體不再回應他的身體，憤怒再次朝我席捲而來。他感受到我的僵硬，停止親吻我。

他從我身上退開，往下看我，我根本什麼都不必說。我們視線交會，用眼神，傳遞出比嘴唇更多的真話。我用眼睛告訴他的眼睛，我已無法繼續忍受他的觸碰。他用眼睛告訴我的眼睛，他曉得了。

他緩慢地點頭。

他往後退，從我身上離開，一直慢慢爬到床沿，背對著我。他仍點著頭，緩緩站起身來。他很清楚，他今晚無法得到我的諒解。他開始朝房門的方向走。

「等一下。」我對他說。

他半轉過身，從門口回頭看我。

我抬高下巴，用決絕的眼神看著他。「萊爾，我希望這不是你的孩子。我由衷希望這個孩子不是你的一部分。」

我還以為，他那傾頹的世界無法毀壞得更多，但我錯了。

他走出臥室，我把臉埋進枕頭。我以為，如果我能像他傷害我那樣傷害他，就能感覺自己報了一箭之仇。

但我沒有。

我反而感覺，一心報復的我，很刻薄。

我覺得自己很像我爸爸。

第三十一章

媽：我很想妳，什麼時候能見到妳？

我盯著簡訊看。從萊爾發現我懷孕，到現在兩天了，我知道該是告訴媽媽的時候了。我不是因為要告訴她我懷孕而緊張，我害怕的是要跟她談論我和萊爾的狀況。

我：我也想妳。我明天下午過去找妳。妳可以煮千層麵給我吃嗎？

我才剛寫好簡訊傳出去，就收到另一則簡訊。

亞麗莎：今晚上樓跟我們一起吃晚餐吧。我們要自己做披薩。

我有好幾天沒去亞麗莎家了。萊爾回家之前，我就沒去了。我不知道他待在哪裡，但我猜他住在他們家。我現在最不想要的就是跟他待在同一間公寓裡。

我：會有誰？

亞麗莎：莉莉……我才不會那樣對妳。他工作到明天早上八點，只有我們三個。

她太瞭解我了。我回簡訊告訴她，我一下班就過去。

•••

「這個年紀的寶寶都吃什麼？」

我們坐在桌子旁邊。我過去的時候萊儷睡了，但我想抱她，就把她叫醒了。亞麗莎並不介意；她說她不想讓萊儷在該睡覺的時間，睜著兩隻眼睛不睡。

「母乳。」馬歇爾滿嘴食物，說：「不過，有時候我會把手指伸進我的汽水杯，沾一點放到她的嘴巴裡，讓她嚐嚐味道。」

「馬歇爾！」亞麗莎大喊：「你最好是在開玩笑。」

「當然是玩笑。」他說，但我無法分辨真假。

「寶寶什麼時候要開始吃副食品？」我問。我覺得應該在生小孩前學一下。

「大概四個月。」亞麗莎邊打哈欠邊說。她放下叉子，靠回椅子上，用手揉眼睛。

「要我今天晚上把萊儷帶到我家，讓你們好好睡一晚嗎？」

亞麗莎說：「不用，沒關係。」馬歇爾同時卻說：「那就太好了。」

我笑了。「真的，我就住在樓下，而且我明天不用上班。如果今晚沒睡，明天還可以睡。」

亞麗莎露出思考的表情，過了一會兒便說：「如果妳需要我，我的手機開著。」

我再次低頭看萊儷，咧嘴笑著說：「妳聽見了嗎？妳要到莉莉舅媽家過夜囉！」

亞麗莎把一堆東西丟進媽媽包，彷彿我要帶萊儷出國。「她肚子餓了，會讓妳知道。不要用微波爐熱牛奶，只要放到……」

「我知道。」我打斷她：「她出生後，我大概幫她泡過五十瓶奶了。」

亞麗莎點頭，然後走向床邊。她把媽媽包放到我旁邊。馬歇爾在客廳餵萊儷今天的最後一瓶奶。亞麗莎躺在我旁邊，跟我一起等。她單手撐著頭。

「妳知道這代表什麼嗎？」她問。

「不知道，什麼？」

「我今晚可以愛愛了。我們有四個月沒有性生活了。」

我皺起鼻子。「我不需要知道這件事。」

她笑了，倒在枕頭上，但接著坐直身體。「要死了。」她說：「我應該刮一下腿毛。我猜我應該也四個月沒除毛了。」

我笑了，但接著倒抽一口氣，兩手立刻放到肚子上。「我的天啊！我剛才感覺到了！」

「真的嗎？」亞麗莎把手放到我的肚子上，我們一起靜靜等了五分鐘，想再感受一次。寶寶又動了一次，但動作很小，幾乎無法察覺。寶寶一動的剎那，我又笑了。

「我什麼都沒感覺到。」亞麗莎嘟著嘴說：「我猜還要再幾週，才能從外面感覺到胎動。這是妳第一次感覺到嗎？」

「對。我一直擔心自己是不是懷了史上最懶的寶寶。」我的手一直放在肚子上，希望能再感覺一次。我們又安靜地坐了幾分鐘。我不禁希望自己的情況有所不同。萊爾應該在這裡的。他應該是那個坐在我旁邊、用手摸我肚子的人，而不是亞麗莎。

這個想法幾乎把所有的喜悅感統統趕跑。亞麗莎一定是注意到了，她把一隻手放在我的手上，捏了捏。我看著她，她已經收起笑容。

「莉莉，」她說：「我有一些話一直想對妳說。」

天啊，我不喜歡她說話的語氣。

「什麼話？」

她嘆口氣，擠出一個陰鬱的微笑。「我知道，我哥哥不在身邊，妳要自己經歷一切，這讓妳很傷心。不管他參與多少，我只希望妳知道，這將是妳此生最美好的經歷。莉莉，妳會成為很棒的媽媽。這個寶寶**非常幸運**。」

我很慶幸現在這裡只有亞麗莎陪我，因為她的話讓我感覺像個荷爾蒙作祟的青少女，吸著鼻涕，又哭又笑。

我擁抱她，對她說謝謝。真是神奇，聽完她的話，我又找回了喜悅。

她微微一笑說：「現在，去把我的寶寶從這裡帶走，讓我跟我那有錢到爆的老公享受點性生活。」

我翻下床，站起身：「妳真的很鬧耶。我敢說，這是妳的強項。」

她微笑。「我就是來鬧妳的。快去吧。」

第三十二章

這幾個月來，我隱瞞了好幾件事，其中對媽媽保密最令我傷心。我不知道她會怎麼看待這些事。我知道，她聽到我懷孕會很興奮，但我不知道，她對我跟萊爾分開，會有怎樣的感受。她很愛萊爾。根據她以往應對類似情況的經驗，她很可能一下就將他的行為合理化，並試著說服我重新接納他。老實說，那是我遲遲不告訴她的部分原因，因為我很害怕她可能會說服我。

大部分時候，我心意已決。大部分時候，我很氣他，覺得原諒他是很荒唐的想法。可是有時候，我想他想得無法呼吸。我想念跟他相處的快樂時光。我想念跟他做愛。我想念那個**想念著他**的自己。他的工作時間總是很長，之前，晚上他走進家門時，我會因為太想他，馬上衝過去跳進他懷裡。我甚至想念，他有多愛我那樣跟他撒嬌。

我總是在那些意志不夠堅定的時刻，希望媽媽知道發生了什麼事。有時候，我真的很想開車到她家，縮著身體跟她依偎在沙發上，讓她替我把頭髮塞到耳後，告訴我一切都會好起來。有時候，成年女性也需要媽媽的安慰，好好喘息一下，不必總是那麼堅強。

我把車停進她家的車道，坐在車裡等了整整五分鐘，才鼓起勇氣走進去。我真的很討厭必須告訴她這一切，因為我知道這也將令她心碎。我很不喜歡看到她傷心難過，而告訴她我可能嫁給一個跟爸爸一樣的男人，將令她傷心至極。

我從大門進去，她正在廚房把千層麵鋪在烤盤上。我沒有馬上脫掉大衣，原因很明顯。我沒有穿孕婦裝，但我隆起的肚子，沒穿外套幾乎藏不住。尤其，對方是我媽媽。

「嘿，親愛的！」她說。

我走進廚房，從側面抱了她一下，她正把起司鋪到千層麵上。千層麵放進烤箱後，我們一起走到餐桌邊坐下。她靠在椅背上，拿起茶杯啜一小口。

她的臉上掛著微笑。她這麼開心的樣子，我更不想開口了。

「莉莉，」她說：「我有事情要告訴妳。」

我不喜歡這樣。我來是有事情要「告訴」她，沒有要「聽」其他事情的心理準備。

「什麼事？」我遲疑地問。

她雙手捧著茶杯。「我有交往的對象了。」

我張大了嘴。

「真的嗎？」我問，一面搖頭：「那真是……」我很想說「太好了」，但馬上擔心她又會遇到以前跟爸爸相處的狀況。她看出我臉上的擔憂，便牽起我的雙手。

「莉莉，他很好，他是好人。我向妳保證。」

我馬上鬆口氣，因為我看得出她說的是真的。我看得出她眼裡的幸福。「哇，」我說，完全沒預料會聽到這種事。「我很替妳高興。我什麼時候可以見見他？」

「如果妳想，今晚就可以。」她說：「我可以邀他過來跟我們一起吃晚餐。」

我搖頭。「不行，」我小小聲說：「現在不是好時機。」

她意識到我是來跟她談重要的事，馬上用雙手握了握我的手。我從好消息開始說。

我站起來，脫掉外套。起初她沒有意識到什麼，以為我只是想讓自己舒服一些。但接著我拉起她的手放到我的肚子上。「妳要當外婆了。」

她睜大眼睛，有好幾秒鐘驚訝得說不出話。但接著，眼淚開始在她的眼眶打轉。她跳起來把我拉過去，給我一個擁抱。「莉莉！」她說：「我的天啊！」她往後退，露出微笑。「好快。你們有懷孕計畫嗎？你們結婚還沒多久啊。」

我搖頭。「沒有，我也很驚訝。相信我。」

她笑了，又擁抱我一次，然後我們一起坐下來。我試著保持微笑，但不是準媽媽那種興奮的笑。她一下子就看出來了。她一手掩住嘴巴。「親愛的，」她輕聲說：「怎麼啦？」

這一刻之前，我一直努力讓自己保持堅強，想辦法不在別人面前自怨自艾，但和媽媽一起坐在這裡，我渴望脆弱。我只想自暴自棄一下，讓媽媽把煩惱接過去，抱抱我，告訴我事情會好轉。接下來十五分鐘，我只是在她懷裡哭泣。我不再為自己奮鬥，我需要有個人來替我努力。

我省略關於我們感情變化的多數細節，但我把最重要的環節告訴她。我說，他不只一次傷害我，而我不知道該怎麼辦。我說，要獨力養大小孩讓我很害怕。我說，我很害怕自己做了錯誤的決定。我說，我很害怕自己太軟弱，說我應該要報警，讓警察逮捕他。我說，我很害怕是自己太敏感，我不確定自己是不是反應過度。基本上，連我不敢對自己承認的事情，我統統對她說了。

她從廚房拿了幾張紙巾，回到餐桌邊。我們終於停止哭泣後，她把紙巾揉成一團，在手裡滾來滾去，視線往下盯著紙巾。

「妳想重新接納他嗎？」她問。

我沒有給她正面的回答，但也沒有否認。

這是事情發生以來，我第一次完全誠實，不僅對她誠實，**也對自己**誠實。也許是因為，她是我認識唯一有同樣經歷的人。她是我認識唯一能理解我有多困惑的人。

我搖搖頭，但也聳了聳肩。「我的心有一大部分，覺得自己再也無法信任他，但也有一大部分，為了我和他有過的往日感到悲傷。媽，我們感情那麼好。我跟他一起擁有過生命中最美好的時光。我偶爾覺得，也許我不想放棄這段感情。」

我用紙巾擦拭眼睛下方，紙巾吸了更多淚水。「有時候……當我真的很想念他……我告訴自己情況或許沒那麼嚴重。也許，我能忍受他最糟糕的一面，這樣我就能擁有他最好的一面。」

她把手放到我的手上，拇指來回輕觸。「莉莉，我懂妳的心境。但妳千萬不要忘了自己的底限。千萬不要讓那種事發生。」

我不懂她的話是什麼意思。她看見我臉上的困惑，捏了捏我的手臂，繼續解釋。

「我們都有自己的底限，那是我們願意容忍的限度，一旦超過就會崩潰。我跟妳爸爸結婚時，很清楚自己的底限在哪，可是慢慢地，隨著每一次事件的發生……我的底限被一點一滴推遠。妳爸爸第一次打我後，他馬上就道歉了。他對我發誓，再也不會發生同樣的事。第二次打我的時候，他的歉意比前一次『更深』。第三次，他不只是動手打我，而是揍我。每一次我都重新接納了他。到了第四次，他只是甩了我一巴掌。我被甩巴掌的時候，鬆了一口氣，記得我當時心想：『**至少他這次沒揍我，情況沒那麼糟。**』」

她拿起紙巾擦拭眼角，然後說：「每一次發生事情，都會逐步侵蝕妳的底限。每一次妳選擇留下，下一次，妳就會更難離開。到最後，妳會完全忘記自己的底限，因為妳會開始想：『**我都已經撐五年了，再撐五年又如何？**』」

她拉起我的手握著，陪我哭泣。「莉莉，別跟我一樣。我知道妳相信他愛妳，我也相信他是愛妳的，可是他沒有用對的方式愛妳。他沒有用妳應得的方式愛妳。如果萊爾真的愛妳，他就不會讓妳重新接納他，他會自己做出離開的決定，因為這樣他才能確定自己不會繼續傷害妳。莉莉，那才是女人應得的愛。」

我真希望媽媽沒有這樣的親身教訓。我把她拉向我，擁抱她。

我也不清楚原因，但來這裡之前，我以為自己得向媽媽辯解。我完全沒想到會聽到她的經驗談。我應該要想到的。從前，我總以為媽媽很軟弱，但她其實是我認識最堅強的女性。

「媽？」我退開說：「我長大以後想變成妳。」

她笑了，替我把臉上的頭髮撥開。我可以從她看我的方式知道，她會毫不猶豫和我交換處境。這一刻，她替我感受的痛，比自己有過的任何苦楚都還要深。「我想告訴妳一件事。」她說。

她再次拉起我的手。

「那天妳為妳爸爸致哀悼詞，莉莉，我知道妳不是僵在原地。妳站在講台上，拒絕說出任何關於那個男人的好話。我從來沒有那麼為妳感到驕傲。我這一生當中，妳是唯一曾經為我站出來的人。妳在我害怕的時候，表現得很堅強。」淚珠滾出她的眼眶，她對我說：「莉莉，做『那種』女孩吧。做一個大膽、勇敢的女孩。」

第三十三章

「我要怎麼處理三張兒童安全座椅？」

我坐在亞麗莎的沙發上，盯著那些東西看。她今天幫我辦了一場產前派對。我媽媽來了。萊爾的媽媽甚至搭飛機前來，但她現在正在亞麗莎的客房睡覺調時差。花坊的女生們來了，還有幾個前公司的朋友，連戴文都來了。雖然這幾個星期，我實在害怕辦這場派對，但派對本身還滿有意思的。

「所以，我才要妳先列一份禮物清單，這樣才不會收到重複的禮物。」亞麗莎說。

我嘆了口氣。「我想我可以請我媽退貨。她已經幫我買很多東西了。」

我站起來，開始把禮物集中在一起。馬歇爾剛才說要幫我把禮物搬到樓下的公寓，所以亞麗莎幫我把東西統統扔進大垃圾袋。我扶著打開的塑膠袋上緣，她負責把東西從地上拿起來。我已經懷孕快三十週了，所以打開塑膠袋的輕鬆工作沒落在她頭上。

我們全部裝好了，馬歇爾已經去我公寓第二趟。我打開亞麗莎家的大門，想把一個裝滿禮物的袋子拖到電梯口。我沒料到萊爾會出現。他站在門外，回望著我。三個月前吵架後，我們一直沒講過話，猛然看見對方，兩人露出一樣驚訝的表情。

其實我們也免不了像這樣，在這裡見到彼此。老公的妹妹是我最要好的朋友，我又跟他住同一棟大樓，我總不可能永遠不遇到他。

他媽媽專程搭機過來，我很確定他知道今天有這場產前派對，但他看見我身後的一堆東西，仍顯得有些驚訝。我不禁心想，他在我正要出去的時候出現，真的是巧合，還是算得剛剛好。他往下看我手上的垃圾袋，把垃圾袋接了過去。「給我吧。」

我把垃圾袋交給他。他拿著那袋東西跟另一袋到樓下的公寓，我則留著繼續收拾自己的東西。他和馬歇爾上來時，我正要離開。

萊爾拿起最後一袋物品，再次朝公寓大門走出去。我跟著他，馬歇爾默默看著我，用眼神問我是否可以和萊爾一起下樓。我點點頭。我不可能永遠避著他，現在是個討論我們以後要如何的好時機。

他們家和我家只相隔幾層樓，但是跟萊爾一起搭電梯下樓，感覺時間漫長得不得了。我發現他盯著我的肚子看了好幾次，我不禁想，我懷孕這三個月他都沒見到我，現在不知是什麼感受。

我的公寓門沒鎖，我直接推開門，他跟著我進去。他把最後那些東西拿進育嬰室，我聽見他移動東西、打開箱子的聲音。我待在廚房，清理根本不需要清理的東西。知道他人就在公寓裡，我的心臟快要跳到喉嚨邊了。當下這一刻的我並不害怕他，我只是緊張。我希望自己可以準備得更充裕再跟他談，我真的很不喜歡面對面的衝突。我知道我們得討論寶寶和我們的未來，但我就是不想。現在還不想談。

他經過走廊，來到廚房。我發現他又看了我肚子一眼，只是馬上把視線移開。「妳希望趁我在這裡，把嬰兒床組好嗎？」

我應該要拒絕的，但他對我肚子裡的寶寶有一半的責任；如果他有心提供勞力協助，無論我對他仍懷著多少怒氣，我還是會接受。「好，那會幫上我一個大忙。」

他用手指著洗衣間。「我的工具箱還在那裡嗎？」

我點頭，他朝洗衣間走去。我打開冰箱，看著冰箱裡面，這樣我就不用看著他從廚房經過。他終於回到育嬰室後，我關上冰箱，手握著把手，額頭靠著冰箱，深吸、深吐，試著消化此刻心裡所有的感受。

他的外表很吸引人。我好久沒見到他，都忘了他生來有多俊俏。我有一股衝動，想要從走廊跑過去，跳進他的懷裡。我好想感受他親吻我的嘴唇，好想聽他說他有多愛我。我好希望他能躺在我身邊，把一隻手放在我的肚子上。這是我在腦中想像過許多次的畫面。

那樣容易多了。如果我直接原諒他，重新接納他，這一刻，我的人生會立刻輕鬆許多。

我閉上眼睛，在心裡重複媽媽對我講的話：「**如果萊爾真的愛妳，他就不會讓妳重新接納他。**」

是這一句提醒，阻止我從走廊奔向他。

• • •

接下來幾小時，他待在育嬰室組裝嬰兒床，我一直在廚房裡找事做。後來，我要到房間拿手機充電器，總算經過育嬰室。從走廊回來的時候，我停在育嬰室門口。

嬰兒床組裝完成，連寢具都放上去了。他站著旁邊，手抓著欄杆，凝視下方空蕩蕩的嬰兒床。他一語不發，動也不動，像尊雕像。他陷入沉思，連我站在門外都沒發現。我不禁好奇，他的思緒不知飄到哪兒了。

他在想小寶寶嗎？想著小寶寶在這張嬰兒床睡覺時，他不會住在這裡嗎？

在這一刻之前，我並不確定他是否想要參與寶寶的人生。現在看著他臉上的表情，我很清楚他想參與。我從沒見過如此悲傷的表情，而且我看見的甚至不是他的正臉。我覺得，他這一刻感受到的悲傷和我完全無關，而是因為想到他的孩子。

他抬起視線，看見我站在門口，便從嬰兒床撐起身體，甩甩頭、從恍惚的狀態回過神來。「裝好了。」他說，一隻手朝嬰兒床揮了揮，開始把工具裝回工具箱。「趁我在這兒，妳還希望我幫忙處理什麼嗎？」

我搖搖頭，走向嬰兒床，欣賞組裝起來的樣子。我不知道寶寶是男生還是女生，所以挑了大自然的圖案。床包組選了棕色和綠色，有滿版的植物和樹木圖案，搭配窗簾和我之後會漆上去的壁畫。我還規畫在育嬰室放幾盆花坊的盆栽。看見一切逐漸成形，我忍不住露出微笑。他連旋轉吊飾都裝好了。我伸手打開開關，旋轉吊飾開始播放布拉姆斯的〈搖籃曲〉。我看著吊飾轉了一圈，然後回頭看了萊爾一眼。他站在大約一公尺外，靜靜看著我。

我也看向他，心裡想著，不是當事人要批評起來有多容易啊。我這幾年來，總是批評媽媽。身為局外人，你總是相信，如果被虐待，你一定會毫不猶豫地離開。當你不是愛著對方的那個人，總是能輕易地表示你不會繼續愛施虐者。

當你親身經歷到了，你無法輕易去恨施虐者，因為多數時候，那是你視為恩賜的人。

萊爾眼裡出現一絲希望，我不喜歡他看出我的心牆暫時卸下。他慢慢朝我走近一步。我知道他打算把我拉進他的懷抱，所以我迅速從他身邊退開。

我們之間的那道牆，就這樣又豎立起來。

他必須明白，對我來說，允許他回到這間公寓已經是很大的一步了。

他板起臉，隱藏被拒絕的感受。他把工具箱夾到腋下，接著拿起裝嬰兒床的箱子，裡頭是他拆開組裝零件後留下的垃圾。「我把這些拿去垃圾箱丟。」他說，走向門口。「如果妳還需要其他協助，就告訴我一聲，好嗎？」

我點頭，喃喃自語：「謝謝。」

聽見大門關上，我轉過身面對嬰兒床。我的眼眶裡都是淚水。這一次，我的眼淚不是為了我自己，也不是為了寶寶而流。

我是為萊爾流下眼淚。即使今天的局面是他自己造成的，我還是能理解他有多傷心。而且，當你愛著某個人，當你看見他這麼傷心，「你」也會很傷心。

我們都沒有提到分開的事，甚至沒提復合的可能性。我們也沒有討論，再過十週、寶寶出生後，下一步要怎麼走。

我還沒準備好開啟這個話題，最起碼，他現在可以為我保留一些耐心。

他一直以來虧欠我的耐心。

第三十四章

我把刷子上的油漆沖洗乾淨，然後走回育嬰室欣賞我的壁畫。昨天大部分時間以及今天一整天，我都在畫這幅壁畫。

從萊爾來家裡組裝嬰兒床到現在，已經兩個星期了。現在壁畫完成，我也從花坊拿了幾盆植物過來，感覺育嬰室終於大功告成。我看看四周，對於沒人和我一起在這裡欣賞，感覺有點傷心。

我拿起手機傳簡訊給亞麗莎。

我：壁畫完成了！下樓來看看吧。

亞麗莎：我不在家，在外頭處理雜事。我明天會過去看。

我皺起眉頭，決定傳簡訊給媽媽。她明天要上班，但我曉得她看見壁畫，一定會跟我完成時一樣興奮。

我：妳今晚想開車進城嗎？育嬰室終於大功告成了。

媽：不行，今天晚上學校有表演會，我很晚才會回家。我等不及要看一看。明天過去！

我坐進搖椅。明知不該這樣，還是行動了。

我：育嬰室完成了。你想過來看一看嗎？

我按下傳送鍵後，身體每一條神經都活躍起來。我盯著手機看，直到他的訊息傳過來。

萊爾：當然好。**我現在就下去**。

我馬上站起身，稍微再做最後的調整。我把雙人小沙發上的枕頭拍鬆，把牆上的一個掛飾扶正。快要走到門口時，他的敲門聲傳來。我打開門，**要命，他穿著手術服**。

我往旁邊站一步，讓他進來。

「亞麗莎說妳在畫壁畫？」

我跟在他後面，朝育嬰室的方向走。

「我畫了兩天才完成。」我對他說：「我的身體感覺像剛跑完馬拉松，但我其實只是上上下下爬了梯子幾趟。」

他轉過頭看我。我看得出他臉上的擔憂，他擔心我一個人在這裡弄這些不安全。他沒擔心的必要，我應付得來。

我們走到育嬰室時，他在門口停下腳步。我在面對門的牆壁上畫了一個花圃，裡面幾乎畫滿我所能想到、可以種在花圃的各種蔬菜和水果。我不是很會畫畫，但善用投影機和投影膠片就能畫得很棒。

「哇！」萊爾說。

我露出笑容，因為我聽出他聲音裡的驚訝，而且知道他是真心的。他走進房間，四處打量，一直搖頭。「莉莉，這簡直……天啊。」

如果他是亞麗莎，我會拍著手跳上跳下。但他是萊爾，而且我們之間發生過那些事情，手足舞蹈會顯得有點怪。

他走向窗邊。我在那裡放了一個搖籃。他輕輕推一下，搖籃開始左右搖晃。

「它也可以前後擺動。」我告訴他。我不知道他對嬰兒搖籃的認識有多少，但這個功能讓我相當驚艷。

他走向尿布台，從抽屜拿出一片尿布，把它打開攤在面前。「好小一片，」他說：「我不記得萊儷曾經是這麼小。」

聽見他提起萊儷，我有點傷心。我們是從萊儷出生那天晚上開始分居的，所以我從沒看過他跟萊儷的互動。

萊爾把尿布摺起來，放回抽屜。他轉身面對我，臉上掛著微笑，舉起手朝房間內部比畫。「莉莉，這太棒了。」他說：「這一切，妳弄得很……」他把兩隻手扠到腰上，笑容收斂一些。「妳做得很棒。」

我周圍的空氣好像凝重起來，突然令人難以呼吸，不知什麼原因，我覺得好想哭。我是真心喜歡這一刻，而我們無法讓懷孕這段期間充滿現在這樣的快樂回憶，真是令人傷感。能和他分享這一刻，感覺很美好，但我也害怕給他錯誤的希望。

他來了，也看過育嬰室，我不確定接下來要做什麼。我們顯然有許多事必須討論，但我不知道要從何說起，或者該怎麼說。

我走向搖椅，坐下來。「要說說赤裸的真相嗎？」我說著，抬頭看他。

他呼出一口長長的氣，點點頭，在沙發上坐下。「**請說**。莉莉，請告訴我，妳準備好要談一談了。」

我從他的反應知道，他已經準備好討論這一切，我也稍微沒那麼緊繃。我雙手環抱肚子，在搖椅上坐著，身體前傾。「你先說。」

他雙手合掌，夾在膝蓋間。他看著我，眼神非常真誠，我不得不把視線移開。

「莉莉，我不知道妳希望我怎麼做。我不知道妳希望我扮演怎樣的角色。我試著盡量給妳需要的空間，但妳可能無法想像，我同時也想多幫上一些忙。我想參與我們寶寶的人生，我想當妳的老公，我想拿出好的表現。可是我不曉得妳的想法是什麼。」

他的話令我心生愧疚。不管我們之間發生過怎樣的事，他依然是孩子的父親。不論我的感受如何，在法律上，他都有作為父親的權利，而且我也**希望**他能扮演好父親的角色。我希望他當個「好」爸爸。可是在我內心深處，我仍然擺脫不了最大的恐懼。我知道我得跟他談這件事。

「萊爾，我絕對不會不讓你接近小孩。我很高興你想要參與，可是……」

聽見最後那兩個字，他傾身向前，雙手掩面。

「如果我對你的脾氣毫不在意，對你的失控毫不在意，我是個什麼樣的媽媽？我要怎麼知道，當你跟寶寶獨處時，你會不會因為什麼事而突然發火？」

他的眼裡浮現極大的痛苦，似乎如同水壩，即將傾瀉而出。他開始堅決地搖頭。「莉莉，我絕對不會……」

「萊爾，我知道，你絕對不會刻意傷害自己的孩子。我甚至不認為你是真的有心傷害我，但你確實傷了我。而且相信我，我也很想相信你不會做出那樣的事。我爸爸只會虐待我媽媽。世界上有很多男人、甚至**女人**，會虐待自己的另一半，卻從來不會對其他人大發脾氣。我也想全心全意相信你的話，但你得理解我遲疑的原因。我絕對不會阻擋你和孩子培養感情，但是在你重建被你破壞掉的信任感的同時，我需要你給予我最大的耐心。」

他點頭表示同意。他得知道，我給他的已經比他應得的多。「當然，」他說：「以妳為主。一切以妳為主，好嗎？」

萊爾再次合起雙手，開始緊張地咬下唇。我感覺他還有話想說，正猶豫該不該說出口。

「趁我有心情討論，把想說的話都說出來吧。」

他頭往後仰，看向天花板。他想說的話，要講出來並不容易。我不知道是因為那是個難以說出口的問題，還是他害怕聽見我的回答。

「那我們呢？」他小小聲地說。

我把頭往後靠，嘆了口氣。我知道我們會提到這個問題，但我沒有答案，我真的無法回答他。我們只有兩個選項，要嘛離婚，要嘛復合，但兩個都不是我想要做的決定。

「萊爾，我不想給你錯誤的期望。」我平靜地說：「如果今天就得做決定……我很可能會選擇離婚，但坦白說，我不曉得那是因為懷孕的荷爾蒙變化令我不堪負荷，還是因為我真的想要那樣。我認為在寶寶出生前下那樣的決定，對我們兩個都不公平。」

他吐出一口顫抖的氣息，舉起一隻手放到後頸，用力捏自己的脖子。接著他站起身面對我。「謝謝。」他說：「謝謝妳邀我過來。謝謝妳跟我談了這些。兩個星期前來過之後，我就一直想來看看，但不曉得妳會有什麼感受。」

「我也不知道我會有什麼感受。」我毫不隱瞞地說。我試著從搖椅站起來，但不知為何，過去一週開始，起身變得困難許多。萊爾走過來牽我的手，幫我站起來。

我連從椅子上起身都會發出吃力的哼啊聲，我不知道要怎麼撐到預產期。

我起身後，他沒有馬上鬆開手。我們之間大約只有十公分的距離，我知道這時候抬眼看他會觸動各種情緒，而我不想對他有任何情緒。

他伸手拉起我的另一隻手，雙手分別在我的身體兩側握住我的手，並與我十指交扣。有一股感受，從我的手指一路竄到心裡。我把額頭靠在他的胸口，閉上眼。他的臉頰貼著我的頭頂，我們就那樣靜靜站著，害怕得不敢動。我不敢動，因為我害怕自己心軟，無法阻止他的親吻。他不敢動，害怕一動我就會抽身。

大概整整五分鐘吧，我們一根肌肉都沒動。

「萊爾，」我終於開口：「你可以答應我一件事嗎？」

我感覺到他點頭。

「寶寶出生之前，請不要試圖說服我原諒你，也**拜託**不要嘗試親吻我……」我從他的胸口抽身，抬頭看他。「我想一次處理一件大事，現在我最重要的任務就是把寶寶生出來。已經發生了那些事，我不想再增添壓力或混亂。」

他捏一捏我的雙手，要我放心。「一次一件會改變人生的大事。知道了。」

我露出微笑，對我們終於談過鬆一口氣。我知道，我還沒針對我們的未來做最終決定，但達成共識後，我覺得可以比較輕鬆地呼吸了。

他鬆開我的手。「我上班要遲到了。」他說，拇指朝肩膀後方比：「我得去上班了。」

我點頭，目送他離開。直到關上門，剩我一個人在屋內，我才意識到自己臉上掛著笑容。

對於他讓我們落入這個處境，我仍舊非常生氣，我之所以微笑，純粹是因為事情總算有了一點進展。有時候，父母必須為孩子著想，在遇到問題時，展現一定的成熟心態，努力解決彼此之間的分歧。

這就是我們現在在做的事。我們要在孩子成為這個家的一分子之前，學會如何應對困境。

第三十五章

我聞到烤吐司的味道。

我在床上伸懶腰，露出微笑。萊爾知道我最喜歡烤吐司了。

我在這裡躺了一會兒，才試著下床。我得使出三個大男人的力氣，才能夠翻身下床。我終於做好準備，深呼吸，把腳挪到床沿，從床墊上撐起身體。

第一件事是尿尿。我現在也只做這件事了。預產期在兩天後，醫生說也可能要再等一星期。我從上週開始休產假，所以，尿尿、看電視就是我目前的生活。

我終於走到廚房時，萊爾正在炒蛋。他聽見我走進來，便轉過身。

「早安，」他說：「還沒有要生寶寶嗎？」

我搖搖頭，一隻手放到肚子上。「還沒，但我昨晚尿了九次。」

萊爾笑了。「那是新紀錄。」他把蛋舀到盤子裡，放上培根和吐司。他轉過來把早餐遞給我，快速在我的頭側親一下。「我已經遲到，得出門了。我今天一整天手機都會開著。」

我低頭微笑看著我的早餐。**好，所以我還負責吃東西。尿尿、吃東西、看電視。**

「謝謝。」我開心地說，拿著盤子走到沙發上坐著，打開電視。萊爾急忙在客廳四處收拾他的物品。

「我午餐時間會回來看看妳。我今晚應該會工作到很晚，但亞麗莎說她可以幫妳送晚餐。」

我翻了個白眼。「萊爾，我**沒事**。醫生是說我要適度在床上休息，不是說我虛弱得完全無法活動。」

他正要打開門，又停下動作，忘了似乎什麼。他回頭朝我走來，彎身在我肚子上印了一個吻，對寶寶說：「如果你決定今天出生，我就把你的零用錢加倍。」

他經常對寶寶說話。幾星期前，我終於能自在地讓他伸手感受寶寶在我肚裡踢動的感覺。從那時起，他就偶爾過來對著我的肚子說話。他對我說的話反而不多，但我很喜歡這樣。他很期待要當爸爸了，我很高興。

我拿起萊爾昨晚在沙發上睡覺蓋的毯子，蓋在自己身上。他為了等我生產，已經在這裡待了一個星期。剛開始我不確定這樣安排好不好，但對我來說真的幫助很大。我還是睡在客房。第三間臥室已經改成育嬰室了，所以他可以睡在空著的主臥室。不過基於某種原因，他選擇睡在沙發上。我想，主臥室的回憶帶給他的折磨不比我少，所以我們都不願意走進去。

這幾週以來，我們相處融洽。我們之間除了完全沒有親密互動，在其他方面感覺有點像回到之前。他的工時仍然很長，但晚上不用值班時，我會上樓去和他們一起用晚餐。但我們從來沒有單獨兩個人一起吃飯。任何感覺像在約會或伴侶之間才會做的事，我都避免。我還在試著一次處理一件大事，寶寶出生、我的荷爾蒙恢復正常之前，我不會做出關於婚姻的決定。我心知肚明，這只是用懷孕當藉口，能拖就拖，但懷孕是可以自私一點。

我的手機響了。我把頭埋進沙發，發出哀號。手機遠在廚房，大概有四、五公尺的距離。

可惡。

我撐著沙發要起身，但身體完全沒動。

我又試了一次，**仍然坐著**。

我抓緊扶手，**第三次出現了奇蹟**，我努力把自己撐了起來。

起身時一杯水灑了我全身，我出聲哀號……但接著倒抽一口氣。

我手上沒有拿水杯。

要死了。

我往下看，水沿著腿往下流。廚房流理台上的手機還在響。我舉步維艱、搖搖晃晃「走」到廚房，接起電話。

「喂？」

「嘿，我是露西！快速問妳一個問題，我們訂的紅玫瑰在運送途中壞掉了。今天是萊文伯格的喪禮，他們指定用紅玫瑰做棺材花，我們有備案嗎？」

「有，妳打電話給百老匯的那間花店。他們欠我一份人情。」

「好，謝謝妳！」

我正準備掛斷電話，打電話給萊爾，告訴他我的羊水破了。這時我又聽見露西說：「等一下！」

我將手機貼回耳邊。

「店裡的單據，妳要我今天付款嗎？還是等……」

「先等等，那不急。」

我又一次準備掛斷電話，她卻大喊我的名字，又要拋出一個問題。

「露西，」我打斷她，冷靜地說：「我得明天再打電話回答妳的問題了。我覺得我的羊水剛才破了。」

接著一陣安靜。「喔，**喔！快去醫院！**」

我一掛上電話，肚子就傳來第一陣痛楚。我皺臉瑟縮一下，開始撥打萊爾的電話號碼。才嘟一聲，他就接起來了。

「我需要掉頭回去嗎？」

「要。」

「天啊，是真的嗎？妳要生了？」

「對。」

「莉莉！」他興奮地說。接著電話被掛斷。

我花了幾分鐘收拾需要的東西。我已經準備了一個住院包，覺得身上有點髒，就快速到淋浴間沖洗一下。第一次陣痛之後大約十分鐘，我感受到第二次陣痛。我彎起身體抱緊肚子，水流拍打著我的背。陣痛快要結束時，我聽見浴室門被打開。

「妳在**沖澡**？」萊爾說：「莉莉，快出來。我們去醫院！」

「把浴巾拿給我。」

幾秒鐘後，萊爾的手繞過浴簾伸進來。我先用浴巾把身體裹起來，才拉開浴簾。不讓自己的老公看見妳的身體，是滿奇怪的。

浴巾不夠大，胸部是遮住了，但肚子前方卻開了個衩。

我正要走出淋浴間時，肚子又一次陣痛襲來。萊爾牽起我的手，幫我深呼吸，忍過這次陣痛，然後扶我走進房間。我冷靜地拿起要穿去醫院的乾淨衣服，往他那邊看了一眼。

他正盯著我的肚子看，臉上有我讀不懂的表情。

他看向我的眼睛，我停下手邊的動作。

有那麼一刻，我無法分辨他即將皺眉還是微笑。他的臉不知怎麼，像是要皺眉又像是要笑，扭曲在一起。他急促地吐一口氣，眼睛又落到我的肚子上。「妳好美。」他輕聲說。

一陣與子宮收縮無關的劇痛襲上我胸口。我意識到，這是他第一次看到我露出肚子。這是他第一次在我身上親眼看見，他的寶寶正在我的肚子裡長大。

我走向他，牽起他的手放在我的肚子上，讓他的手停留在那兒。他對我露出笑容，拇指來回摩挲。這一刻非常美好，是我們之間美好的回憶。

「莉莉，謝謝妳。」

他的感謝之情表露無遺。他摸著我的肚子的方式、他回看我的方式，不是在感謝這一刻，或先前的任何一刻，而是我讓他與孩子相處的每個時光。

我發出呻吟，彎身向前。「痛死人了。」

美好的一刻結束。

萊爾拿起衣服，幫我穿上。他拿了我告訴他要帶的所有東西，然後我們一起慢慢地往電梯走。走到一半，我又開始陣痛。

我們從室內停車場把車子開出去的時候，我告訴他：「應該打給亞麗莎。」

「我在開車。到了醫院，再打給她和妳媽媽。」

我點頭。我知道我可以現在打給她們，但我有點想先確定我們可以到達醫院，因為寶寶似乎非常沒耐性，搞不好還在車上就想登場亮相了。

我們終於開到醫院，但抵達醫院時，我的宮縮頻率已經不到一分鐘一次。醫生進行手術前消毒、我被送到產床上時，我已經開了九指。短短五分鐘後，醫護人員就開始叫我用力推。一切發生得太快，萊爾根本沒時間打電話給任何人。

每次用力推，我都緊抓萊爾的手。在某個時間點，我心想，我緊緊抓住的手對他的職業生涯來說很重要，但他毫無怨言。他就那樣讓我使盡全力抓他的手，我就這樣一直用力抓。

「頭快出來了。」醫生說：「再用力幾次就好。」

我根本無法用言語形容接下來幾分鐘。我在模糊成一團的疼痛感、沉重的呼吸和焦慮感當中，同時感受到純粹、十足的喜悅，以及壓力。那巨大的壓力逼得我的身體幾乎就要爆炸。接著，「是女孩！」萊爾說：「莉莉，我們有個女兒了！」

我張開眼睛，醫生把她抱起來。我只能看見朦朧的輪廓，因為我的眼裡充滿了太多淚水。他們把寶寶放在我胸口，那是我生命中最美好的一刻。我立刻摸了摸她紅潤的嘴唇、臉頰和手指。萊爾把臍帶剪斷，接著他們把她從我懷裡抱去清潔。我感覺一陣空虛。

幾分鐘後，她裹著嬰兒巾，再度回到我的胸口。

我的視線完全離不開她。

萊爾坐在床邊。他把嬰兒巾往下拉到下巴，讓我們好好看看她的臉龐。我們數了數她的手指和腳趾。她試著睜眼，我們覺得那真是全世界最有趣的畫面。她打了個呵欠，我們露出微笑，覺得自己更愛她了。

最後一位護理師也離開病房後，只剩下我們倆。萊爾問他能不能抱抱女兒。他幫我把床頭調高，讓我們輕鬆坐在床上。我把寶寶交給他，頭靠在他肩上。我們的視線始終離不開她。

「莉莉，」他輕聲細語地說：「妳想聽赤裸的真相嗎？」

我點頭。

「她比馬歇爾和亞麗莎的寶寶漂亮多了。」

我笑了，用手肘推他。

「開玩笑的。」他輕聲說。

不過我懂他的意思。萊儷是非常可愛的寶寶，但任何人都無法跟我們的女兒相提並論。

「我們要替她取什麼名字？」他問。我們在我懷孕期間，沒有像一般夫妻那樣互動，所以還沒討論過寶寶的名字。

「我想用你妹妹的名字來取名。」我說著，看了他一眼：「或是用你哥哥的名字？」

我不確定他會怎麼想。我是覺得，用他哥哥的名字來幫我們的女兒取名，對他來說是一種療癒，但也許他不那樣認為。

他看向我，沒料到我會這樣回答。「愛默生？」他說：「女生叫這個名字挺可愛的，小名可以叫『愛瑪』或『愛咪』。」他驕傲地微笑，低頭看著女兒。「真完美。」他彎身親吻愛默生的額頭。

一陣子過後，我從他肩膀抬起頭，看著他抱女兒。看見他和女兒這樣互動，真是一幅美好的畫面。我發現，光是這短短的相處，他已經對她產生無盡的愛。我知道他願意盡一切力量來保護她，即使付出全世界也在所不惜。

直到這一刻，關於他，關於我們，我終於下定決心了。

我終於知道，怎麼做對我們這一家人最好。

萊爾在許多方面都是很棒的人。他很有同情心、關心別人、頭腦聰明，身上散發著魅力，而且很上進。

我爸爸也有一些這樣的特質。他對別人不是很有同情心，但是從我們相處的某些時光，我知道他很愛我。他也是頭腦聰明的人，散發著魅力，而且具有進取心。儘管如此，我對他的恨遠超過我對他的愛。多次短暫目睹他最糟糕的一面，導致我對他擁有的優點視而不見。親眼見到他露出最低劣的那一面五分鐘，即使他展現最好的一面五年，都無法抵銷。

我看著愛默生，再看向萊爾。我明白怎麼做才是對她最好的選擇，那是我希望她和爸爸擁有的親子關係。我不是為了自己或萊爾而做這樣的決定。

我是為了她。

「萊爾？」

他看了我一下，臉上掛著笑容。然後，他觀察到我臉上的表情，收起了微笑。

「我想離婚。」

他眨了兩次眼。他聽見我的話，彷彿遭到電擊。他皺了一下臉，再次低頭看著我們的女兒，肩膀向內彎曲。「莉莉，」他來回搖著頭說：「拜託別這樣。」

他的聲音透著懇求，我不喜歡他仍抱著我最後會接納他的希望。我知道，這有一部分是我的錯，但直到懷裡第一次抱著女兒，我才終於清楚自己要怎麼做。

「莉莉，**拜託**，請再給我一次機會就好。」他用嘶啞的聲音，流著淚說。

我知道，我在最差勁的時機，對他造成了傷害。這本該是他一生中最美好的一刻，我卻讓他心碎。可是我知道，如果我現在不說出口，可能再也無法說服他我無法冒險接納他的理由。

我也開始哭泣，因為這麼做，我傷的心並不亞於他。「萊爾，」我柔聲說：「如果有一天，這個小女孩抬頭看著你說：『**爸爸，我被男朋友打了。**』你會怎麼做？萊爾，你會對她說些什麼呢？」

他把愛默生緊緊抱在懷中，臉貼著她的嬰兒巾外層。「莉莉，別說了。」他央求我。

我在床上撐直身體，把一隻手放到愛默生的背上，試著讓萊爾直視著我的眼睛。「要是她去找你，問你：『**爸爸，老公把我推下樓梯。他說那是意外，我該怎麼辦？**』」

他的肩膀開始搖晃。從認識他第一天到現在，這是我第一次看見他哭。他雙手緊緊抱著女兒，眼淚撲簌簌滑落臉頰。我也在哭，但為了「她」好，我繼續追問。

「要是……」我顫抖著聲音說：「要是她去找你，問你：『**爸爸，老公想要強暴我，我求他不要，但他壓著我。他發誓不會再有下一次。爸爸，我該怎麼辦？**』」

他一遍又一遍親吻愛默生的額頭，淚水沿著臉頰滾滾而下。

「萊爾，你會怎麼回答她呢？告訴我。我要知道，假如我們的女兒全心全意愛著的男人傷害了她，你會對她說些什麼。」

他的胸口發出一陣嗚咽。他靠向我，伸出一隻手臂摟住我。「我會求她離開他。」他流著淚說。他的嘴唇絕望地吻上我的額頭，我可以感覺到他有幾滴眼淚滑落到我的臉頰上。他把嘴唇移到我的耳畔，輕輕抱著我們兩個。「我會告訴她，她『絕對』值得擁有更好的對待，而且我會『求』

她，不論他有多愛她，都不要回去。她值得更好的對待。」

我們哭成一團，一起嗚咽，一起心碎，一起承接破碎的夢。我們互相擁抱，一起抱著我們的女兒。儘管並不容易，但是在被世代輪迴壓垮之前，我們打破了這個輪迴。

他把女兒交還給我，擦拭眼裡的淚。他站起身來，依然在哭泣，依然上氣不接下氣。這十五分鐘，他失去了此生摯愛。這十五分鐘，他成為一個美麗小女孩的父親。

那是十五分鐘能對一個人做出的改變。它能摧毀掉一個人。也能拯救一個人。

他用手指著走廊，告訴我他需要出去平復心情。他往門口移動的時候，那種傷心的程度，我不曾在他身上見過。但我知道，他有一天會感激我這麼做。我知道當那一天到來，他會理解，我做了對他女兒來說正確的決定。

他把門帶上，我低頭看她。我知道，我沒有給她我想給她的理想人生，沒有給她一個有雙親一起愛護她、照顧她的家庭。可是我不想讓她過我以前的那種生活。我不希望她看見她爸爸最糟糕的一面。我不希望她看見他對我大發脾氣，以致無法再將他視為父親。因為親身經歷告訴我，不論她一生當中會和萊爾度過多少美好時光，將來烙印在她腦海的，只會是最糟糕的一面。

循環得以存續，是因為打破循環痛苦至極。你得承受難以想像的痛楚、拿出天大的勇氣，才能終止熟悉的輪迴。當你選擇大膽一跳，你得面對跳下去的恐懼，甚至無法安全落地，所以有時候走在熟悉的循環裡，似乎還比較容易。

我媽媽經歷過這一切。

「我」也經歷了。

我絕對不讓女兒經歷相同的事。

我親了親她的額頭，向她承諾：「一切到此為止。我和妳就是盡頭了，以我們告終，不再循環。」

後記

我穿越波爾斯頓街上的人群，來到十字路口。我放慢嬰兒車的速度，停在人行道邊。我把頂棚拉起，低頭看愛咪。她踢動雙腳，像平常那樣微笑。她是個非常開心的寶寶。她身上有股平靜的能量，非常討人喜歡。

「她多大了？」一個女人問。她跟我們一起站在行人穿越道，用欣賞的眼光低頭看著愛默生。

「十一個月。」

「她好漂亮，」她說：「跟妳長得很像。妳們的嘴巴簡直長得一模一樣。」

我微微笑。「謝謝，但妳應該看看她爸爸，她跟她爸的眼睛一模一樣。」

行人穿越號誌亮起，我試著擠過人群，快步走到對街。我已經遲到半小時，收到兩次萊爾的簡訊。他還沒體驗過餵愛默生吃紅蘿蔔的樂趣。今天他就會瞭解會弄得有多亂，我在她的包包裡放了很多。

愛默生三個月大時，我從萊爾買的公寓搬出去了。我在工作地點附近買了一間公寓，走路就可以上班，超棒的。萊爾則是搬回他買的那間公寓。我常常去亞麗莎家，而且有時愛默生也會跟萊爾待在一起。我覺得自己老是在那棟公寓大樓晃蕩，待的時間並不少於自己家裡。

「愛咪，我們快到了。」我在街角右轉。我走得太快了，一個男子不得不朝牆邊躲避，免得被嬰兒車撞上。「抱歉。」我咕噥一聲，低著頭從他身旁繞開。

「莉莉？」

我停下腳步。

我慢慢轉身，那個聲音一路竄到我的腳趾。世界上只有兩個人的聲音會在我身體裡流竄，而萊爾的聲音已經無法傳得那麼遠。

我回頭看他，他的藍色雙眸被陽光刺得瞇了起來。他舉起一手遮太陽，咧嘴笑。「嘿。」

「嗨。」我說，我瘋狂運作的大腦試著放慢速度，好讓我追趕上來。

他看了看嬰兒車，指著嬰兒車說：「那是……是妳的小孩？」

我點點頭，他走到嬰兒車前蹲下來，對她露出大大的微笑。「哇，莉莉，她真漂亮。」他說：「她叫什麼名字？」

「愛默生。我們有時叫她愛咪。」

他把手指放進她的手裡。她開始踢腳，把他的手指晃來晃去。他用欣賞的眼神看著愛默生一會兒，然後重新站起來。

「妳看起來氣色不錯。」他說。

我試著收斂打量的眼神，但是很難辨到。他看起來還是跟以前一樣好看，但這是我第一次嘗試在看著他的時候，不去否認他已經成為一個很帥的男人。他跟以前那個無家可歸、待在我房間的男生截然不同了。不過……不知怎麼，他還是完全沒變。

我感覺到，口袋裡的手機再次因為收到簡訊而震動。**是萊爾**。

我指著街道。「我們遲到很久了。」我說：「萊爾已經等了半小時。」

提到萊爾的名字時，亞特拉斯眼底浮現一絲悲傷，但他試圖隱藏。他點點頭，慢慢往旁邊站開，讓路給我們。

「今天是他照顧她的日子。」我向他澄清。這十個字的含意，比多數完整的對話更深。

我看見他眼裡閃過放心的神色。他點點頭，指著身後。「嗯，我也要遲到了。我上個月在波爾斯頓街開了一間新餐廳。」

「哇，恭喜你。我得趕快找時間帶我媽媽去嚐鮮。」

他微笑。「是啊。要來的時候告訴我，我一定親自為妳們下廚。」

接下來一陣尷尬的沉默，於是我指著街道說：「我們得……」

「去吧。」他微笑著說。

我又點了點頭，然後低頭繼續往前走。我不知道自己為什麼會這樣，好像我不知該如何與人正常應答。離開好幾公尺後，我轉過頭看了一眼。他沒有移動，還站在原地，看著我離開。

我轉過街角，看到萊爾在花坊外、他的車子旁邊等我們。他發現我們靠近時，臉都亮了。「妳收到我寄的電子郵件了嗎？」他跪下來，替愛默生解開綁帶。

「有。講嬰兒圍欄產品召回的信件嗎？」

他點點頭，把愛默生從嬰兒車抱出來。「我們有買那款嬰兒圍欄嗎？」

我按下嬰兒車的摺疊按鈕，把嬰兒車推到車尾。「有，但大概一個月前就壞掉了，被我丟到垃圾箱了。」

他打開後車廂，用手指摸了摸愛默生的下巴。「愛咪，妳聽見了嗎？妳的媽咪救了妳一命。」她仰著頭對他微笑，開心拍著他的手。他吻了吻她的前額，接著拿起她的嬰兒車，丟進後車廂。我用力關上後車廂，彎身快速地親了親她。

「愛咪，媽媽愛妳。今晚見。」

萊爾打開後車門，準備把她放進兒童安全座椅。我向他道別，然後沿著街道快步往回走。

「莉莉！」他大喊：「妳要去哪？」

我知道，他原本以為我要進花坊，因為花坊的營業時間早就過了，而我還沒開店。我是該去開店，但心中的焦躁感始終揮之不去，我得做點什麼。我轉過身，倒退著走。「我忘了一件事！今晚去接她的時候再見！」

萊爾舉起愛默生的手，一起向我揮手道別。我一轉過街角，就開始全力奔跑。我閃過人群，撞到幾個人，還有一位女士罵了我一聲，但這一切在我看見他的後腦勺時，全都值得了。

「亞特拉斯！」我大喊。他正朝另一個方向走去，所以我必須不停地在人群中向前推擠。「亞特拉斯！」

他停下腳步，但沒有轉過來。他歪著頭，彷彿不想完全相信自己的耳朵。

「亞特拉斯！」我又一次大喊。

這一次，他大動作轉身。他看向我的眼睛，我們互看彼此，時間停頓了三秒。但接下來，我們開始朝對方邁步，堅定地踏出每一步。我們之間，隔著二十步。

十步。

五步。

一步。

我們都沒有踏出最後那一步。

我好緊張，氣喘吁吁，上氣不接下氣。「我忘記告訴你愛默生的中間名了。」我雙手扠腰，呼出一口氣。「是多莉。」

他沒有立刻反應，但接著他的眼角微微瞇了一下。他嘴角抽動，好像想忍住別笑。「這個名字非常適合她。」

我點頭微笑，沒再說話。

我不確定現在要做些什麼。我只想讓他知道這件事，現在我已經告訴他了，我剛才沒有真的去想接下來要做什麼，或說什麼。

我又點了點頭，看看四周，用拇指往身後比。「嗯……那我就……」

亞特拉斯往前一步，抓著我，用力把我拉入懷中。我被他的手臂環抱著，立刻閉上眼睛。他一手往上，抱住我的後腦勺。我們一起站著，他緊緊摟住我，四周是擁擠的街道、喧囂的喇叭聲，行人匆匆從一旁經過。他在我的頭髮上輕柔一吻，我們周圍的人事物都消失了。

「莉莉，」他溫柔地說：「我覺得我的人生配得上妳了。如果妳準備好……」

我牢牢抓著他的外套，臉緊貼在他的胸口。我突然覺得自己又回到了十五歲，我的脖子和臉頰因為他的話而泛紅。

可是我**不是**十五歲了。

我是個需要負責任、帶著一個孩子的媽媽。我不能就這樣讓青少女時期的感情主宰我的決定。至少，要聽見一些能讓我放心的回答才行。

我向後退開，抬頭看他。「你會捐錢給慈善機構嗎？」

亞特拉斯帶著困惑笑了笑。「我捐款給好幾個慈善團體。怎麼了嗎？」

「你以後會想生小孩嗎？」

他點頭。「當然想。」

「你覺得你以後會想離開波士頓嗎？」

他搖頭。「不，我不想離開。這裡什麼都比較好，記得嗎？」

他的答案讓我安心了。我抬頭對他微笑。「好，我準備好了。」

他拉我入懷，緊緊擁著，我露出笑容。自從他走進我的人生，我們之間發生了那麼多事，我從來沒想過這一刻真的會來臨。我一直好希望這一刻可以成真，在此之前，我都無法確定這一刻會到來。

我閉上眼，感覺到他吻我鎖骨的那個位置。他印下溫柔的一吻，與他多年前初次吻我的感覺一模一樣。他把嘴唇移至我的耳畔，輕聲說：「莉莉，妳可以不用繼續游了。我們終於到岸了。」

作者的話

（本篇內容有劇透，建議讀完全書再行閱讀。）

我人生最早的回憶發生在兩歲半。我的臥室沒有門，只是用布簾釘在門框上方，遮住出入口。我記得我聽見爸爸吼叫，於是隔著床單向外張望，正好看見爸爸抬起電視機朝媽媽扔去，把媽媽打倒在地。

她在我三歲前和爸爸離婚了，除了那件事，我對爸爸的回憶都是好的。雖然他多次對媽媽大發雷霆，卻從未對我或姊妹們發過脾氣。

我知道他們的婚姻摻雜著暴力，但媽媽從未提及此事。若是媽媽和我們談論她在婚姻中遭受的暴力，就代表她必須跟我們說爸爸的壞話，而她從未說過一句爸爸的壞話。她不希望我們的父女關係受他們之間的拉扯影響。正因如此，我非常敬佩能夠不把子女扯進夫妻裂痕的父母親。

我問過爸爸一次為什麼他要施暴，他非常坦率地與我談論他和媽媽的關係。他跟媽媽維持婚姻關係的那幾年，他經常酗酒，他主動坦承自己沒有好好對待媽媽。他甚至告訴我，他手上換過兩個指關節，都是因為他太用力打到她的頭骨，而手指骨折。

我爸爸終其一生，都很後悔他曾暴力對待媽媽。虐待她是他這輩子最大的錯誤，他說自己始終瘋狂愛著媽媽，直到老死。

我覺得，就媽媽遭受的待遇而言，他的懲罰太輕了。

我決定寫下這個故事時，我首先取得了媽媽的同意。我告訴她，我想為那些跟她有同樣遭遇的女性，寫下這個故事。我也想為所有不能完全理解這些女性的人而寫。

我就是其中之一。

在我心目中，媽媽並不是個懦弱的人。我無法想像，她竟然會多次原諒對她施虐的人。可是隨著我動筆寫下這本書，我愈來愈深入莉莉的想法，也很快意識到，事情並非外人所見，那般非黑即白。

寫書過程中，我不只一次想要更改情節。我不想把萊爾寫成那樣的人，因為才寫了開頭幾章，我已經跟莉莉一樣愛上他了——就如同我媽媽愛上了我爸爸。

萊爾和莉莉第一次在廚房發生的事，正是爸爸第一次打我媽媽的情境。她在煮燉菜，而他喝了酒。他沒有用隔熱墊，直接伸手進烤箱拿燉菜。她覺得很好笑，就笑了出來。接下來她知道的是，他用力打了她，她被打到廚房另一端的地上。

那次的事件，她選擇原諒他，因為他的道歉和懊悔很真誠，或者說，至少真誠得讓人覺得不如給他一次改過自新的機會。即使傷心，也比帶著破碎的心離開來得好。

隨著時間過去，又發生了一些類似第一次的事。我爸爸總是一再表達懊悔，並承諾再也不會有下一次。到最後，她總算看清他給的都是空洞的承諾，但她那時已經生了兩個女兒，沒有足以支撐她離開的財力。而且我媽媽不像莉莉，沒有眾人的支持。她所在的地方沒有女性庇護所，當年政府給予受虐婦女的協助非常少。離開爸爸，意味著我們有可能餐風露宿，但是對她而言，餐風露宿也好過遭受虐待。

幾年前，我二十五歲時，爸爸過世了。他並不是模範父親，也絕對不是模範丈夫，多虧媽媽選擇採取必要的作法，在我們被輪迴壓垮之前先打破輪迴，我才得以和他建立良好、親密的父女關係。那不是容易的選擇。她在我即將滿三歲、姊姊即將滿五歲前，離開了他。有整整兩年，我們靠著吃豆子和起司通心麵維生。她是一名沒有受過大學教育的單親媽媽，在毫無支援的情況下，獨力撫養兩個女兒。但是她對我們的愛，給了她踏出那可怕的一步所需要的力量。

我無意藉由萊爾和莉莉的狀況，來界定家庭暴力是什麼，也無意藉由描述萊爾的性格，去界定施暴者的普遍人格特質。每個境遇不會一樣，結果也不會相同。我選擇用我父母的狀況去鋪陳莉莉和萊爾的故事。我以爸爸為雛形，刻畫出萊爾的許多特質——他們都長得很帥、富有同情心、有幽默感、聰明機智，卻做出令人無法原諒的事。

我以媽媽為雛形，描繪出莉莉的許多特質——她們都是擁有愛心和智慧的堅強女性，卻愛上完全不值得愛的男人。

和爸爸離婚兩年後，我媽媽認識了我的繼父。他是非常典型的好老公。從小看著媽媽和繼父相處和睦，那些回憶成為我心目中理想婚姻的標竿。

等我終於要步入禮堂，對我而言，最困難的部分是告訴我的親生父親，牽我走過紅毯的人不會是他——我打算請繼父帶我走紅毯。

當時，我認為有許多原因必須如此。我的繼父積極扮演好人夫的角色，也積極提供我們穩定的財力支援，這些都是我爸爸從來沒做到的。除此之外，他將我們視如己出，而且不曾阻止我們與生父往來。

我記得那個時候，舉辦婚禮的一個月前，我坐在爸爸家的客廳。我對他說我愛他，但我打算請繼父帶我走紅毯。我有心理準備聽見各種可能的反駁，但他的反應出乎我的預料。

他點點頭說：「柯琳，他是養大妳的人，是該由他把妳交給新郎，而且妳不需要覺得愧疚，那樣做是對的。」

我知道我的決定一定讓他非常傷心，但他展現無私的父愛，不僅尊重我的決定，他也要「我」尊重自己的決定。

爸爸坐在來賓席看著另一個男人牽我走紅毯。我知道當時大家心想，為什麼我不乾脆讓他們兩個一起牽我走紅毯好了。現在回過頭看，我才明白，那是出於尊重媽媽所下的決定。

我選擇讓誰牽我走紅毯，重點不在我爸爸，甚至不在繼父，而是與我媽媽有關。我希望，將她的女兒交給新郎的這份殊榮，能保留給那個善待她的男人；那才是她應得的。

以前我總是說，我寫作只是為了娛樂。我不寫富含教育意義、具遊說目的或提供資訊的書籍。這本書不一樣。對我而言，這不是一本有趣的書，而是讓我下筆非常痛苦的一本書。有時候，我好想按下刪除鍵，收回描述萊爾如何對待莉莉的文字。我好想重寫她原諒他的情節，好想在那些場景中把莉莉描寫得更堅毅不屈——讓莉莉這個角色在每個適當的時間點做出正確的決定。但那樣就不符合我所要描述的人物特質。

那不是我所要訴說的故事。

我想要寫出我媽媽遭遇的實際狀況，那也是許多女性的處境。我想探索莉莉和萊爾之間的愛情，從中體會媽媽決心離開爸爸、離開她全心愛著的男人時的心境。

我有時候會想，假如媽媽沒有下定決心，我的人生會變得如何。她離開自己所愛的人，不讓女兒認為那樣的伴侶關係是可以接受的。她沒有被另一個男人（身穿閃亮盔甲的騎士）所拯救。她靠著自己的力量踏出第一步，離開了我爸爸。她知道，她將成為單親媽媽，面臨截然不同的困境，承受更多的壓力。故事中，莉莉的角色承接相同的力量，這樣的體現對我來說很重要。莉莉最後為了他們的女兒，下定決心離開萊爾。即便萊爾有一絲改過自新的可能性，有些風險也不值得承擔，尤其是自己體會過的失敗經驗。

在寫這本書之前，我就非常佩服我媽媽。現在我寫完了，終於能稍微感受她是如何經歷痛苦與掙扎，才走到今天。我想對她說的只有一句話。

我長大以後想變成妳。

致謝

本書作者或許只能列出一個名字，但少了以下人士，我無法寫出這本書。

給我的姊妹：即使妳們不是我的姊妹，我依然非常愛妳們。與妳們擁有同一個爸爸是上天多給我的幸運。

給我的孩子：你們是我此生最大的成就。請不要讓我後悔這麼說喔。

給粉絲團 Weblich、書迷們、湖兒粉絲討論區（TL Discussion Group）、書迷交換社團，以及在我需要時，可以給我正能量的其他網路社群：你們是我能以此維生的重要原因。謝謝你們。

給迪斯特爾與戈德里奇文學代理公司（Dystel & Goderich Literary Management）的整個團隊：謝謝你們始終支持並鼓勵我。

給阿垂亞圖書出版社（Atria Books）的大家：謝謝你們讓我的書籍出版日值得紀念，它們成為我生命中非常美好的日子。

給我的編輯喬安娜・卡斯提洛（Johanna Castillo）：謝謝妳支持這本書，謝謝妳支持我。妳是最支持我從事夢寐以求的工作的人。謝謝妳。

給艾倫・狄珍妮（我希望永遠不會遇見的人只有四個，妳是其中之一）：妳是黑暗中的光明。莉莉和亞特拉斯感激妳散發的光芒。

給我每本作品的試讀者和早期的支持者：你們給予意見回饋、支持和不間斷的友誼，已經超乎我所應得。我愛你們。

給我的外甥女：我就快要見到妳了，我從沒這麼期待過。我會成為妳最喜歡的阿姨的。

給琳蒂（Lindy）：謝謝妳教導我關於人生的道理，為我示範什麼是無私，也謝謝妳告訴我那句意義深遠的話，我永遠不會忘記：「**沒有誰是壞人，我們都只是有時會做壞事的人。**」我很感謝妹妹能有妳當她的母親。

給凡斯（Vance）：謝謝你成為我媽媽值得擁有的好老公。謝謝你成為我們的好爸爸，即使你本來不必這麼做。

給我的老公希斯（Heath）：你是個善良到底的人。我不可能為我的孩子挑到比你更棒的爸爸了。與我共度餘生的人，也不會有比你更好的人選。我們何其幸運能擁有你。

給我的母親：妳是我們大家的天和地。有時那是種負擔，但妳不知怎麼都能將負擔視為恩賜。我們一家人都好感謝妳。

最後，最重要的，給我那可惡的臭老爸艾迪（Eddie）：這本書誕生時，你已經不在了，但我知道你會成為最支持這本書的人。你教會我人生中的許多事，最有意義的一件就是：我們永遠可以拋開過去，改變自己。我答應你，我會忘記你最糟糕的時刻，我會記得你曾經有過、許多最美好的樣子。我會記得你克服許多人克服不了的障礙。謝謝你成為我的摯友。也謝謝你在我婚禮那天，用許多父親辦不到的方式支持我。我愛你，也很想你。

國家圖書館出版品預行編目資料

以我們告終／柯琳・胡佛（Colleen Hoover）
著；趙盛慈譯. -- 初版. -- 臺北市：大塊文
化出版股份有限公司, 2023.12
392面；14.8×21公分
譯自：It ends with us
ISBN 978-626-7388-08-2（平裝）

874.57 112018123

LOCUS

LOCUS

LOCUS

LOCUS